跟着名家读经典
宋元文学名作欣赏

袁行霈 等著

北京大学出版社

图书在版编目(CIP)数据

宋元文学名作欣赏/袁行霈等著. —北京:北京大学出版社,2017.9
(跟着名家读经典)
ISBN 978-7-301-28473-5

Ⅰ.①宋… Ⅱ.①袁… Ⅲ.①中国文学—古典文学—文学欣赏—宋代 ②中国文学—古典文学—文学欣赏—元代 Ⅳ.①I206.2

中国版本图书馆CIP数据核字(2017)第153803号

书　　名	宋元文学名作欣赏
	SONG-YUAN WENXUE MINGZUO XINSHANG
著作责任者	袁行霈　等著
丛书策划	王林冲　周雁翎
丛书主持	邹艳霞
责任编辑	邹艳霞
标准书号	ISBN 978-7-301-28473-5
出版发行	北京大学出版社
地　　址	北京市海淀区成府路205号　100871
网　　址	http://www.pup.cn　新浪微博:@北京大学出版社
微信公众号	科学与艺术之声(微信号:sartspku)
电子信箱	zyl@pup.pku.edu.cn
电　　话	邮购部62752015　发行部62750672　编辑部62767857
印　刷　者	北京中科印刷有限公司
经　销　者	新华书店
	787毫米×1092毫米　32开本　14印张　228千字
	2017年9月第1版　2017年9月第1次印刷
定　　价	48.00元

未经许可,不得以任何方式复制或抄袭本书之部分或全部内容。
版权所有,侵权必究
举报电话: 010-62752024　电子信箱: fd@pup.pku.edu.cn
图书如有印装质量问题,请与出版部联系,电话: 010-62756370

序

中华民族历来重视阅读经典。从春秋时期孔子增删"六经",到秦吕不韦组织编纂《吕氏春秋》,从南梁萧统组织编选《昭明文选》到清人吴楚材、吴调侯编选《古文观止》……这些经得住时间考验的伟大作品,大浪淘沙,洗尽铅华,传承着中华民族最弥足珍贵的思想感情,被一代代人记诵。这些作品刻在了我们民族的"心版"上,丰富和滋养了我们的民族精神。

意大利知名作家卡尔维诺说:"经典是那些你经常听人家说'我正在重读',而不是'我正在读'的书。"经典之所以成为经典,必是以其经得住咀嚼的内涵,有益于读者的。著名美学家朱光潜先生谈到读书时,说:"读书并不在多,最重要的是选得精,读得彻底。与其读十部无关轻重的书,不如用读十部书的精力去读一部真正值得读的书;与其十部书都只能泛览一遍,不如取一部书读十遍。"中外两位先哲谈到的都是经典的精读,谈的都是如何让阅读"心版"上的印痕更深。

而经典的精读实在不是一件容易的事。经典也意味着过往,过往就与正在读书之人有时空之隔膜。

那么,什么样的方法能让我们更容易、更有效地阅读经典?从黛玉教香菱作诗的故事中,我们可以体会出,跟着名家读经典、读名作可谓是一条读书捷径。

名家是大读书人,他们的阅读体验值得借鉴。在浩如烟海的书籍中踽踽独行,摸索读书之路,难免进入狭窄的胡同,名家的读书导引就是我们不见面的名师的教诲。阅读经典时遇到的许多难点,也许就是阻碍读书人的一层窗户纸,一经名家点破,便会有豁然开朗之感。

20世纪80年代,大型文学鉴赏杂志《名作欣赏》的创刊,正是暗合了当时人们澎湃的阅读经典的热情。一批闻名遐迩的名作家、名学者、名艺术家们推荐名作、赏析名作,古今中外的名作经典，经萧军、施蛰存、李健吾、程千帆、王瑶等名家的点化，高格调的名作和高质量的析文相得益彰、水乳交融，极大地浇灌了如饥似渴的刚刚走出文化禁锢的读书人的心田。《名作欣赏》也由此成为中国名刊。几十年来，我们一直坚持这一办刊传统，力邀全国名家，精析经典名作，为中国人的文学阅读尽了一份力，发了一份热。

《名作欣赏》创刊三十周年庆典大会上，新老办刊人和新老读者都觉得将《名作欣赏》三十余年的文章精编出版，是一件有益于读者的大事。编选工作十分浩繁，我们也知难而上，未敢懈怠。经取精提纯、镕裁加工、分类结集、有序合成，2012年"《名作欣赏》精华读本"丛书由北京大学出版社出版。出版五年来，重印数次，为读者所珍爱，这是我们喜出望外的。细细想来，也正是经典的魅力、名作的魅力。

民族的自信源自文化的自信，时下，中央电视台的两档节目《中国诗词大会》《朗读者》出人意料地受到人们的欢迎。这实际是民族文化自觉和经典的浴火重生，也是中华民族经典的光辉照映。沐浴着天时、地利、人和的春风，北京大学出版社对"《名作欣赏》精华读本"进行修订改版，并增加了插图，丛书名改为"跟着名家读经典"，更好地契合了这套书的本意,更具有文化品位。这既是对国家阅读战略的呼应,也是对亿万读者阅读经典的有效补充,必然会被更多的读书人发现和珍视。

让我们一起来加入"全民阅读"的阵营,拥抱文化复兴的春天。

赵学文

《名作欣赏》杂志社总编辑

目录

毛时安　魏　威		
	文气　文风　文眼	1
	柳宗元、欧阳修、苏东坡山水游记的艺术特色	
苏者聪	澄澹高逸　如其为人	13
	析林逋《山园小梅》	
吴小如	雅淡温柔而朝气蓬勃	19
	析苏轼《赠刘景文》	
李国文	难寻旧梦	25
	读东坡诗感怀	
吴小如	说黄庭坚《题阳关图》	37
	兼谈"夺胎换骨法"	

赵齐平	细致生动　饶有情趣 析陈与义《雨晴》	45
钱仲联	一首气壮河山的绝笔诗 析陆游《示儿》	55
袁行霈	幽韵冷香　挹之无尽 姜夔《暗香》《疏影》简析	61
储仲君	是亦步亦趋，还是另辟蹊径？ 宋人七绝的理趣和野趣	75
张仁健	春天赞歌与青春恋歌的协奏曲 元好问《杨柳》臆解	91
吴奔星	豪情如潮　柔情似水 读潘阆的《酒泉子》和林逋的《长相思》	101
金启华	寄奇丽之情　作挥绰之声 柳永的几首慢词赏析	113
周天	苍凉悲壮　用典精巧 《渔家傲》与"浊酒一杯"	129
吴小如	何为"云破月来花弄影" 说张先《天仙子》	137
钟振振	意在言外　有余不尽 说晏殊《蝶恋花·槛菊愁烟》词	151

叶嘉莹	豪放中有沉着之致	161
	说欧阳修《玉楼春》一首	
王力坚	抒怀古之蓄念　发戒今之情结	169
	读王安石《桂枝香·金陵怀古》	
陆永品	精微超旷　豪气过人	185
	苏轼《水调歌头·黄州快哉亭赠张偓佺》赏析	
钱鸿瑛	"桃源"望断是何处	195
	秦观《踏莎行》新解	
金启华	格律谨严　典丽精雅	205
	周邦彦慢词赏析	
陆永品	借物寓言　妙合无垠	219
	陆游《鹊桥仙·夜闻杜鹃》赏析	
吴功正	文中之小品　文中之精品	225
	姜夔词序的审美鉴赏	
周汝昌	旷远高明　低回宛转	235
	吴文英《八声甘州》赏析	
吴功正	疏快而空灵　明朗而机巧	243
	梦窗词五首审美赏析	
王英志	情思蕴藉　风调婉约	263
	读宋人小令五首	

李如鸾	声驱千骑疾　气卷万山来 周密《观潮》赏析	281
袁行霈	先天下之忧而忧　后天下之乐而乐 范仲淹《岳阳楼记》讲析	291
吴小如	渺然有千里江湖之想 说欧阳修的《养鱼记》	303
孙绍振	欧阳修为什么不像范仲淹那样忧愁？ 读《醉翁亭记》	311
韩兆琦	绘声绘色　入化出神 读苏轼《石钟山记》	327
吴小如	词意恳挚　出语不凡 说陆游《祭朱元晦侍讲文》	339
霍松林	绝妙的讽刺小品 说朱熹《记孙觌事》	345
李健吾	一个有血肉的包公 杂谈《包待制陈州粜米》杂剧	357
吴新雷	秋雨梧桐叶落时 白朴名剧《梧桐雨》欣赏	379
金志仁	三个句子的迷惑　一句评语的误会 也谈《天净沙·秋思》的析评	393

| 李延祜 | "哈哈镜"里的刘邦 | 409 |
| | 漫谈睢景臣的套曲《高祖还乡》 | |

| 羊春秋 | 借古人的酒杯 浇自己的块垒 | 421 |
| | 张养浩小令《潼关怀古》赏析 | |

宁宗一 沈国仪
  响珰珰一粒铜豌豆 427
  关汉卿［南吕］《一枝花·不伏老》赏析

文气 文风 文眼

柳宗元、欧阳修、苏东坡山水游记的艺术特色

毛时安 魏 威

作者介绍

毛时安，浙江奉化人。1982年毕业于华东师大中文系。历任上海社科院研究员、《上海文论》杂志副主编、上海文艺研究所所长、上海市创作中心主任、上海市政府参事、上海市作家协会副秘书长。出版有著作《引渡现代人的舟筏在哪里》、《美学新变与反思》、《长夜属于你》、《情绪的风景》、《城市的声音》等。

推荐词

这篇文章是《名作欣赏》创刊号的首篇欣赏文章。作者之一的毛时安当时正在华东师大中文系读书。文章以唐宋时期山水游记三个文学大家的三篇山水游记名篇的艺术特色为切入点，介绍了不同时期、不同气质、不同经历的三个古代名人山水游记成就，引导读者从更宽泛的背景、更专业的角度欣赏文学名篇，认识名篇作者，感受名篇魅力。这正是《名作欣赏》提倡的精神。

我国的山水游记，作为一种独立文学样式的出现，可以溯源到南北朝郦道元。他的《水经注》，有注重山川景物特征的逼真描绘、隽永传神的特点。到了唐宋，继承这个优秀传统，而且有所发展、创新，形成了山水游记文学的一个新的艺术高峰。这时，初期那种对祖国壮美河山纯客观的描写少见了，显示了情景交融、文情并茂的写作特色，并且出现了像柳宗元、欧阳修和苏东坡这些志高才溢的大手笔。

但是，正如曹丕《典论·论文》所述的那样，"文以气为主"。三位大家，作为文人，其气质、禀赋、个性各不相同，因而文章的风格，即作家创作个性在作品中的直接、具体的反映和表现也是极不相同的。诗有画龙点睛的"诗眼"，文亦有"揭敛之指"、前顾后注的"文眼"。为着表现作家独特的文气、文风，各人选择谋篇布局的"文眼"，也不尽相同。欣赏他们的游记,我们不仅可以饱览祖国的山水胜境,更可以充分领略情趣各异的艺术魅力。柳宗元的山水游记,犹如一幅玲珑剔透的风景小品,引人入胜,流连忘返;欧阳修的散文娓娓道来,好似一卷徐徐展开的青绿山水长轴,闲适优雅,略带俗气;东坡笔下的山水,则像一幅淋漓酣畅的泼墨写意画,雄浑苍莽,不由人视通万里,遐想千古。试以他们的名篇《小石潭记》、《醉翁亭记》和《前赤壁赋》作一比较,就不难发现,尽管作文之时,三人已各自经历了一番宦海沉浮,从中央朝官贬为地方小吏,同为天涯沦落人了,却因文气、文风和文眼的不同,使文章带上了鲜明的个人特点,形成艺术上的差异。从中我们也可窥见山水游记艺术发展的约略轨迹。

柳宗元一生崇尚儒学,素有兼济天下的抱负。贞元年间"二王八司马"革新失败,使他一贬再贬、远谪边地。仕途从此一蹶不振,完全失去了东山再起的希望。妻子亡故,不得已而续弦了一位农家姑娘,尤其是他生性敦厚内向,"不合于俗",无知音可觅。为了排遣心中郁结,他"上高山,入深林,穷回溪,幽泉怪石,无远不到"。人生的惨淡、性格的深沉,使他无法以闲情雅致纯客观地欣赏山水之美，描绘山川之丽。他自我吟唱："投迹山水地，放情咏《离骚》。""参之《离骚》以致其幽"，是他为文最好的注脚，严羽认定："唐人唯柳子厚深得骚学。"《小石潭记》的自然山水和《离骚》中的芳草香兰一样，对于作者都不是冷漠的存在而是亲切的知己。作者不是用笔去描绘大自然，而是用整个的心灵和大自然倾谈。因为欣赏这石潭风光的唯有痛苦的柳宗元，能够给他以慰藉的也只有这冷落寂寞的奇水异石。景色的幽静、潭水的清洌，都与他抑郁的心情相吻合。对于游鱼过分细致的观赏，也显露了他为世俗人所弃的境遇。这一点与屈子的行吟泽畔颇为相似，只不过因为柳宗元性格内向、不似屈子，因此行文与意境也有别于《离骚》。但悲愤激越、忧国忧民的心情却是完全相同的。

《小石潭记》全篇以"其境过清"作结，为其"文眼"，以鸣佩的水声，反衬"境清"，以"水尤清洌"，正面概写"境清"，以游鱼"影布石上"虚写水"清"；以鱼与"游者相乐"反写"境清"。写流水、岸势，写竹树环合，写寂寥无人，最后和盘托出"其境过清"。两百来字，舍弃一切枝蔓，无一处闲笔，处处照应一个"清"字，正写、侧写、实写、虚写，做足文章。作者写小石潭的

"境清",实际上就是写内心的"境清"。一竹一石,一水一鱼都渗透着作者强烈的个人色彩,这就赋予自然山水与作家性格、感情相和谐、相统一的美。而这种美又借助作家对大自然色彩、声音、形状的洞察幽微的精细刻画生动展示出来。例如作家写水选用"清冽",而不用"清澈",一字之差,意境迥异,清得寒气逼人,既表山水之神,也传内心之神。再如他对游鱼的摹写:"潭中鱼可百许头,皆若空游无所依;日光下彻,影布石上,怡然不动;俶尔远逝,往来翕忽,似与游者相乐。"以实写虚,以少胜多,形成了一种情景交融、引人入胜的"化境"。这种诗化散文的语言简洁有力、凝练含蓄。含情不露是柳宗元山水游记的一大艺术特色,也是他性格、禀赋的最好写照。清人刘熙载说:"文以炼神炼气为上半截事,以炼字炼句为下半截事","柳州天资绝高,故虽自下半截得力,而上半截未尝偏绌焉"。其实,岂止未尝偏绌,实乃是两全其美,相得益彰!总之,他笔下的景物是通人性,有"灵"气的。

再看欧阳修的杰作《醉翁亭记》。其时作者虽因参与范仲淹革新被贬为滁州太守,但滁州地处江淮,他又位居父母官,政绩清明,很有些值得自我陶醉的地方。更兼他知足常乐,故而能啸傲山野,流连风月,比柳宗元要洒脱一些。和柳文不同,欧阳修将山川景物与人物活动糅合在一起,直接抒发自己的感受和议论。这样,围绕文眼结构布局要比柳文复杂多变,情绪变化也较为丰富。作者从"环滁皆山"写到"西南诸峰",写到"深秀""琅琊",写到两峰间的酿泉,像电影镜头跳跃,最后突出主体"醉翁亭"。然后由亭的命名,引出"醉翁之意不在酒,在乎山水之间也。山水之乐,得之心而寓之酒也"的哲理。继而再以这种跳跃式的蒙太奇镜头组接,来描绘山中四时、朝夕,抒发"四时之景不同,而乐也无穷"的意趣。实录宾客宴饮,既寄寓他"与民同乐"的理想,也带出他"醉能同其乐,醒能述以文"的自述。作者以十个"乐"字作为贯穿始终的章法线索:鸟乐、人乐、宴乐、山水之乐、与民同乐……值得我们玩味的是,"乐"并非"文眼"所在。这里,作者使了个障眼法。当宴饮达到高潮,形神俱醉、"众宾欢也"的时候,作者掉转笔锋:"太守颓然其间",大有乐极生悲之感。这不只是躯体"颓然",也是精神的"颓然"。"与民同乐"的政治主张既然不为庙堂采纳,怎么能不"颓然"呢?不难发现,这才是作者在"乐"的背后精心安置的"文眼"。其时欧阳修年方四十，正值有为之年，文章处处以老翁、醉翁自居，绝非自谦之词，而是与"文眼"遥相呼应，隐约透露出失意的苦闷，故而"少饮辄醉"。如果说柳宗元带着清醒的痛苦徘徊在小石潭边，那么欧阳修就是在醉眼蒙眬地看世界，山山水水都带着几分醉意，不如柳氏眼里的山水清晰明净。所以欧阳修满足于粗线条的勾勒，"环滁皆山也"，群山一笔挥就。这种描写手法，和他抒发的感情旋律是相合拍的。就注重山水的特征描写、意境的深远来看，欧阳修略逊于柳宗元。但是欧阳修的写景散文，句法圆熟，结构上也如苏老泉所谓"纡余委备"、错落有致。《醉翁亭记》全文二十一个"也"字，环环相扣，一唱三叹。有人说他的文风是因"性之所近"，此言极为精当。当然，欧阳修自称"文章太守，挥笔万字，一饮千钟"，然他之醉酒与谪仙人李白毕竟相去甚远，他的写景散文于儒士的"雅气"中，略带几分"俗气"、"酒气"。而且，从唐"以诗为文"到宋"以理为文"，在欧阳修还是初具规模，到苏东坡笔下才真正是洋洋大观了。

　　苏东坡有良好的家教、前辈的熏陶，学识渊博，才具惊人，对于诗、文、词、书等都有很精深的造诣和成就。博学也造就了他思想上"杂"的特点。政治上他倾向儒家的问政入世,生活上又取法佛、道的旷达出世。有矛盾,但又以"外儒内道"的形式达到儒道的统一。这样,他既能进亦能退。元丰二年(1079)他因"乌台诗案"被弹劾下狱。不久就被贬到长江边的黄州当一个小小的团练副使。政治上的失意使他转而投向大自然的怀抱,寻求安慰和超脱。老庄思想成为他人生哲学的主导、逆境中精神上的砥柱。他在超然化外的旷达之中,不懈地追求美好的人生。元丰五年,他巡江遨游黄州赤壁。此处山川险要,雄踞大江,苏轼误以为是当年周瑜大破曹孟德之赤壁,睹物怀古,激发了他胸中的豪情,写下了脍炙人口、优美动人的《前赤壁赋》。正如臧克家同志评论的:"他游的是假赤壁,写出来的却是好文章。"文章一开始,就以简洁的、富于特征的笔墨勾画出"清风徐来"、"月出东山"的清风、明月之景:"白露横江,水光接天。纵一苇之所如,凌万顷之茫然。"如此雄浑壮阔的气势,的确反映出作者博大宽广的襟怀。置身于这样的诗情画意,当然会从现实的痛苦中解脱出来,飘飘欲仙,感到无穷的乐趣。有明月清风,有山光水色,杯盏在握,对酒当歌,引发了思念美人的清风明月之"情"。通过情绪、反映、形状、效果的"博喻"写出箫声,更显得感情的悠远深邃。值此一折,转乐为悲,兴起了思古的幽情,引起清风明月之"理"。客人道古论今,天地玄黄,由一世之雄曹孟德于今安在哉,联想到人生的短促、渺小,羡慕"长江之无穷",情绪更为悲怆。借着答客问,苏子站出来阐发他对宇宙人生的看法。他认为由变可以得出天地存在也是瞬间的结论,可是由不变也可以看到人生宇宙的无穷存在。物质是不灭的,山川明月又何羡乎?所以"唯江上之清风,与山间之明月,耳得之而为声,目遇之而成色,取之不尽,用之不竭:是造物者之无尽藏也,而吾与子之所共适",转悲而为"客喜而笑"。通篇采用主客问答,以清风明月在结构上飞针走线,情绪变化曲折多端,深刻展示了苏东坡内心的痛苦、矛盾、斗争,最终在老庄思想的朴素辩证法积极因素中得到解脱。为此,他在不显眼的地方安排了非比寻常的"文眼":"吾与子共适"。文中支配情绪悲乐变化的是"共适"与不适思想的交替。"卒章显志"的结论是:人生,无论其变与不变,无论顺境抑或逆境,都应该"适"。文眼看似信手拈来,实际上功力深厚,"绚烂之极归于自然"。文风直追老庄,"汪洋辟阖,仪态万方"。时而如飞流直泻,时而如幽谷清溪，有仰天长啸，也有俯首哦吟，结构上纵横开阔，舒卷自如，极尽变化腾挪之能事。将眼前景、心中情，与人生哲理交织一体，让读者看到了大千世界和宇宙的玄秘，开辟了山水游记的新境界。苏东坡少年读《庄子》时曾经感叹："吾昔有见于中，几不能言，今见《庄子》，得吾心矣。"《艺概》认为："后人读东坡文，亦当有是语"，就是说，"不但见得到"而且"能说得出"苏文的"过人处"。就"文气"而言，苏东坡不同于柳、欧，有一种飘飘乎羽化的"仙气"。如果说柳文像潺潺清泉，欧文如镜湖微澜，那么苏文就是浩渺的大海了。柳宗元欣赏大自然细腻的美，欧阳修陶醉于大自然闲适的美，而苏东坡则向往大自然雄浑的美。

秦牧说："文学是通过个性表现共性的。它时常要求作者不回避表现自己。诗和散文，对作者这种要求更加显著。""如果一个作家回避表现自己，就不可能写出精彩动人的文字，也不可能给人任何亲切的感受。"托尔斯泰说，读者"读作品，特别是读真正的文学作品的时候，最感兴趣的是表现作品的作者的性格"。我国疆域辽阔，山河壮美。在建设四化的火热生活中，山水游记的创作，正受到越来越多的文学家、创作者和读者的重视。然而不少游记侃侃而谈,缺乏独特的个性风格,材料的剪裁、结构的安排,都不能精巧。柳、欧、苏的山水散文创作,注重、讲究文气,善于表现自己独特的文风,着意安排文眼,苦心经营结构,因而他们的作品的魅力至今未衰。古人的这些创作经验是值得我们认真学习、借鉴的。

澄澹高逸　如其为人

析林逋《山园小梅》

苏者聪

作者介绍

苏者聪，1932年生，1951年入武汉大学中文系学习，毕业后留校，后任武汉大学文学院教授，从事中国古代文学教学与研究工作多年。兼任全国苏轼学会理事、湖北省诗词学会顾问。出版著作有《闺帏的探视——唐代女诗人》等。

推荐词

林逋一生喜梅爱鹤，情有独钟，被人称为"梅妻鹤子"，难怪他的《山园小梅》写得如此出色。据说，自从这首咏梅诗出现，其他诗人再吟咏梅花时，就不敢轻易下笔了。辛弃疾就有"未须草草赋梅花，多少骚人词客。总被西湖林处士，不肯分留风月"的诗句。

众芳摇落独暄妍,占尽风情向小园。疏影横斜水清浅,暗香浮动月黄昏。霜禽欲下先偷眼,粉蝶如知合断魂。幸有微吟可相狎,不须檀板共金樽。

诗一开端就突写作者对梅花的喜爱与赞颂之情:"众芳摇落独暄妍,占尽风情向小园",它是在百花凋零的严冬迎着寒风昂然盛开,那明丽动人的景色把小园的风光占尽了。一个"独"字、一个"尽"字,充分表现了梅花独特的生活环境、不同凡响的性格和那引人入胜的风韵。作者虽是咏梅,实则是他"弗趋荣利"、"趣向博远"思想性格的真实写照。苏轼曾在《书林逋诗后》说:"先生可是绝伦人,神清骨冷无尘俗。"《四库全书总目》说:"其诗澄澹高逸,如其为人。"可知其诗正是作者人格的化身。

如果说首联是作者对梅花所发的感喟,那么颔联则是进入到对梅花具体形象的描绘:"疏影横斜水清浅,暗香浮动月黄昏。"这一联简直把梅花的气质风姿写尽写绝了,它神清骨秀,高洁端庄,幽独超逸。尤其是"疏影"、"暗香"二词用得极好,它既写出了梅花不同于牡丹、芍药的独特形态,又写出了它异于桃李浓郁的独有芬芳,极真实地表现了诗人在朦胧月色下对梅花清幽香气的感受。更何况是在黄昏月下的清澈水边漫步,那静谧的意境、疏淡的梅影、缕缕的清香,使之陶醉。这两句咏梅诗,在艺术上可说臻于极致,故一直为后人所称颂,欧阳修说:"前世咏梅者多矣,未有此句也。"陈与义说:"自读西湖处士诗,年年临水看幽姿。晴窗画出横斜影,绝胜前村夜雪时。"(《和张矩臣水墨梅》)他认为林逋的咏梅诗已压倒了唐齐己《早梅》诗中的名句:"前村深雪里,昨夜一枝开。"王十朋对其评价更高,誉之为千古绝唱:"暗香和月入佳句,压尽千古无诗才。"辛弃疾在《念奴娇》中奉劝骚人墨客不要草草赋梅:"未须草草赋梅花,多少骚人词客。总被西湖林处士,不肯分留风月。"因为这联特别出名,所以"疏影"、"暗香"二词,就成了后人填写梅词的调名,如姜夔有两首咏梅词即题为"暗香"、"疏影",此后即成为咏梅的专有名词,可见林逋的咏梅诗对后世文人影响之大。

　　林逋这两句诗也并非是臆想出来的，他除了有生活实感外，还借鉴了前人的诗句。五代南唐江为有残句："竹影横斜水清浅，桂香浮动月黄昏。"这两句既写竹，又写桂。不但未写出竹影的特点，且未道出桂花的清香。因无题，又没有完整的诗篇，未能构成一个统一和谐的主题、意境，感触不到主人公的激情，故缺乏感人力量。而林逋只改了两字，将"竹"改成"疏"，将"桂"改成"暗"，这"点睛"之笔，使梅花形神活现，可见林逋点化诗句的才华。《宋史·林逋传》说："其词澄澹峭特，多奇句"，大概就是指的这类诗句。

　　作者写尽梅花姿质后，掉转笔头，从客观上着意渲染："霜禽欲下先偷眼，粉蝶如知合断魂。"霜禽，一作冬鸟，一作白鹤，白鸟。依据林逋"梅妻鹤子"的情趣，还是当"白鹤"解释为好。前句极写白鹤爱梅之甚，它还未来得及飞下来赏梅，就迫不及待地先偷看梅花几眼。"先偷眼"三字写得何等传神！作者对现实事物的观察又是何等细致！后句则变换手法，用设想之词，来写假托之物，意味深邃。而"合断魂"一词更是下得凄苦凝重，因爱梅而至销魂，这就把蝴蝶对梅的喜爱夸张到了顶端。通过颈联的拟人化手法，从而更进一步衬托出作者对梅花的喜爱之情和幽居之乐。联中那不为人经意的"霜"、"粉"二字，也实是经诗人精心择取，用来表现他高洁的情操和淡远的趣味。

　　以上三联，作者是把梅当作主体，诗人的感情是通过议论、叙述、拟人等手法隐曲地体现在咏梅之中。至尾联主体的梅花转化为客体，成为被欣赏的对象。而作者则从客体变为主体，他的感情由隐至显，从借物抒怀变为直抒胸臆："幸有微吟可相狎，不须檀板共金樽。"在赏梅中低声吟诗，使幽居生活平添几分雅兴，在恬静的山林里自得其乐，真是别具风情，根本不须音乐、饮宴那些热闹的俗情来凑趣。这就把诗人的理想、情操、趣味全盘托出，使咏物与抒情达到水乳交融的地步。

雅淡温柔而朝气蓬勃

析苏轼《赠刘景文》

吴小如

作者介绍

吴小如,北京大学中文系教授、中国中古史研究中心教授,中央文史研究馆馆员,教授古代文学史、古代诗词、古代散文。主编过《中国文化史纲要》,著有《读书丛札》、《中国文史工具资料书举要》等二十多种图书。

推荐词

此诗为苏轼赠刘景文之作。刘景文是北宋名将刘平的小儿子。当年刘平驻守边境,力拒西夏,战死疆场,身后萧条,诸子早卒,只剩景文一人,处于潦倒状态。苏轼很同情他,作诗勖勉,并向朝廷竭力举荐。此诗的勖勉隐喻在诗中,用形象和气势表现,是苏轼的精心之作。

荷尽已无擎雨盖，菊残犹有傲霜枝。一年好景君须记，正是橙黄橘绿时。

这诗是苏轼于宋哲宗元祐五年（1090）任杭州太守时所作。刘景文名季孙，原籍开封，是北宋名将刘平的小儿子。刘平驻守宋与西夏边境，力拒西夏，因孤军无援战死，身后萧条，诸子早卒，只剩景文一人。苏轼在杭州见到他时，他已五十八岁。经苏轼向朝廷竭力保举，刘才得小小升迁，不想只过了两年，景文就死去了。苏轼此诗虽似通体写景，但每句都切合刘的身世，并用景语以勖勉对方，这在苏轼诗中确属精心之作。我们必须透过表面的景物描写，才能领略诗中的积极含义。

此诗写初冬。第一句写枯荷。荷出淤泥而不染，本为高洁品质之象征；唯到秋末，池荷只剩残茎；连枯叶也已无存,确是一片凄寂。昔李憬作《山花子》,首句云:"菡萏香销翠叶残。"王国维乃谓"大有'众芳芜秽'、'美人迟暮'之感"。苏轼此诗首句,殆更过之。夫留得枯荷,尚能听雨,今则连枯叶亦无之,其衰飒至极矣。然而作者嗟叹感喟之情仅此一句,第二句便将笔锋劈空振起,转到了"菊残犹有傲霜枝"。残菊与枯荷,虽同为衰飒场面,却以"傲霜枝"写出了秋菊的孤傲之态与贞亮之节,看似与第一句为对文,有互文见义、相与呼应之势,事实却侧重在"傲霜"的"傲"字上。"擎雨"之"盖"乃实写,不过说伞盖一样的荷叶都已一干二净,而"傲霜"之枝的"傲"则以移情手法写出了菊的内在精神,示人以凛不可犯的气概。这一句就比第一句深入了一步,也提高了一步。第三句则爽性喝破,人人皆以萧瑟秋风、严寒冬日为苦,作者却偏偏赞之为"一年好景",且谆谆嘱咐"君须记",此真以平淡无奇之语言给人以出人意料之感受;至于收句,倘无力回天,则全诗必成虎头蛇尾,失了后劲。而作者乃从花写到枝,从枝叶写到果实,所谓"正是橙黄橘绿时",乃金秋乍过,百物丰收的季节,橘绿橙黄,又呈现一派熙熙融融景象,在前两句枯淡凄清的背景下突然出现了炫目摇情的秀丽色彩,真使人疑为神来之笔。然而作者除用了几个植物名称和几种简单明快的色调之外，再无其他枝蔓语句，这就予读者一种踏实稳重、矜平躁释的美的感受。古人说"情随事迁"，而东坡妙人，竟能用景移情，把日渐凋残的初冬一下子打扮成一片金黄碧绿，虽说用笔雅淡温柔，却具有不尽的蓬勃朝气。写冬景而能化凋谢零落为饱满丰硕，非贤如东坡诚不克臻此。

然此诗乃东坡写赠刘景文者。刘固以世家子弟而潦倒终身，年近六十，犹朝不保夕。作者第二次到杭州做官，与刘一见如故。既悯伤其愁苦，又希望他振作，不致因老病困穷而长此颓唐下去。就此诗首句而言，荷所以比君子，而时值岁尾，荷枯叶尽，正以喻君子生不逢辰，难免潦倒失路；次句言菊，菊所以喻晚节，而景文晚节并无亏缺，犹有凌霜傲雪之姿。但人到暮年，加上一生失意，总不免多向消沉颓唐一面着想；而对于读书人，特别是有理想抱负的来说，却还有收之桑榆、获取丰收的一面，所以诗人乃以三四两句对刘加以勖勉，给以支持，使刘认识到前景还是大有可为的，"橙黄橘绿"才是人生最成熟的收缘结果之期，使他不仅看到荷枯叶尽的一面，还有傲霜雪抗严寒和收成果实的一面，希望刘能振作起来，坚持下去。只是诗人纯用比兴手法，没有把本意和盘托出而已。

东坡作此诗时年已五十五,也已步入老年。他当然不能预知不久的将来还遭到流放海南之厄。但他一向旷达乐观,主张应多方面地适应外界的环境变化,不因年老而颓唐消沉。然则此诗也不妨看作诗人本身的一生写照。盖苏轼一生,坎坷挫折,亦云多矣,却始终没有被逆境吓倒,稍摧其志,则此诗固亦夫子自道也。其身后"橙黄橘绿",使千载以下之人尚能分享其甘美的艺术果实,也算美不胜收了,故窃以为如仅以景语之美来赏析此诗,犹属皮相也。

难寻旧梦

读东坡诗感怀

李国文

作者介绍

李国文,原籍江苏省盐城市,1930年生于上海。1949年毕业于南京戏剧专科学校理论编剧专业。中国作家协会专业作家、第四届理事。

推荐词

读东坡诗,常被他笔下的美景所陶醉,也被他表现美景的文采所折服,但是,也有许多人常常于陶醉中产生巨大的遗憾,这就是李国文先生这篇文章中所说,由于现在的环境污染,东坡笔下的美景就只能在他的笔下,而永远成为过去了。由此,不禁想到,作家的美好篇章,其实不仅是可以让人赏读的,还可令今人怀念过去,保持美好,创造美好。而大自然是所有美好中最为美丽的。

如果要在中国诗人中找一位环境诗人,苏东坡恐怕是首选的当然人物。

试想一下,假如杭州西湖、九江庐山、黄州赤壁、镇江金山、岭南的惠州、琼岛的儋州,要没有苏东坡的诗文与之相得益彰的话,这些大环境里的各色景观将是怎样的减色呀!而且也正是由于他的作品,使我们了解他生活的那个时代,环境是一个什么样的状态。

以他在黄州写的一首《五禽言》为例而言,我们可以想象北宋时期的长江中游一带,野生动物种类很多,仅飞禽一项,绝不像现在这种寂寥样子,尤其在城市上空,竟少见有什么鸟儿在飞翔。

东坡《五禽言》的创意,他声明是受到前辈梅圣俞的《四禽言》启发,才写出他所见的五种野生飞禽的诗。这些知其名和不知其名的野鸟,成为东坡先生的诗篇中的主角,说明了古代中国，人与环境的谐和。当然，也可以看到诗人对于大自然的热爱，对于劳动人民的同情，和大师观察生活的细致入微，以俗入雅的不拘一格，所表现出来的豁达胸怀。在中国诗歌的海洋里，诗人的笔触还很少扫描到这些上不了台盘的鸟类动物。

唯其多，诗人才写它；为什么多呢？因为那时的环境状况良好；这就是我们今天读这首诗所获得的环保信息。

这组诗大概写他初谪黄州，住在定惠院时的感受。从这组诗的序得知，这个定惠院，想来是荒僻的寺刹了。即或古人不像后来搞运动的人那样刻薄苛虐，不会给他戴上什么帽子，但对于流放的这位大文豪，肯定不会礼遇有加的，给他这么一座寺院寄身，也就不错了。后来，他流放海南，连房子也不给住，生给轰到野外露宿呢！

有一个破院可住，诗人很高兴了，他马上被新环境所吸引。"绕舍皆茂林修竹，荒池蒲苇，春夏之交，鸣鸟百族"，看来，当时还没有喷洒农药化肥的习惯，因而没有环境污染这一说；加上粤菜这个菜系尚未形成，所以没有滥捕滥杀野生动物以供饕餮这一恶习。风和日丽，春光明媚，鸟儿在寺院周围婉转啼声，使得东坡先生忍不住要动笔了。虽然他被谪流放,远离尘嚣,属于闭门思过的人物,但是诗人的灵魂自由,却是不大容易惯于被拘束的。斯情斯景,给了他灵感,就作了这组《五禽言》。我们因此知道一千年前的湖北黄冈、蕲春一带,是个有着丰富野生动物的地区。

他说,这些鸟儿,"土人多以其声之似者名之"。故而五种野禽的名字,一曰"蕲州鬼",一曰"脱却破裤",一曰"麦饭熟"即"快活",一曰"蚕丝一百箔",一曰"姑恶",都是依据鸟的叫声而取名的。现在我们能够明确认定的,除了"脱却破裤",是一种叫作布谷鸟的大杜鹃外,余者,属于何种禽类,我请教过来自湖北乡下的朋友,他们也说不上所以然。按照地球上每天要灭绝一种生物的规律来看,我很怀疑,现在究竟还有没有这些野鸟,很难说的了。

读苏东坡这首诗,不由得担心,如果不加以保护,也许有朝一日连布谷鸟的啼声也听不到了。这绝非杞人忧天,如今即使在乡间,布谷鸟也是少之又少了。我们从古人诗歌里,如唐杜甫《洗兵马》:"田家望望惜雨干,布谷处处催春种",如宋陆游《夜闻蟋蟀》:"布谷布谷解劝耕,蟋蟀蟋蟀能促织",可以看出这种鸟儿是常见的。

布谷鸟的学名是大杜鹃,性情孤僻,甚至求偶期间,雌雄也不共同生活。它的叫声清脆悦耳，嘹亮动听。苏轼写布谷鸟的诗，怕是最为生动，最有情趣的了。"南山昨夜雨，西溪不可渡，溪边布谷儿，劝我脱破裤。不辞脱裤溪水寒，水中照见催租瘢。"苏东坡在诗中自注云："土人谓布谷为'脱却破裤'"，看起来，一千年前布谷鸟的叫声，直到今天也没变。当时土人用了"脱却破裤"四字命名布谷，既有幽默，也有辛酸。那结尾一句"水中照见催租瘢"，可以想象农民在苛政重压下的痛苦状态。文学家总是忘不了老百姓的疾苦，读这首诗，深深感受到诗人关切民瘼、抒发民忧的胸怀。

其余的，如"姑恶"，依音辨认，大概可以辨别出不是秧鸡，就是斑鸠之类的鸟，至于发出像"麦饭熟"或"快活"，"蚕丝一百箔"和"蕲州鬼"叫声的鸟，无论怎样想象，也不知道是现在的什么飞禽了。也许只有尚未完全破坏的神农架林区里，还能存留东坡先生笔下的"鸣鸟百族"的景象。但是，根据报道，那里的原始森林，也被烧林垦荒、偷伐乱砍，糟蹋得不是原来景象了。

我们从苏轼的诗中，还可读到许多与环境构成如此密不可分的名句，如密州的"明月几时有，把酒问青天"；徐州的"明月如霜,好风如水,清景无限";黄州的"大江东去,浪淘尽,千古风流人物";杭州的"欲把西湖比西子,浓妆淡抹总相宜";九江的"不识庐山真面目,只缘身在此山中";惠州的"日啖荔枝三百颗,但愿长作岭南人";儋州的"寂寂东坡一病翁,白头萧散满霜风";等等。

由于苏轼是一位太正直、太天真、太敢说敢道、敢作敢为的诗人,"其为人见善称之如恐不及,见不善斥之如恐不尽,见义勇于敢为而不顾其害。用此数困于世,而终不以为恨"(苏辙所撰《墓志铭》),因此他的一生,活了六十六岁,倒有一大半时间是被贬受挫,跌宕沉浮,坐牢谪放,饱尝苦难,历尽辛酸,处于颠沛流离状态之中。这样,使他有机会走遍大半个中国,特别是中原和岭南地区。因之,各个地方的山川风光、四时景色、世态人情、黎民百姓,都给了他丰富的创作灵感,使他写下了数以千计的不朽诗篇。而同时,这些诗篇也给后人留下了当时大量的环境信息。

如他的《泛颍》:"我性喜临水,得颍意甚奇,到官十日来,九日河之湄。吏民相笑语,使君老而痴。使君实不痴,流水有令姿。"所谓"令姿",就是美好的意思。这首诗使人们知道,苏东坡走马上任时的颍州,绕城而过的颍河，是一条水清见底游鱼可数的河流，否则，他不会十天有九天在河边逗留。

孔夫子说过："仁者乐山，智者乐水。"苏东坡是个既乐山、又乐水的大文学家，他的游历之广，跋涉之远，领略山水之胜，著作诗文之多，在文学史中也是屈指可数的。他赞美杭州西湖"欲把西湖比西子，浓妆淡抹总相宜"，现在泛舟湖上，这份诗情画意，多多少少还能体会得到。可他欣赏的"流水有令姿"的颍水，已成为中国第一污染大河——淮河的一条主干流。前两年，水黑如墨，恶臭刺鼻，临河居住的人家、机关办公楼，一年四季，不敢打开窗户。于是，不禁想，东坡先生若在，他也会对《泛颍》诗中所表达的那份神韵一去不复返而跌足感慨吧？

看起来，凡名山、大川、古刹、旧城、残阙、遗址、老树、清泉，都是需要后人着意经营，善加爱护的，否则，也就徒有虚名罢了。如果再毫无环保意识地肆意败坏，实际上是把人们一个美丽的梦打碎。淮河的这支干流，颍水流域在古代，是个人文荟萃、风光绮丽的地区。他的弟弟苏辙，雅号就叫"颍滨居士"，可见对于这条河流的情有独钟。但现在的颍河，真遗憾啊，已见不到一丝清流了。

苏轼有好几首写淮河的诗,如《出颍口初见淮山,是日至寿州》:"我行日夜向江海,枫叶芦花秋兴长,平淮忽迷天远近,青山久与舟低昂。寿州已见白石塔,短棹未转黄茅岗,波平风软望不到,故人久立烟苍茫。"如《寿州李定少卿出饯城东龙潭上》:"山鸦噪处古灵湫,乱沫浮涎绕客舟。未暇燃犀照奇鬼,欲将烧燕出潜虬。使君惜别催歌管,村巷惊呼聚玃猴。此地他年颂遗爱,观鱼并记老庄周。"可以感受到当时这条河流上的风光胜景之美,村俗民风之醇。船上荡漾,水面流连,似乎能从那咿呀桨声、习习风帆中,体会到我们这位大诗人,当年是如何地为这淮上景色、颍水人情所陶醉。

然而,近些年来,淮河和它的几条主要支流,都被沿河两岸的小造纸、小制革、小化肥、小煤窑等乡镇企业,造成严重污染,水质发黑变臭,连老百姓的饮用水都成了问题,生存空间都污染殆尽,还谈什么鱼、鸟、虫、虾和野生动物生存呢?苏东坡的诗提醒我们,他那时的颍河,不但水质清洌,使他流连忘返,而且河里有游鱼,岸上有玃猴,头顶有山鸦,眼前是芦花枫叶,四周有烟水苍茫,一派大好风光,绝不是如今掩鼻而过的景象。发展当然是一件好事,但发展的同时,若不能保护环境,那就是很不好的事情了。

《泛颍》诗的后半段,直接描写颍河水色:"绕郡十余里,不驶亦不迟,上流直而清,下流曲而漪,画船俯明镜,笑问汝为谁?忽然生鳞甲,乱我须与眉,散为百东坡,顷刻复在兹。"因此,人们应该珍惜作家或者诗人给后人留下来的这个梦。想想所作所为,使生态环境恶变到如此不堪的程度,现在读来,砸碎了美丽的梦,或者使旧梦成为难寻的泡影,不是别人,正是少有环境保护意识的我们。

我记得,有一年回到家乡江苏的里下河地区,河里的鱼、田里的虾、树上的鸟、地里的青蛙,乃至翩翩飞舞的蝴蝶蜻蜓,那数量较我记忆中的儿时印象大大减少。儿时读陆放翁词:"稻花香里说丰年,听取蛙声一片。"耳朵旁边马上能够得到印证,蛙鼓如雷,是并非夸张的形容。由于青蛙是一道美味佳肴的缘故,大肆捕杀,以其牟利,如今连青蛙的叫声,也只是依稀可闻了。而我现在居住的北京城里,几乎很少见到除麻雀外的野生鸟类,在天空飞翔的,也只有人工驯养的鸽子和不是动物的风筝了。如果苏东坡生在今天,住在北京城,除了撰写《麻雀吟》、《鸽子赋》,就没有什么飞禽可供吟哦的了。

人类大大地进展的同时,和人类一起诞生的这些鸟兽鱼虫,却由于人类的戕害,以至于稀少灭绝。读《五禽言》,由不得想,如果不留给野生动物一个存活的空间,不加以保护的话,也许有一天,后代人连麻雀都不知为何物!真正到了地球上只剩下人类一种动物时,那该是多么寂寞和茫然啊!

说黄庭坚《题阳关图》

兼谈"夺胎换骨法"

吴小如

推荐词

"夺胎换骨"是宋代江西诗派诗人黄庭坚首先提出来的一种作诗技法。吴先生认为,这四个字包含两个方面:一是自己诗中所要表达的内容或意境,在古人作品中已经表达过,而现在自己却用另一种表达方式或不同的语言来重现它,这就是韩愈在《答刘正夫书》中说的"师其意不师其辞";另一是沿用或略加改造古人现成的诗句,但内容或意境却有自己的创新成分在内,看似蹈袭,实有一定程度的变化和发展。并用《题阳关图》为例说明之。

近来陆续读到几篇次宋诗中"夺胎换骨法"的文章。"夺胎换骨"是宋代江西诗派诗人黄庭坚首先提出来的一种作诗技法,后来如陈善、杨万里等又有所补充。黄庭坚曾把"夺胎"和"换骨"分开来解释;后来的人则把这一成语当成一个完整的概念来理解了。归纳起来,我以为这四个字包含两个方面:一是自己诗中所要表达的内容或意境,在古人作品中已经表达过,而现在自己却用另一种表达方式或不同的语言来重现它,这就是韩愈在《答刘正夫书》中说的"师其意不师其辞";另一是沿用或略加改造古人现成的诗句,但内容或意境却有自己的创新成分在内,看似蹈袭,实有一定程度的变化和发展。我以为,这两种情况在古典诗歌创作中都是无法避免的,而且这种技巧或方法本身亦未可厚非。至于既照搬古人成句,而内容或意境又与古人全同,那应当叫作"生吞活剥",是侵夺或抄袭前人劳动成果的犯罪行为，似乎不能称为"夺胎换骨"了。

　　江西诗派作家的一大罪状就是把前人的诗意（甚至诗句）搬到自己作品中来，尤其以袭用杜诗最为明显。因此，"夺胎换骨"的技法也被看作一种拙劣的艺术手段。其实"夺胎换骨"这种作诗方法并不始于宋人，更不是黄庭坚一个作家的"专利"。《文史知识》1990年第三期发表的《散谈"夺胎换骨法"》（作者黄勤堂），就列举了不少唐人甚至唐以前人的诗例。即使是宋代诗人，这一方法在黄庭坚以前也早已被人运用。例如王安石的名句"一水护田将绿绕，两岸排闼送青来"（《题湖阴先生壁》），宋人吴曾在《能改斋浸录》卷八中即认为本于五代人沈彬诗"地限一水巡城转，天约群山附郭来"，钱锺书先生《宋诗选注》即明确指出这是"夺胎换骨"，而高步瀛先生《唐宋诗举要》却根本不承认两者有沿袭关系："此亦句法偶同耳，未必有意效之也。"也就是说，这属于王安石的创造，并非蹈袭。我们还可以再举一首王安石诗为例。他的《夜直》后两句"春色恼人眠不得，月移花影上阑干"同样是名句。而"春色"句仅把罗隐《春日叶秀才曲江》诗中的"春色恼人遮不得"改了一个字，这显然是"夺胎换骨"了，但两诗意境随着这一字之差而迥然不同。就连大诗人苏轼，在《太白山下早行至横渠镇书崇寿院壁》这首五律中，第一句就把唐人刘驾的《早行》一诗原封不动地搬了过来："马上续残梦。"后来清代的纪昀在评语中尽量为苏轼弥缝，说这是偶合，苏轼不会是"盗句"的人；其实这完全无损于苏轼在北宋诗坛的权威地位，倒是刘驾这句诗，由于苏轼的袭用才广为人知。然则这种"夺胎换骨法"作为一种艺术手段，似乎谈不上什么拙劣，相反，有时倒体现了作者的艺术匠心，所以我说它是无可厚非的。

为了使读者对黄庭坚怎样实践"夺胎换骨法"这一艺术手段有具体印象，我想举一首他写的《题阳关图》七绝加以说明。诗云：

断肠声里无形影，画出无声亦断肠。想得阳关更西路，北风低草见牛羊。

《阳关图》是宋代大画家李公麟（字伯时，晚号龙眠山人）的名作，题材即用唐人王维《渭城曲》（此诗原题为"送元二使安西"）的内容，所谓"渭城朝雨浥轻尘，客舍青青柳色新。劝君更进一杯酒，西出阳关无故人。"这首诗在唐代便被谱成歌曲,供送别时侑酒所唱。其中第三句要反复唱三遍,故此曲又叫"阳关三叠"。不论王维的诗、《阳关三叠》的曲,还是李龙眠的画,都是同一题材的不朽杰作。珠玉在前,黄庭坚的题画诗就很难作了。盖题诗必须符合画面的内容,而画面即以王维诗为题材,因此黄诗在主题思想上是不得更改的,只能在诗、曲之外另辟蹊径,并且还须把画摆在突出地位,因为此诗是为画而作的。这就要看黄庭坚写诗的本领了。

第一句,作者用曲来衬画。"断肠声里",指一曲《阳关三叠》能令听者断肠,但歌声是"无形影"的。由此引出第二句,正面提到李龙眠的画。画当然是无声的,可是人们看到画面仍要"断肠",足见这幅画的艺术魅力要高出曲调远不止一筹了。这不仅是一句比一句深入,而且也达到作者题画的本意,即突出了画的美学价值和艺术效果。然而,王维原作中"西出阳关无故人"的主题在此诗头两句中尚未触及,必须在原诗的基础上换个角度把它点出来。另外,题画诗也不能就画论画,还得比画面本身多出点儿什么,即要在诗里写出画面以外的事物或感情来,这才是好诗。王诗的"西出阳关无故人",是就送行者的角度来说的,于是黄诗乃从阳关外的大背景着笔，而且向更深层渗透，说想象中阳关以西的路上，岂但"无故人"，简直连人迹也罕见，广袤的草原上只有牛羊而已。但作者却把北朝民歌《敕勒歌》的末句"风吹草低见牛羊"给改造了，用"北风"以体现边陲的荒凉幽冷，把"草低"改为"低草"，不仅是为了合于近体诗的格律，意义也略有不同。原歌"风吹草低"，则草未必很低，是风把它吹伏倒了，草中的牛羊才被看见；而此诗的"低草"乃指短草，是北风下即将枯萎的草。这就跟《敕勒歌》原有的气氛和意境大不一样了。而用一幅场景写出塞外的冷寂荒寒，正是用透过一层的手法表达出王维诗中"西出阳关无故人"的主题思想。黄庭坚说："……不易其意而造其语，谓之换骨法；规摹（一本作'窥入'）其意而形容之，谓之夺胎法。"（见宋代诗僧惠洪《冷斋夜话》引）又说："……取古人之陈声入于翰墨，如灵丹一粒，点铁成金也。"（《答洪驹父书》）后来的陈善认为这就是夺胎换骨法（见《扪虱新话》）。从"题阳关图"的艺术手法来取证黄庭坚本人的话，则是"规摹"或"窥入"王维原诗之"意"而以《敕勒歌》中已有的"陈言"来重新形容描述之，这不正是典型的"夺胎换骨法"的运用么！总之，以黄庭坚为开山人的江西诗派是讲求写诗的艺术技巧的,而这首《题阳关图》仿佛是一首高度技巧化了的"样板诗",至少不失为一首有一定深度的好诗,用它来配李公麟的画是毫不逊色的。读者其以为然乎?

细致生动　饶有情趣

析陈与义《雨晴》

赵齐平

作者介绍

赵齐平,四川崇州人。1951年就读于四川大学中文系,1955年考取北京大学中文系研究生班,1959年毕业留校任教直至1993年去世。生前任北京大学中文系教授,中国《三国演义》学会理事,中国《儒林外史》学会理事。著有《谈谈〈三国演义〉》、《宋诗臆说》等。

推荐词

陈与义,徽宗政和三年登上舍甲科,被授予开德府教授。靖康二年四月,金兵攻陷汴京,掳走徽、钦二帝,北宋遂亡。陈与义避难南奔,绍兴元年抵南宋首都临安。陈与义是高宗旧臣,被任命为礼部侍郎,七年正月授参知政事。陈与义的诗早年注重光景,观察细致,描写生动,饶有情趣。经历了北宋灭亡后,他的诗学习杜甫,转变为风格雄浑沉郁声调浏亮;对仗着重上下句之间气脉的内在联系。这首诗是他前期的作品,具有明显的观察细致、描写生动的特征。

天缺西南江面清，纤云不动小滩横。墙头语鹊衣犹湿，楼外残雷气未平。尽取微凉供稳睡，急搜奇句报新晴。今宵绝胜无人共，卧看星河尽意明。

陈与义自政和七年（1117）入京，不时有"为官不救饥"（《年华》）的感喟，每值风雨阴晦，怅惋尤多。《雨中》诗说："衮衮繁华地，西风吹客衣。"《连雨赋书事四首》诗中说："九月逢连雨……客子不胜愁。"宣和五年（1123）他担任了太学博士，受到了皇帝的器重，也许觉得自己可以施展才学，因而心情略有变化，面对夏末秋初，天气转晴，骤雨方歇，写下这首《雨晴》诗。题曰"雨晴"，表明"晴"是"雨"后之"晴"，其欣喜之意，不言而喻。

方才还是"黑云压城城欲摧"，"天外黑风吹海立"，雨横风狂,雷轰电掣,霎时便雨止风停,雷收电息。这一天气的急转,使诗人欢愉不置,立即抓住"晴"的景象着笔,以景写情。首联"天缺西南江面清,纤云不动小滩横",扣着题目"雨晴",写"雨"后之"晴"。"天缺西南",谓云散天开,因是远望,故先见西南方向露出青天一角,也说明不久前犹是阴云密布。这青天一角虽非全体,那晴光下照,却能与江水辉映,"天光云影共徘徊","江面"同时显得晶莹澄澈。其上"天缺西南",其下则"江面清"。如若黑云翻墨,"江面"岂非一样昏暗浑浊?而"江面清"又是由于雨止片时,江水泥沙开始下沉,因而逐渐恢复明镜般的"清"色。"纤云不动小滩横",还是上下兼写,但空间变化中,已包含时间的推移。由"天缺西南",云开一幅,不觉青天整个呈露,只有一丝半缕白云,横留空际,这"晴"天的开朗,带来的是诗人心境的舒展,二句明丽的"晴"景写尽诗人的快意之情。

领联"墙头语鹊衣犹湿,楼外残雷气未平",由首联的写远处转到写近处,范围从大到小。墙头有鹊鸣叫,"语鹊"二字描画出鹊鸟在雨后复能飞翔嬉戏、自由觅食的活泼跳跃之态。欧阳修《田家》诗有"林外鸣鸠春雨歇"之句,这"鸣鸿"亦如"语鹊",是在互相欢呼和向诗人报道雨过天晴,而"语"字则较"鸣"字更能表现飞禽风雨经过时匿迹潜身,一旦云开日出即振羽躁动、乐不可支的神情。实际上写"鹊"乃是写人的陪衬,鹊鸟为"雨晴"而"语",不正如诗人为"雨晴"而赋诗么?但鹊鸟"语"时,其羽毛还沾带雨沥,"衣犹湿"说明前些时犹然雨下如注:忽然雨止了,云散了,天晴了,鹊鸟顾不得抖落羽毛上的雨沥,即相与鸣呼,仿佛它们也像诗人那样抱着等候和迎接晴天的迫不及待的心情。"墙头"有"衣犹湿"的"语鹊",而"楼外"则有"气未平"的"残雷"。"语鹊"为停雨而欢呼雀跃,是拟人化;"残雷"隐隐,似乎雷雨交加时的威力犹在,即便天已明朗,还是不甘心就此偃旗息鼓,也是拟人化。"残雷气未平",与作者《积雨喜霁》诗的"叠云带余愤"同一手法。不过,"雷"毕竟是"残雷",很快就会销声匿迹,有如"语鹊"的"衣犹湿",很快就会蓬松依旧、光亮如昔。颔联二句的"墙头语鹊"与"楼外残雷",同样在写"雨"后之"晴",而侧重在追叙"晴"前之"雨",这是与首联的写"雨"后之"晴"侧重在描画眼下的"晴"不同的。还有一点不同的是首联从视觉角度写去,写所见之形色,颔联则从听觉角度写去,写所闻之声音。流利的啁啾鹊语与隐约的殷殷雷鸣,使晴明的景象更显得具有生气活力。

如果说首联、颔联四句以景寓情而重在写物的话,那么,颈联、尾联四句则是借事言情而重在写人。颈联"尽取微凉供稳睡,急搜奇句报新晴",诗人直接抒发了对"雨晴"的感受,以"取微凉"、"搜奇句"的行止事态,作为内心快慰的投视、观照。虽是夏末秋初,但溽暑未阑,一阵风雨,扫除了炎热的余烈,使人坦然萌生睡意。"尽取微凉",好像要把风雨送来的爽气统统纳入襟怀,受用得心满意足。"凉"是"微凉",既写季节,又写气候,唯其"凉""微",故可资"睡""稳"。无"凉"或"凉"多,"睡"都是难"稳"的。诗人的《雨》诗说:"一凉恩到骨",也是这个意思。"雨"后引起了睡意,更重要的乃是"晴"后带来了诗情。"急搜奇句报新晴",诗人与自然竟至产生了感情交流,竟至相互拥合。"雨晴"使诗人不禁将所有感受、体味,都形诸吟咏,以酬答此足可赏心悦目的美景良辰。所谓"奇句"即表明超出一般吟咏,尽力通过审美活动创作美的诗篇。然而,"奇句"来之不易,需要"急搜"。"急搜"云者,就是不失时机地迅速捕捉美的意象。苏轼说过:"作诗火急追亡逋,清景一失后难摹。"(《腊日游孤山访惠勤惠思二僧》)唐庚说过:"疑此江头有佳句,为君寻取却茫茫。"(《春日郊外》)诗人自己也说过:"忽有好诗生眼底,安排句法已难寻。"(《春日二首》)"佳句忽堕前,追摹已难真。"(《题酒务壁》)一旦客体意念化,主体物化,构成审美意象,便要当机立断,立刻凭借语言文字的载体将它表现或再现出来,好比文同画竹的振笔直遂,如兔起鹘落,原来他已"成竹在胸",不然"稍纵即逝"。"急搜奇句"以"报新晴",照应题目的"晴"字,与"尽取微凉"以"供稳睡",照应题目的"雨"字,实则都是在写一"喜"字。

尾联"今宵绝胜无人共,卧看星河尽意明",以推想将颈联直抒胸臆的欣喜之意补足。鹊衣欲干,雷声近息,睡取微凉,晴入新诗,已是畅怀之极,及至日落黄昏,夜幕降临,则更有"虚庭散策晚凉坐,斟酌星河亦喜晴"(《又两绝》)的又一番可喜景象。诗人在《夏夜》诗中说:"闲弄玉如意，天河白练横。……南阳半年客，此夜满怀清。"看来，诗人是十分爱赏夏秋之交的朗净夜空的，何况雨后天高、星明河汉的"绝胜"呢？值此"绝胜"，即使无人共赏，诗人也要独自"卧看"那"星河"在"纤云"都飘散后"尽意"散发着熠熠的光辉。"星河"之"尽意明"，同样属于拟人化，写出"星河"亦喜"晴"而情不能已，至诗人之"卧看"此"星河"之"尽意明"，则更将诗人喜"晴"的内心点染得跃然纸上，活脱如见。结句复又回到写天上景象，与诗的开头呼应，但已是由昼入夜了。

《雨晴》诗情景相生，物事兼写，而处处以情带笔。全诗不着一"喜"、"悦"、"欢"、"愉"等字面，但无不饱含喜悦欢愉之情。这喜悦欢愉之情来自天气的由"雨"转"晴"，故全诗以景寓情、借事言情，又处处在写"晴"时旁见侧出地以多种方式点明这"晴"是"雨"后之"晴"。正面写"晴"，侧面写"雨"，亦如明写物事，暗写情愫，可谓妙笔生花，匠心独运。但诗人正值北宋末叶政局动荡昏暗时期，很难说得上志得意满，他即使为"雨晴"而喜悦欢愉，也不可避免地笼上时代的阴影，从"今宵绝胜无人共"

中便可听出那凄寂悲怆的音符。尔后诗人再写《观雨》一类的诗篇,就发出"不嫌屋漏无干处,正要群龙洗甲兵"的歌唱,这时诗人经历了北宋沦亡,战乱相仍,故所吟咏已不停留于云雨阴晴本身了。

一首气壮河山的绝笔诗

析陆游《示儿》

钱仲联

作者介绍

钱仲联(1908—2003),原名萼孙,号梦苕。江苏常熟人。1926年毕业于无锡国学专修学校。曾任大夏大学、无锡国学专修学校教授。新中国成立后,历任江苏师范学院、苏州大学教授,博士研究生导师,国务院古籍整理出版规划小组成员等。

推荐词

陆游的《示儿》是古诗中流传时间长、地域广的著名诗篇之一。这首作于作者八十六岁逝世之日的诗篇,念念不忘的仍是"但悲不见九州同",抱有希望的仍是"王师北定中原日",因而感人至深至切。相信它会永久流传下去。

死去元知万事空,但悲不见九州同。王师北定中原日,家祭无忘告乃翁。

陆游《示儿》七绝,是我国古代著名爱国诗歌中最广为传诵的一篇。诗是南宋嘉定二年己巳(1209)冬十二月二十九日(1210年1月26日)陆游去世的那天,作于他的故乡山阴家中。关于陆游的卒年,有两种说法。一是嘉定三年(1210)说,南宋陈振孙《直斋书录解题》说陆于"嘉定庚午,年八十六而终"。清钱大昕《陆放翁先生年谱》和《十驾斋养新录》就据以断定陆游卒于嘉定三年。一说嘉定二年卒,年八十五,宋张淏《宝庆会稽续志》、《宋史·陆游传》和《山阴陆氏族谱》所载相同。《族谱》并写明是这年十二月二十九日卒。按:嘉定二年十二月小,二十九日己丑,已是除夕。陆游的诗弟子苏泂《冷然斋集·金陵杂兴》云:"三山掺别是前年，除夜还家翁已仙。"这是第一手材料，可以证明陆游确是卒于除夕，《族谱》所载不误。

至于陆游的儿子，一共有七个：子虞、子龙、子修、子坦、子约、子布、子遹。陆游死时，子约已前卒。

以上弄清了《示儿》诗写作的年代，现在来解剖这诗的本身。开头说"死去元知万事空"，是退一步着笔，既然要"死去"了，当然万事皆空，这是尽人皆知的事实，素性豁达的陆游，更不例外，所以说是"元知万事空"的内涵，可以概括为国事家事，国事又包括当时政局，如伪学党之争之类，家事也有重要的和琐屑的，例如他与原配夫人唐氏被迫离异的终身恨事。然而到临死前的一刹那，这一切也不得不都归之于"万事空"了。只有祖国未能统一的大事，才是到死关心而不能"空"的。这样写是要逼出下面一句。"但"字一转，真有千钧笔力，"但悲"则把悲愤凝聚于一点，分外有力。"不见"，显得诗人为了九州尚未统一而不甘瞑目。第三句从第二句转过来，表示自己虽死而"北定中原"的信念未尝动摇。末句从"家祭"着眼，紧扣"死去"。"无忘告乃翁"，一方面顶第二句的"不见"，一方面是对子孙后代的激励和教育。自己虽"不见"，而子孙应"无忘"这件大事,"告乃翁"则乃翁虽不见而犹见了。

这首气壮河山的绝笔诗,集中体现了诗人的爱国精神、恢复中原的大志,表达了诗人对正义事业必将胜利的信心。陆游平素服膺的抗金将帅宗泽,因受主和派的排挤,忧愤而死。临死前,还部署手下的将领北伐,大呼"过河"三次而卒。陆游曾在《感秋》诗中非常沉痛地悼念这位英雄,说"疾危尚念起击贼,大呼过河身已僵"。所以明人郎瑛在《七修类稿》里评论《示儿》诗说,"有三跃过河之态"。毫无疑问,这首诗寄托着诗人在跳动最后的脉搏前无穷的希望。果然,在这首诗写作后的三十四年,宋和蒙古会师灭金。陆游诗风的继承者刘克庄《端嘉杂咏》说:"不及生前见虏亡,放翁易箦愤堂堂。遥知小陆羞时荐,定告王师入洛阳。"这是万分高兴的慰灵辞。可是,到陆游死后六十五年(1276),元师侵入宋行在所临安,谢太后与恭帝降元,又后三年(1279)元兵击败宋军于厓山,宋亡。陆游的希望又破灭了。宋爱国遗民林景熙《书陆放翁诗卷后》便说:"青山一发愁濛濛,干戈况满天南东,来孙却见九州同,家祭如何告乃翁!"这和刘克庄诗反映了相反的情绪。陆游的子孙到底是怎样"告乃翁"的呢?他们以爱国的行动来告慰陆游:

据《族谱》载,陆游之孙有元廷,闻厓山之变,忧愤而卒;曾孙有传义,闻厓山之变,忧愤数日,不食而卒;玄孙有天骥,于厓山蹈海殉国;有天骥,宋亡后杜门不仕;末孙有世和、世荣,拒绝元朝征辟。陆游爱国的诗教,可说是源远而流长了。对后代广泛的教育意义,更不待说。

我们赏鉴这首名篇,最重要的是要从中受到爱国的教育,尽管古今的时代不同,爱国的含义也有所区别。

幽韵冷香 挹之无尽

姜夔《暗香》《疏影》简析

袁行霈

作者介绍

袁行霈,1936年出生,江苏武进人。北京大学中文系教授、人文学部主任、国学研究院院长。1957年毕业于北京大学中文系,留校任教至今,1984年任教授,1986年任博士生导师。历任第十届全国人大常委、民盟中央副主席、中央文史研究馆馆长、国务院学位委员会委员等职。

推荐词

白石词今存八十余首,咏梅的就占十八首之多,其中尤以《暗香》、《疏影》最为著名。《暗香》、《疏影》所咏的对象虽然是梅花,但字句之中字句之外隐然有一幽独的佳人,呼之欲出。若论白石词风,莫若刘熙载所谓"幽韵冷香"四字,简而言之可谓"幽冷",他正是以"幽冷"别树一帜,自立软媚、粗犷之外,成为南宋词坛上影响重大的一位词人。

刘熙载在《艺概》中说:"姜白石词幽韵冷香,令人挹之无尽。拟诸形容,在乐则琴,在花则梅也。"真能谓姜白石的知音。白石词今存八十余首,咏梅的就占十八首之多,其中尤以《暗香》、《疏影》最为著名。张炎云:"词之赋梅,唯白石《暗香》、《疏影》二曲,前无古人后无来者,自立新意,真为绝唱。"(《词源·杂论》)周济虽批评白石"局促"、"才小",但也不能不推崇《暗香》、《疏影》,说它们"寄意题外,包蕴无穷,可与稼轩伯仲"。(《介存斋论词杂著》)

《暗香》、《疏影》所咏的对象虽然是梅花,但字句之中字句之外隐然有一幽独的佳人呼之欲出。在《暗香》里佳人和白石一起赏梅;在《疏影》里,佳人则竟幻化为梅花。咏梅不黏滞于梅,意趣高远,清空古雅,确有独到之处。

《暗香》词前小序曰:

> 辛亥之冬,予载雪诣石湖。止既月,授简索句,且征新声。作此两曲。石湖把玩不已,使工妓隶习之,音节谐婉,乃名之曰:"暗香"、"疏影"。

辛亥是宋光宗绍熙二年(1191),这年冬天姜白石冒雪到苏州访范成大(石湖居士),住了一个多月,除夕才回湖州。在此期间,姜白石应范成大的请求作了两支新曲,范成大非常欣赏,使乐工歌妓学习演唱,音节谐和婉转,于是命名曰"暗香"、"疏影"。调名取林逋《山园小梅》诗:"疏影横斜水清浅,暗香浮动月黄昏。"《暗香》词是这样的:

> 旧时月色,算几番照我,梅边吹笛?唤起玉人,不管清寒与攀摘。何逊而今渐老,都忘却、春风词笔。但怪得、竹外疏花,香冷入瑶席。
>
> 江国。正寂寂。叹寄与路遥,夜雪初积。翠尊易泣。红萼无言耿相忆。长记曾携手处,千树压、西湖寒碧。又片片、吹尽也,几时见得?

词从回忆写起。"旧时月色,算几番照我,梅边吹笛?"既曰"几番",显然不止一次,词人往日曾不止一次趁着月光在梅边吹笛。但到底几次，词人也算不清了。以上三句是泛泛地回忆往事。接下来便回忆某一次赏梅的具体情景："唤起玉人，不管清寒与攀摘。""玉人"，既可指男子，也可指女子，这里是指他的情人。由"唤起"二字可以想见玉人已经睡下，词人却还是将她唤起，一同冒着清寒去摘花。那时的兴致多么高啊！这两句是从贺铸《浣溪沙》"玉人和月摘梅花"变化而来，但意味更深长，情韵更饱满。

自此以下转入慨叹今日。"何逊而今渐老，都忘却、春风词笔。"白石以何逊自比，说自己如今渐老，已失去当年的诗兴和才华了。何逊是南朝梁代诗人，曾在扬州写过《咏早梅诗》。杜甫诗曰："东阁官梅动诗兴，还如何逊在扬州。"（《和裴迪登蜀州东亭送客逢早梅相忆见赠》）"但怪得、竹外疏花，香冷入瑶席。""怪得"有惊疑惊叹等意味，李曾伯《满江红》："推枕闻鸡，正怪得、乾坤都白。"可以为证。有人释曰责怪、埋怨，盖非。往日词人关心花期，对梅花的开放不会感到突然。现在不但忘却春风词笔，连梅花的开期也漠然淡忘了。等到竹林之外的几点早梅把冷香送入瑶席，才蓦地察觉自己所爱的梅花已经开放！从字面上看，这几句是感叹自己老了，其实是因为和玉人离别而兴致索然。所以下阕就接着写自己对玉人的思念。

"江国。正寂寂。叹寄与路遥,夜雪初积。"这几句用南朝宋陆凯《赠范晔诗》:"折梅逢驿使,寄与陇头人。江南无所有,聊赠一枝春。"词人在南国水乡,寂寞中想折梅寄与远方的情人,但路途遥远,夜雪初积,不能如愿,徒增叹惋。"翠尊易泣。红萼无言耿相忆。"眼前的绿酒红梅,一个是易泣,一个是无言,只能加重自己的思念。最后又转入回忆:"长记曾携手处,千树压、西湖寒碧。又片片、吹尽也,几时见得?"宋代西湖孤山多梅树,梅花盛开,树枝低压,映着一片寒碧的湖水,是何等的赏心悦目!而料峭的春风将梅花瓣片片吹尽,又是何等的凄切!和玉人携手徜徉于西子湖畔赏梅的情景印在心上久久不能遗忘,什么时候才能重温这场旧梦呢?自己是何逊渐老,而玉人恐怕也已红颜暗老。相见之后又将会怎样呢?

从序文可知,《暗香》、《疏影》乃同时所作。想必是写了《暗香》之后,意犹未尽,遂另作一首《疏影》。前人都说这两首词难解,《疏影》尤其扑朔迷离,确实如此。我想,如果把它们对照着读,也许可以看得清楚些。《暗香》虽说是咏梅,但并没有对梅花本身作很多描写,而是围绕梅花抒写怀人之情。所怀是他的情人,一个美丽的女子。她曾陪词人折梅月下,也曾和他携手赏西湖。在《暗香》这首词里,玉人是玉人,梅是梅。梅花只是引起词人想念玉人的触发物而已,它本身并没有任何比喻或象征意义。如果把这首词的意思向前推进一层,赋予梅花以人格,就可以翻出另一首词,这就是《疏影》。在《疏影》里,词人时而把梅花比作独倚修竹的佳人,时而把梅花比作思念故土的昭君。既是歌咏梅花,又是歌咏佳人,梅花和佳人融为一体了。且看《疏影》的全文:

> 苔枝缀玉。有翠禽小小,枝上同宿。客里相逢,篱角黄昏,无言自倚修竹。昭君不惯胡沙远,但暗忆、江南江北。想佩环、月夜归来,化作此花幽独。
>
> 犹记深宫旧事,那人正睡里,飞近蛾绿。莫似春风,不管盈盈,早与安排金屋。还教一片随波去,又却怨、玉龙哀曲。等恁时、重觅幽香,已入小窗横幅。

前人多认为这首词有寄托。张惠言说:"时石湖盖有隐遁之志,故作此二词以沮之。《暗香》一章,言已尝有用世之志,今老无能,但望之石湖也。《疏影》更以二帝之愤发之,故有昭君之句。"(《词选》)郑文焯说:"此盖伤心二帝蒙尘,诸后妃相从北辕,沦落胡地,故以昭君托喻,发言哀断。考唐王建《塞上咏梅》诗曰:'天山路边一株梅,年年花发黄云下。昭君已没汉使回,前后征人谁系马?'白石词意当本此。"(郑校《白石道人歌曲》)近人刘永济举出宋徽宗赵佶被掳在胡地所作《眼儿媚》词:"花城人去今萧索,春梦绕胡沙。家山何处?忍听羌管,吹彻《梅花》。"解释说:"此词更明显为徽钦二帝作。"(《唐五代两宋词简析》)以上这些说法都是由词中所用昭君的典故引起的。词人说幽独的梅花是王昭君月夜魂归所化,遂使人联想徽钦二帝及诸后妃的被掳以及他们的思归,进而认为全词都是有感于此而作。其实这种联想是缺乏根据的。昭君和亲出塞与徽钦被掳诸后妃沦落胡地,根本不伦不类。王建是唐人,他的《塞上咏梅》和宋帝毫无关系。宋徽宗作《眼儿媚》思念家国,既没有提到王昭君,也就不能肯定白石是用《眼儿媚》的典故。如果不是断章取义,而是联系全篇来看,就不难看出这首词的主旨在赞美梅花的幽独,写其幽独而以美人为喻,当然最好是取昭君,这是不足为怪的。

"苔枝缀玉。有翠禽小小,枝上同宿。"范成大《梅谱》曰:"古梅会稽最多,四明吴兴亦间有之。其枝樛曲万状,苍鲜鳞皴,封满花身;又有苔须垂于青枝或长数寸,风至,绿丝飘飘可玩。"这几句是说:在长满青苔的枝干上缀满如玉的梅花,又有小小的翠鸟在枝上伴她同宿。"翠禽"暗用《龙城录》里的典故:隋开皇中赵师雄迁罗浮,日暮于松林中遇一美人,又有绿衣童子歌舞于侧。"师雄醉寐,但觉风寒相袭,久之东方已白,起视大梅花树上,翠羽剌嘈相顾。所见盖花神。月落参横,惆怅而已。"词人明写梅花的姿色,暗用这个典故为全词定下了幽清的基调。"客里相逢,篱角黄昏,无言自倚修竹。"化用杜甫《佳人》诗:"绝代有佳人,幽居在空谷。……天寒翠袖薄,日暮倚修竹。"又把梅花比作幽居而高洁的佳人。"昭君不惯胡沙远,但暗忆、江南江北。想佩环、月夜归来,化作此花幽独。"杜甫《咏怀古迹》咏昭君村,有"环佩空归月夜魂"之句。词人想象王昭君魂归故土化作了这幽独的梅花。上阕分三层写来,用三个典故,将三位美人比喻梅花,突出地表现了梅花的"幽独"。

下阕换了一个角度,写梅花的飘落。"犹记深宫旧事,那人正睡里,飞近蛾绿。""蛾绿",指女子的眉,《太平御览》卷三十"时序部"引《杂五行书》:"宋武帝女寿阳公主,人日卧于含章殿檐下,梅花落公主额上,成五出花,拂之不去。皇后留之,看得几时。经三日,洗之乃落。宫女奇其异,竞效之,今梅花妆是也。"这几句好像是写寿阳公主(那人),其实还是写梅花,借一位和落梅有关的美人来惋惜梅花的衰谢。"犹记",是词人犹记,词人看到梅花遂记起宫廷里这段故事。接着便以叮咛的口吻说道:"莫似春风,不管盈盈,早与安排金屋。""盈盈"是仪态美好的样子,借指梅花。"安排金屋"用《汉武故事》,汉武帝幼时,他的姑母把他抱在膝上,指着女儿阿娇曰:"阿娇好否?"汉武帝笑曰:"好。若得阿娇作妇,当作金屋贮之也。"词人用这个典故表示惜花之愿,意谓不要像春风那样无情,任梅花飘零而不顾,应当及早将她保护。"还教一片随波去,又却怨、玉龙哀曲。"这是假设的口气,"还"是如其、假如的意思,诗词中多有这种用法。如秦观《水龙吟》:"名缰利锁,天还知道,和天也瘦。"辛弃疾《贺新郎》:"啼鸟还知如许恨,料不啼清泪长啼血。"有的注本把"还教一片随波去"讲实了,说"花随波去,无计挽回",是因为忽略了这个"还"字而误会了词人的原意。这是进一步叮咛：如果让梅花随波流去，即使只有一片，那么《梅花落》的笛曲又要再添几分哀怨了。"玉龙"，笛名。词的最后说："等恁时、重觅幽香，已入小窗横幅。"这几句仍然是叮咛：等到那时，再去寻觅梅花的幽香，只有从画上才能找到了。夏承焘《姜白石词编年笺校》曰："王定保《唐摭言》卷十载崔橹《梅花》诗：'初开已入雕梁画，未落先愁玉笛吹。'姜词数句，似衍此二语。"如果确实是敷衍崔诗，在敷衍中也有创新，其境界远非崔诗所可比拟。细细揣摩下阕的口吻，梅花尚未凋谢。词人因爱之深切，遂一再叮咛，不要使她飘零。叮咛谁呢？没有别人，就是词人自己。

综观全词，上阕末尾一个"幽"字，下阕末尾又一个"幽"字，"幽"就是词人借着梅花所表现的美学理想。这和陶渊明咏松菊，张九龄咏兰桂，一脉相通。如果说这首词有寄托的话，可以说是寄托了词人理想的人格。词里虽然带着孤芳自赏的意味，又有什么可指摘的呢？

关于白石的词风，人多以"清空"二字概括，这是出自南宋末年张炎的《词源》。但细审张炎原文，并没有以"清空"概括白石全部的意思。在张炎看来，"清空"只是白石的一个方面。因为白石多咏物词,咏物容易"留滞于物"以致"拘而不畅"、"晦而不明",此所谓"质实",白石咏物而不留滞于物,这就是"清空"。张炎在"词要清空,不要质实;清空则古雅峭拔,质实则凝涩晦昧。姜白石词如野云孤飞,去留无迹"这段话之后,还有一段话说:"白石词如《疏影》、《暗香》、《扬州慢》、《一尊红》、《琵琶仙》、《探春》、《八归》、《淡黄柳》等曲,不唯清空,又且骚雅,读之使人神观飞越。"很明显,张炎并非一味提倡"清空","清空"要以"骚雅"去充实才算词的上乘。张炎又说:"所以出奇之语以白石骚雅之句润色之,真天机云锦也。"可见他所重的不仅是"清空",还有一个"骚雅"。张炎还说:"词以意趣为主……姜白石《暗香》赋梅云(词略),《疏影》云(词略),此数词皆清空中有意趣,无笔力者未易到。"也明明指出白石词不只是"清空",而且富有"意趣"。只"清空"而无"意趣",岂不成了一个空架子?可见张炎虽然拈出"清空"二字来评姜白石的词,但并没有以偏概全地说白石词只是"清空",这是不能不辨的。

如上所说,以"清空"概括白石词并不全面,也不符合张炎的原意。若论白石词风,莫若刘熙载所谓"幽韵冷香"四字,简而言之可谓"幽冷",他正是以"幽冷"别树一帜,自立软媚、粗犷之外,成为南宋词坛上影响重大的一位词人。

是亦步亦趋，还是另辟蹊径？

宋人七绝的理趣和野趣

储仲君

作者介绍

储仲君,1934年生,江苏金坛人。1958年毕业于华东师范大学中文系。山西师范大学中文系教授。

推荐词

一些优秀的宋人七绝,或富有理趣,或富有野趣,或富有机趣,这是宋诗比较突出的表现。本文从宋诗七绝的理趣和野趣的角度,展现了宋诗不同于唐诗的一面。

七言绝句是唐人耕耘甚勤、收获甚富的一个领域。唐人的创作既为宋人提供了丰富的经验,也为宋人设置了一道不易逾越的障碍。是跟着唐人亦步亦趋,还是另辟蹊径?大部分有出息的宋代诗人选择了后一条路。他们的努力使七绝焕发出了新的光彩。一些优秀的宋人七绝,或富有理趣,或富有野趣,或富有机趣,就是比较突出的表现。

先说理趣。严羽《沧浪诗话》曾说:"诗有别趣,非关理也。"这是针对宋人"以文字为诗,以议论为诗,以才学为诗"的倾向说的,意在强调诗歌的特点。这自然有它的积极意义。但这句话说得未免有些绝对化,因为诗固然可以有"别趣",但并不见得不可以有理趣,而且别趣与理之间也不见得没有关系。潘德舆在《养一斋诗话》中就反驳他说:"理语不必入诗中,诗境不可出理外。"抒情诗在感染人、陶冶人方面作用比较突出,一般说,它不可能像叙事作品那样，通过描绘纷纭复杂的社会生活图画来揭示生活的本质，但它却往往以"表态"的方式，告诉人们诗人欣赏什么、赞美什么、厌恶什么、反对什么，从而告诉人们什么是真、善、美，什么是假、恶、丑。这就是说，抒情诗归根到底也要说出个理来，也是有它的认识意义的。当然，"理语不必入诗中"，一般说，应该通过形象的描绘、感情的抒发，使读者自己去得出结论，这样才容易做到"含不尽之意，见于言外"，这是为唐人的经验所证明了的。但是否只此一途，别无他法呢？是否只能含蓄，不能明快，只能让读者去体会，而且只能让那些聪明的读者得到确切的答案，不能更明确地把自己的意思告诉读者呢？宋人作了肯定的答复。他们的做法就是努力去发掘和表现理趣。理和趣，两者必须结合。有理无趣，则索然寡味；有趣无理，则流于平俗。

宋人理趣结合的方法，最常见的一种是形象地描绘眼前的景物，然后加以点破，使读者既能领略景物的诗意，同时又因为得到某种启示而若有所悟的喜悦。这种方法，姑且称之为描绘法。如朱熹的《观书有感》：

> 半亩方塘一鉴开，天光云影共徘徊。问渠哪得清如

许？为有源头活水来！

清澈的池水像明镜一样映照出天空飘浮的白云，使人心旷神怡；池水为什么会如此清澈？原来源头有潺潺的活水！写的是眼前的景物，讲的却是学习的道理。这显然比枯燥的说教给人的印象要深刻多了。又如苏轼的《题西林壁》：

横看成岭侧成峰，远近高低各不同。不识庐山真面目，只缘身在此山中！

这首诗讲了哲理，但从诗面看，作者写的却是他畅游庐山的观感。读着这首诗，我们似乎也步着诗人的游踪，从不同角度看到庐山所呈现的千姿百态，或高峻，或舒缓，或秀丽，或雄浑。每一个姿态都是真实的，但对整体庐山来说又都是片面的，因此也可以说是不真实的。为什么身在庐山，却看不到庐山的真面目呢？原因恰恰就在于："只缘身在此山中！"这显然是诗人在游程中一直在思索的问题。他的体会使我们感到具体、亲切，讲的道理又使我们有顿开茅塞之感。但还不止是如此。我们还可以从诗中隐隐体会到苏轼在人生的海洋中沉浮的感慨。显然是山中之游使他联想到了"人生之游"。他看不透生活,理解不了生活中的风云变幻,但现在他明白了:"只缘身在此山中"——是因为他执着地站在生活漩流中的缘故。他似乎想跳出尘世,这正是苏轼旷达的一面;但他是跳不出去的,因为他热爱生活,这又正是他执着的一面。因此,"只缘身在此山中",就显得有些自嘲的意味,而苏轼积极的人生态度,则通过他所特有的这种旷达表现了出来。再如陈与义的《襄邑道中》:

> 飞花两岸照船红,百里榆堤半日风。卧看满天云不动,不知云与我俱东。

这首诗乍看似乎没有说理的意味,实际上却也说了一个颇能给人启发的道理。苏诗写的是变中有不变,陈诗写的是不变中有变。因为风行甚速,所以船行速,云行亦速。大家都在运动,反而不觉得运动了。卧看二句,写出了诗人轻舟直下的舒畅顺适之感,可是,人们不是经常在自以为是的顺境中,忽视了事势的变化吗?

第二种方法是叙事,由叙事生发出议论来。如陈师道的《绝句》:

> 书当快意读易尽，客有可人期不来。世事相违每如此，好怀百岁几回开！

头两句叙述他读书待客，讲的是眼前的事，与"不如意事常八九，可与言人无二三"那样的横发议论不同。一本有兴趣的书快要读完了，知心朋友却还没有来。这使他懊丧，并因此而联想到一生中许许多多不如意的事。于是他感慨道：一个人一辈子能有几次高兴的时候啊！这无疑是对当时社会现实的一种揭露。再如杨万里的《初入淮河》：

> 船离洪泽岸头沙，人到中流意不佳。何必桑干方是远？中流以北即天涯！

前两句叙述诗人舟行入淮，感到心情压抑。这时他也许想起了"无端更渡柔花水，却望并州是故乡"这样的诗句，不禁无限感慨地问道：何必非要渡过桑干河才算远呢？眼前这条地处中国腹地的淮河，它的中线以北，不就已经是异国他乡、天涯海角了吗？在这两句议论中，我们可以感到诗人对南宋王朝丧权辱国、不事恢复的痛心和愤慨。

第三种方法是用形象的材料发议论，称之为"形象思

维"倒颇为恰当。如刘克庄的《戊辰即事》:

> 诗人安得有青衫?今岁和戎百万缣!从此西湖休插柳,剩栽桑树养吴蚕。

诗人用激愤的议论对南宋王朝纳贡求和的投降政策表示强烈的抗议。他指出,长此以往,连京城临安以"三秋桂子,十里荷花"闻名的游览胜地西湖,恐怕也只好伐木填湖、种桑养蚕,去供奉永远贪得无厌的金人了。全诗是议论式的,但用的是形象的材料,其容量自然要比一般抽象的议论大得多。

宋人认为理有哲理之理、事理之理、性理之理。我们所说的理趣,主要指前两项而言。一首富有理趣的诗,并不仅仅诉诸读者的理性,它也同样要拨动读者感情的弦索,并且给读者插上想象的翅膀。因此,它并不会使人感到一览无余;相反,除一般的诗意享受以外,它还往往使人领略到"别有一番滋味"。

其次说野趣。这里主要讲以农村风光为题材的作品。之所以要用"野趣"的字样,是为了表示与前此诗人所写的田园诗中的诗趣有区别。如果说前者比较雅,那么后者就显得有些野；但正因为"野"，才比较真。其诗意是从现实的农村生活中发掘来的，捕捉来的，不是戴着后世仿制的陶式眼镜所能看到的；也正因为野，所以显得新，在王、孟、韦、柳以来的一味恬淡冲远的沉闷空气中吹进了一阵清风，使人感到一新耳目。后人的田园诗只继承了陶诗恬淡的一面，涉及劳动生活的一面被抛掉了，田园诗成了隐逸诗的代名词。大概真正的隐士一般未必会想到写诗，而写诗大谈山野田园之乐的人则未必真心想当隐士，像孟浩然、秦系这样的人虽然隐居终身，其实做官之心是很切的。所以他们的兴趣并不在农村生活，而在美化、诗化田园风光，以抬高隐士的身价。"竹喧归浣女，莲动下渔舟"（王维《山居秋暝》），美则美矣，但浣女脸上的汗珠、渔父脚上的污泥没有了。"渔翁夜傍西岩宿，晓汲清湘燃楚竹。烟消日出不见人，欸乃一声山水绿"（柳宗元《渔翁》），逸则逸矣，但如果告诉那位风餐露宿的渔翁说这写的是他，他恐怕只会感到惘然吧。总之，就大部分作品来说，唐人的田园诗并不能真实地、全面地反映农村的情况。他们写的是他们感兴趣的或希望看到的一面。在这一类诗里，我们可以清楚地感觉到作者对农村生活、对农民的思想感情是有隔膜的。

宋人的田园诗就不是这样。在这些诗里，我们往往可以比较真切地看到农村生活，看到农民的喜悦和忧愁，情趣和好尚；诗人流露的情趣，也往往与之较为和谐。例如孔平仲的《禾熟》：

> 百里西风禾谷香，鸣泉落窦谷登场。老牛粗了耕耘债，啮草坡头卧夕阳。

这里写的是农忙后的间歇。天凉了，水清了，庄稼成熟了，一头老牛舒坦地卧在夕阳中，懒洋洋地咀嚼着干草。我们似乎能看到它心里的满意，以至于不禁也要舒一口气。写的是牛，但却使我们想起终年辛勤劳动的农民。这时候农村的气氛是安闲、恬静的，但这种安闲、恬静却说明了农民的要求多么容易满足，也说明了他们平时的负担是多么沉重。因此我们在舒一口气之后，又不禁要感到一种莫名的惆怅。

夕阳西下时一头老牛卧地吃草，这是十分平常的景象，到过农村的人谁也能够看到，但高雅的诗人也许会觉得它平庸而粗俗，避之唯恐不及。孔平仲却从中发现了诗意，这是因为他走进或走近了农民们的圈子的缘故。无独有偶，宋人写牛的诗很不少，而且其中不乏好诗。如：

清明风日雨干时,草满花堤水满溪。童子柳荫眠正着,一牛吃过柳荫西。

——杨万里《桑茶坑道中》

水绕陂田竹绕篱,榆钱落尽槿花稀。夕阳牛背无人卧,带得寒鸦两两归。

——张舜民《村居》

草满池塘水满陂,山衔落日浸寒漪。牧童归去横牛背,短笛无腔信口吹。

——雷震《村晚》

这几首诗都表现了一种悠闲的情趣,但与"行到水穷处,坐看云起时"那样的悠闲毕竟很不相同。诗里描绘的景色也很美,但吹来的清风中却杂有青草味、泥土味,甚至牛粪味。的确,这几位诗人持的都是从旁欣赏的态度,但欣赏较回避或厌恶,不能不说是很大的进步。如果我们用今天深入生活的观念去衡量他们,那就未免苛求古人了。

如果说上面这三首诗多少带一点猎奇的意味,那么,像下面这样一些诗,对农村生活的描绘就显得更朴实一些,深刻一些。如:

> 土膏欲动雨频催，万草千花一饷开。舍后荒畦犹绿秀，邻家鞭笋过墙来。
>
> ——范成大《四时田园杂兴》

多浓的春意！但这是田舍中的春意，庄稼人看在眼里，乐在心里，但"虽知而不能言"，诗人替他们说出来了。自古以来，描写春浓的诗作可谓多矣，但很少有从泥上着笔的；着意渲染娇红、嫩绿、莺声、燕影的诗作可谓多矣，但还没有见过拈出一根鞭笋来作为春的标志的。因为这些诗人没有想到用庄稼人的目光来看看外面这个大千世界，自然不知道春天原来是从肥沃的泥土里长出来的，更不知道天下竟然还会有鞭笋串门这样的新鲜事。再如：

> 蝴蝶双双入菜花，日长无客到田家。鸡飞过篱犬吠窦，知有行商来卖茶。
>
> ——范成大《四时田园杂兴》

菜花黄了，白天长了，男人们都下地劳动去了。村庄里一片寂静，笼罩着昏昏欲睡的气氛，时间和空气都似乎凝固了。只有行商的到来，像一块石子投入池水一样，在这种平静而单调的生活中激起了几圈涟漪。也许作者意在表现初夏农村的宁静，但我们却感到，这是一种多么令人压抑的宁静！

上引数诗，大都是反映农村生活中轻松、平静的一面的，这一点倒是继承了晋唐以来田园诗的传统。严厉的批评家也许会指责这些诗有粉饰现实之嫌。其实，农村生活并不始终都像绷紧了的弦那样，也是有张有弛的；农民们并不始终都在痛苦呻吟，也有自己高兴、喜悦的时候。我国最早的民歌《七月》就曾经全面地反映了古代农奴一年四季的生活，包括他们艰苦的劳动和愉快的节日。问题倒在于这种恬静的诗趣究竟是取自当时的农村生活，抑或不过是从前人的美学趣味中贩来的赝品。应该补充说，宋诗中并不缺少正面反映农民的劳动、贫困和受封建统治者残酷剥削、压迫的作品，但这类严肃的题材需要体裁有较大的容量，因此以长篇居多，不过小诗中也时有佳作。如：

> 昼出耘田夜绩麻，村庄儿女各当家。童孙未解供耕织，也傍桑阴学种瓜。
>
> ——范成大《四时田园杂兴》

这首诗正面写了农民们辛勤的劳动生活：男耕，女织，连小孙子也学着老爷爷的样，在桑阴下玩种瓜。这里是没有闲人的，这里的人从他还是"童孙"的时候起，就与劳动结下了不解之缘，直到成了皤然老翁，始终是没有暇时的。再如：

> 一担干柴在渡头，盘缠一日颇优游。归来涧底磨刀斧，又作全家明日谋。

——萧德藻《樵夫》

作者选择的显然是太平时光，是这位樵夫运气好的时候，柴顺利地担到集市，顺利地卖了出去，又给一家老小买回了一天的口粮，这时候这位樵夫心里挺高兴。但他的高兴是短暂的，回到家里，他又不得不为全家明天的生活皱起眉头，磨他的柴刀了。唐人爱说"归去老渔樵"之类的话，在他们的笔下，终日与青山为伴的樵夫总带有几分仙姿逸气，令人赞赏；而在宋人萧德藻的眼里，樵夫的生活就显得并不那么令人羡慕了。

> 拂晓呼儿去采樵，祝妻早办午炊烧。日斜桴腹归家

看，尚有生枝炙未焦。

——华岳《田家》

这位老农下地以前，对家里的活儿一一作了安排，细心得很，操心得很。劳动一天回来，他累了，饿了，但首先还是要用挑剔的眼光看一下诸事是否都已办妥。当他看到还有一枝生柴没有充分燃烧的时候，他一定沉下脸来了，家里气氛也一定紧张起来了。在我们看来，这位老农的性格未免有些古怪，但是，不正是生活的重压把它扭曲成这样了吗？在这首诗里，农民不再是田园风光的点缀，不再是远处影影绰绰的形象，而已经须发毕现，跃然纸上了，再如：

采菱辛苦废犁锄，血指流丹鬼质枯。无力买田聊种水，近来湖面亦收租！

——范成大《四时田园杂兴》

采菱是一种艰苦的劳动，并不像唐人诗歌中写的那样，总是伴随着悠扬的"菱歌"。采菱人躬腰探身，在菱叶密集的水面上操作，手指经常被菱角扎得血肉模糊。他们实在太穷了，不得不放弃祖辈从事的耕作，选择这种更为艰苦的劳动,但是,"近来湖面亦收租"!叫他们到哪里去谋生呢?在这首诗里,已经没有一点轻盈的和平之音,有的只是贫苦农民的愤怒和控诉。

从以上这些方面可以看到,宋代的田园诗人对农村和农民的生活比唐人要熟悉得多,兴趣要浓厚得多,这正是他们的田园诗之所以有野趣、之所以能打开一个新局面的根源所在。

春天赞歌与青春恋歌的协奏曲

元好问《杨柳》臆解

张仁健

作者介绍

张仁健,1938年生,江苏南通人。1961年毕业于北京大学中文系。退休前为北岳文艺出版社编审、副总编辑,《名作欣赏》杂志社社长、主编。

推荐词

元好问是我国金末元初最有成就的作家和历史学家,文坛盟主,是宋金对峙时期北方文学的主要代表,又是金元之际在文学上承前启后的桥梁,被尊为"北方文雄"、"一代文宗"。后人评价他的诗风近杜甫。《杨柳》是他青年时期的一首春天赞歌与青春恋歌的协奏曲,弥足珍贵。

杨柳青青沟水流，莺儿调舌弄娇柔。桃花记得题诗客，斜倚春风笑不休。

　　说实在的，对于金元之际主盟中原诗坛的杰出诗人元遗山的诗，我并未广为涉猎，更无深入研究。从常见的各类选本中读到的，多半是诗人遭逢乱离、心系社稷、忧时伤世的"沉郁顿挫"之作。诗人那充满忧患意识的抑郁酸楚的面容，在我的大脑屏幕上是经常和"诗圣"杜甫的面貌叠印在一起的。因此，当我偶然读到并略加玩味《杨柳》这首春日即景抒情的小诗时，就像在诗人庄严肃穆的诗歌圣殿里瞻仰了多种凝重的文物鼎器之后，突然瞥见了一株春意盎然、玲珑剔透的花木盆景，顿觉耳目一新，神清气爽，欣欣然别得一种审美情趣。

　　《杨柳》是一首描写春景抒发春情的七绝。全诗不用典故,不事雕琢,语言明白晓畅,皆以口语出之,似不经意地随口吟出,却十分耐人寻味。此诗如果被收入《千家诗》中,定会如孟浩然的五绝《春晓》一样广为流布,即使妇孺之辈也能朗朗上口吟诵不辍。

诗题为"杨柳",但迥别于贺知章《咏柳》一类的咏物诗。诗人并没有在尺幅诗笺中笔笔着墨于柳,工细而精巧地描摹春柳的姿态和韵致,也没有着力借咏柳抒发赏春、惜别、怀人等传统性的骚人意绪。全诗仅以首句"杨柳青青沟水流"对柳略加点染,泛写出春郊即目可见的平常景色:春临大地,沟边杨柳青青,满眼生机。杨柳生性喜水,柳生沟边,早得春意,故分外青碧。这常理所涉的寻常之景由诗人信手拈来,看似平淡无奇,实有匠心暗离。诗人不避俗俚,"沟水"二字入诗,意在表明所写之柳,并非"谢家"池畔之柳,而是傍沟渠而生的野外之柳,故而全诗所写春色之背景亦可推知是在郊野并非庭园,洋溢于诗中的是一种郊野踏青的自在之趣,而非庭院赏心的人为雅趣。"沟水"之下,着一"流"字,画面化静为动,杨柳之青青与流水之汩汩,可谓有声有色,而声与色之间的因果关系,也由"流"字揭出。正是:"问柳哪得青如许?为有沟内活水流。"

次句"莺儿调舌弄娇柔",从视觉上的啼莺之态写听觉上的莺啼之声。以形神兼具之笔活现啼黄的婀娜娇媚之态,则呖呖莺啼的婉转柔和之声便借形传出,唤起人的听觉感知。一二两句,合而参详,实由杜甫"两个黄鹂鸣翠柳"一句化出。杜诗以一句状写二物,比元诗节省了笔墨,但不无质实板滞之嫌,不如元诗神气灵动富有情韵。元遗山不像杜甫那样直接地写黄莺鸣啼于柳上,而是先以杨柳青青、流水汩汩烘托出春色之浓烈、春意之早勃,然后将所闻的娇啼之声化为所见的莺啼之状,并作意识化、情态化的生动描绘。在诗人的笔下,莺儿也和诗人一样,充分领略了大好容色,不甘沉默,似乎有意调转如簧巧舌、逗弄美妙歌,唱出一串娇柔无比的歌声。这少女般的温馨甜美之歌与流水徐徐的琴音相应和,协奏出春光的动人声韵,柳绿莺黄,交相辉映,点染出春光的迷人色彩。大自然中,生命的绚丽活跃,青春的美好多姿,怎能不使人如痴似狂地陶醉,怎能不使诗人的心头涌动起追求人生、觅取幸福的春潮?

如果把这首诗当作诗人对春天和青春的赞歌来读,那么诗的前两句只能看作是赞歌的序曲。强烈地撩人心弦的主旋律,不是由这两句中的杨柳与莺儿弹奏出来的,而是由后两句中的桃花与"题诗客"弹奏出来的。前两句对柳与莺的点染设色只是为主角的登场、主旋律的弹奏作了必要的气氛渲染和情绪的铺垫。"桃花记得题诗客"这陡然转折的第三句，如同电影中的快速推出的近镜头，猛然将诗作咏写的主体形象——桃花与诗人一同推上画面，使读者的视线与思绪因猛然转换而产生一种"柳暗花明"的惊奇之感。

桃与柳本是常相并生装点春色的两种主要花木。咏柳及桃，原属自然联类，屡见不鲜。元遗山的另一省七绝《徘体雪香亭杂咏十五首（其八）》："杨柳随风散绿丝，桃花临水弄妍姿。无端种下青青竹，恰到湘君泪尽时。"便将杨柳、桃花、青竹作对比性的联咏，以青竹的贞节不移、甘受困顿，讽刺桃柳的随波逐流、献媚邀宠。《杨柳》一诗将桃李并列为春天和青春的象征由此及彼，本是顺理成章，但令人激赏不已的是，诗人以"桃花记得题诗客"一语，既将被人观赏的客体物象拟人化为具有主体意识的对应角色，又将抒情主人寻花问柳的执着痴迷的心态从桃花的观感中揭示出米。"记得"二字是此诗的诗眼，绵长的意味和耐人寻绎的味外之旨皆包蕴于此二字之中。"记得"是由现实的感觉所引发的一种往昔贮存信息的反馈，桃花一见今日来此游赏的诗人便能"记得"他是似曾相识的"题诗客",足见诗人定非首次来此踏春,此番情景无非是他年情景的复现,正所谓"前度刘郎今又来",着此"记得"二字,诗的时空范畴便由现在延伸到过去,桃花记得"今又来"的是"题诗客",足证诗人他日亦如今朝均在游赏时有题诗之举。诗人何以如此痴迷,竟至于三番两次来此游赏并题诗?个中的奥妙,看来桃花是心有灵犀的,读者也可从桃花对应性的举止神态中窥测一二。或许是因为诗人的那种如醉如迷的情态颇使桃花感到傻得可爱,于是便情不自抑地"斜倚春风笑不休"。这精彩的结句,活现了桃花那天真聪颖、娇憨活泼的村姑式的风韵。看来,被诗人屡屡欣赏的桃花也暗自屡屡欣赏着诗人,并对诗人的迷恋情态,心有所感,不由会心地发出略带野性的纵情笑声。在诗人的笔下,那启苞怒放、摇曳于骀荡春风中的一树艳丽的桃花,岂不是幻化为一位倚花斜立,笑得全身微颤的如花少女?她那银铃般的串串笑声与莺儿的调舌之声,岂不是合奏成一曲摄人魂魄的青春之歌?如斯画面,如此情韵,怎能不令人作无穷的回味,无边的遐想?

是的,读罢此诗,我那被诗作激活起来的遐想确乎难以自制了。不知怎的,我立即联想起了唐代诗人崔护的那首脍炙人口的艳遇诗《题都城南庄》：

> 去年今日此门中，人面桃花相映红。人面不知何处去，桃花依旧笑春风。

据孟棨《本事诗》记载，崔护的这首诗是一首纪实性的爱情诗。诗人去年今日郊外春游与一位艳若桃花的农家少女邂逅于门前的桃树之下，双方一见钟情，灵犀暗通。一年后的同日，诗人再度寻访，伊人不见，家门紧闭，桃花依旧，遂题此诗于少女门上，以诗传情，终托此诗为媒，与心爱的少女喜结良缘。在崔护诗中，"题诗客"隐于画面之外，出现于画面之上的是如花的人面和似人面的桃花。始见伊人时，桃花映衬着人面，再访伊人时，人面不见，桃花依旧如人面，含笑于春风之中。此诗中，桃花作为人面的陪衬物象，虽与人面互为比拟，但人面毕竟是人面，桃花毕竟是桃花，两者并未融为一体。在元诗中，桃花带出"题诗客"现身于画面，画面上确无似桃花的人面，但那"记得题诗客"而"斜倚春风笑不休"的桃花，在我的幻觉中总是与跃出画面的人面合而为一——桃花即是人面，人面便是桃花。准确地说，我认为元诗中拟人化的桃花，实质上是人面的象征，是一位青春焕发、天真未泯的乡野少女的象征或"替身"。桃花与"题诗客"的隐曲心态以及两者之间的微妙关系,暗示着诗人似乎有过一宗与崔护相近似的难以忘怀的艳遇。只不过崔诗是写初见伊人的喜悦、再访而不见伊人的怅惘,元诗是写屡访伊人的执着与痴迷以及伊人欢快热烈的情感反响;崔诗是以花映人,元诗是以花代人;崔诗是艳情的直露,元诗是含蓄的艳情。当然,我对诗人的所谓崔护式的艳遇,纯属臆测,并无"诗本事"作依据。然而,即使此诗的纪实性无由成立,那也无可否认此诗是由崔诗化育而生的一首青出于蓝而胜于蓝的艳情诗。

如果我的以上艺术感受不至过分牵强荒谬的话,那么,我认为遗山此诗是作于青年时期的一首春天赞歌与青春恋歌相和鸣的协奏曲!此类诗作,在遗山集中为数不多,但可从中窥探诗人生活与情感的另一侧面,看出诗人作诗的多副笔墨和诗作的多种风貌,因而值得我们珍视。

豪情如潮　柔情似水

读潘阆的《酒泉子》和林逋的《长相思》

吴奔星

作者介绍

吴奔星(1913—2004),湖南省安化县人,北京师范大学国文系毕业,参加过湖南农民运动、"一二·九"运动。早在20世纪30年代便发表不少诗作在《现代》杂志、《菜花诗刊》、《诗志》、《新诗月刊》等诗歌杂志上。先后在桂林师范学院、国立社会教育学院、武汉大学、南京师范大学等任研究员、教授。曾任中国现代文学研究会顾问、中国作协诗歌学会理事。

推荐词

《酒泉子》与《长相思》虽然是宋词中的小令,但都属于抒情诗的范围。它们都写了钱塘江的潮水,潘词豪情如潮,林词柔情似水。风格不同,各有特色,也就各有千秋。两词表明北宋初期已经透露出婉约和豪放两大词派的先声。

宋元文学名作欣赏

唐诗和宋词在中国古代文学史上,好比两座万古长青的高峰,特别引人注目。要登峰览胜,不是人人都能做到的,但是,略窥门径却是大家的愿望。我们现在共同欣赏的宋词,是北宋的两首小令:潘阆的《酒泉子》和林逋的《长相思》,都是描写浙江省钱塘江的。两位作者生活于10世纪后期至11世纪初期,距离现在900至1000年左右。

潘阆,字逍遥,北宋大名人,就是现在河北省的大名县。他的生卒年代不可考,只知道他在宋太宗和宋真宗两朝做过几任小官。在宋太宗时,因言行"狂妄",得罪权贵,被撵出汴京,漂泊江湖,卖药为生,曾流浪到杭州的西湖。杭州在浙江省的钱塘江畔,做过南宋的都城,叫临安。每当中秋佳节前后,钱塘江就要涨潮,往往给两岸人民造成灾难。但潮水上涨,却是宇宙间的壮观。每年夏历八月十八日是潮汛的高潮期，封建王朝把这一天定为"潮神生日"，要举行观潮庆典，仪式非常隆重。每到这一天，皇亲国戚、达官要人、百姓居民、各色人等，倾城出动，车水马龙，彩旗飞舞，盛极一时。还有数百健儿，披发纹身，手举红旗，脚踩滚木，争先鼓勇，跳入江中，迎着潮头前进。潮水将起，远望一条白线，逐渐推进，声如雷鸣，越近高潮，声势越大，如沧海横流，一片汪洋。白浪滔天，山鸣谷应。水天一色，海阔天空。当地居民，就直接称呼钱塘江为"海"，称江堤为海堤。

人们观潮，现在在浙江省海宁市。但在北宋，观潮胜地却在杭州。海宁观潮是明朝钱塘江改道以后的事。潘阆在杭州可能住过几年，涨潮的盛况当然留给他极其深刻的印象，以致后来经常梦见涨潮的壮观。这首《酒泉子》小词，就是他为了回忆观潮盛况而写的。他用《酒泉子》这个词牌写过十首词，但以这一首写得最好，最为后人所传诵。

　　长忆观潮，满郭人争江上望。来疑沧海尽成空，万面鼓声中。

　　弄潮儿向涛头立，手把红旗旗不湿。别来几向梦中

看，梦觉尚心寒。

上片一开始，作者说他"长忆观潮"，表明他对于杭州观潮盛况，永志不忘，经常回忆。当然，用一首小词回忆观潮，就不能什么都写，要突出重点。他首先回忆观潮的人："满郭人争江上望"，就是杭州全城的人倾城而出，排列钱塘江边，踮起脚尖，伸长脖子，争看江面潮水上涨的情景。"满郭"就是"全城"的意思。说临安全城的人都出来观潮，虽说是一种夸张的说法，但也有现实生活作依据。比如吴自牧的《梦粱录·观潮》一节就说过："临安……西有湖光可爱，东有江潮堪观，皆绝景也。每岁八月内，潮怒胜于常时。都人（首都的人——引者）自十一日起，便有观者。至十六、十八日倾城而出，车马纷纷。十八日最为繁盛。"可见，"倾城而出"是对这种传统的观潮盛况的真实写照。其次，作者回忆潮水汹涌澎湃的来势。南宋周密的《武林旧事·观潮》一节记载过钱塘江涨潮的声势。他说：潮水来时，"大声如雷震……吞天沃日，势极雄豪"。虽然也写得很形象，却不如潘阆说的"来疑沧海尽成空，万面鼓声中"，这么惊险、生动，有声有色。作者见潮水像一道道的银白色长城,排山倒海而来,简直怀疑大海的水,都被倒得一干二净,集中到钱塘江,声音轰隆轰隆,像万面战鼓同时敲打,观潮的人都陶醉在鼓声之中。这真是天下壮观,人间奇迹!我们不能不钦佩作者的想象力,既大胆,又确切。经他这么夸张地描绘,纵使从来没有观过潮的人,也觉得心旷神怡,意气风发,是一次最好的美感享受。

词的下片作者继续回忆,他想起那些弄潮健儿创造了人定胜天的奇迹与奇观:"弄潮儿向涛头立,手把红旗旗不湿。"这是作者从上片末尾的浪漫主义的想象转入对亲眼看见的弄潮奇观的现实主义的描写。所谓"弄潮儿",就是敢于在风口浪尖上向潮头挑战戏弄潮头藐视潮头的健儿——健壮勇敢的青少年。他们向涛头挺立,出没于起伏动荡的惊涛骇浪中,手举红旗,不被潮水溅湿。这是不可思议的奇迹,也是不可多见的奇观!写《武林旧事》的周密,曾对"弄潮儿"作过生动的描绘。他说:"吴儿善泅者数百,皆披发纹身,手持十幅大彩旗,争先鼓勇,迎泝而上,出没于鲸波万仞中,腾身百变,而旗略不沾湿,以此夸能。"他们不仅"手把红旗旗不湿",还要互相竞赛,比个高低,真是了不起的"弄潮儿"!但是,那些"弄潮儿",供帝王将相和各色人等欣赏，并不是没有危险的，面向翻江倒海的怒潮，一不小心，立即有灭顶之灾。无怪作者说："别来几向梦中看，梦觉尚心寒。"就是说，梦见那样惊险的场面，就是醒来了，也还要胆战心寒！作者当然是见过不少被淹没的健儿，才感到场面惊险，心寒胆战。在这里也表现出作者为一个被贬谪的文人的思想倾向。

上片回忆观潮，表现宇宙间的壮观；下片回忆弄潮，表现人定胜天的奇迹。作者写"观潮"，人与潮分开写，先写人山人海，后写潮势潮声。写"弄潮"，人与潮结合着写，写弄潮健儿迎向涛头，手举红旗，英姿飒爽，不可一世。如果只写"观潮"，不写"弄潮"，那就停留在自然风光的描写上，作为万物之灵的人只是消极的旁观，意义不大；写了"弄潮"，使人与自然融为一体，作品就显示出广度与深度，表现出青少年敢于和大自然搏斗的大无畏的精神面貌。末尾的"梦觉尚心寒"，作者用自己的感受——连做梦也被惊险的弄潮场面吓得胆战心寒，烘托"弄潮儿"的精彩的表演，实际是对"弄潮儿"的热情歌颂。

至于林逋的《长相思》，虽然也写钱塘江，却是另外一种写法，表现另外一种风格。

林逋（967—1028）字君复，钱塘（今浙江省杭州市）人，一生不做官，不结婚，隐居西湖孤山，二十来年不入城市。日常以种梅养鹤消遣，人们就说他以梅为妻，以鹤为子。于是，"梅妻鹤子"传为千古佳话。死后，人们觉得他一生淡泊为怀，清心寡欲，就私谥他为"和靖先生"。他的作品就叫"林和靖诗集"。诗较多，词较少。这首词以《长相思》作词牌，大约来自李白的《长相思》一诗："长相思，在长安。"词写的是送别，以别后相思为主题。

吴山青，越山青，两岸青山相送迎。谁知离别情？

君泪盈，妾泪盈，罗带同心结未成。江头潮已平。

在春秋战国时代，浙江省是吴国的一部分和越国的所在地。以钱塘江为界，大抵北岸多属吴国，南岸则属越国。因此，所谓"吴山"就是钱塘江北岸的山，所谓"越山"，则是钱塘江南岸的山，作者其所以这么写，是为了表明从古以来钱塘江两岸的青山绿水就是迎送亲友的地方。多少人过江爬过吴山？多少人过江爬过越山？钱塘江两岸的青山万古长青，但是被他们迎送的人们，多是生离死别，难免黯然销魂。有的未老先衰，有的饮恨而死。有谁真正理解离情别绪的痛苦呢？

词的下片，主要是对上片结尾的回答，"谁知离别情"呢？由上片的泛泛而谈，落实到具体的人物形象。一般说来，凡被两岸青山迎送过的男女老少都知道"离别情"。但比较起来，最知道离别情的还是那些在爱情生活上遭受阻碍或破坏的少男少女。所谓"君泪盈，妾泪盈，罗带同心结未成，江头潮已平"，就是说一位青年女子（"妾"）在钱塘江边送别自己热恋着的未婚男子（"君"）。他们两人情投意合，却平地风波，横遭封建势力或其他暴力的阻挠而被迫忍痛分离。所谓"罗带同心结未成"是对爱情受到破坏而不能结婚的一种形象化的说法。古代习俗，女子往往用丝绸腰带（"罗带"）打一个心形的结，叫作"同心结"，送给男方作为信物（纪念品），表示永不分离。这首词里的青年女子到江边送别爱人，还来不及用罗带打成同心结，钱塘江已经涨潮，潮水同堤岸相平，男方乘坐的帆船就要开船了。在这里，"江头潮已平"，语意双关：江头涨潮，既是推进帆船的动力，也暗喻破坏婚姻的暴力，平地起风波。

整首词用第一人称口气，是一个婚姻不幸的女子的含泪自白。她想到自古以来钱塘江两岸的青山迎亲送故，但是真正理解离别的痛苦的,只有她一人,到了下片,就直接写她和她的爱人相对含泪、不得不分离的悲惨情景。

上片主要写景,借风景抒发感情;下片主要写情,以感情衬托景物。上片写山,山边有水(钱塘江);下片写水,水上有山。山山水水,无不感染离情别绪。林逋虽然是一个独身的隐士,却是一位富有感情的诗人。他隐居钱塘江边二十多年,经常看见少男少女难舍难分,洒泪惜别,不能不反映到自己的创作实践上来。

词的构思,上片向下片的过渡十分自然。作者在上片"两岸青山相送迎"的基础上,提出"谁知离别情",过渡到下片,突出一对青年男女因爱情生活受到破坏,不能不在江边泣别的情景,形象十分鲜明("君泪盈,妾泪盈"),手法却极其含蓄。不仅词中有画,而且画中有戏,有一对青年男女的悲剧。

词的形式,突出的特点是词句反复,在节奏上产生一种回还往复、一唱三叹的艺术效果。至于青山迎送、罗带同心,都是用的拟人手法,把人的感情移植到山水事物中去,令人产生格外凄凉的感觉。

《酒泉子》与《长相思》虽然是宋词中的小令,但都属于抒情诗的范围。它们都写了钱塘江的潮水,潘词豪情如潮,林词柔情似水。风格不同,各有特色,也就各有千秋。两词表明北宋初期已经透露出婉约和豪放两大词派的先声。

寄奇丽之情 作挥绰之声

柳永的几首慢词赏析

金启华

作者介绍

金启华(1919—2011),安徽来安人。1947年毕业于中央大学,文学硕士。历任中央大学、国立戏专、山东师大、南京师大教授,全国高等教育自学考试委员会中文专业委员。主要著作有《国风今译》、《诗经全译》、《杜甫论丛》、《诗词论丛》、《中国词史论纲》、《匡庐诗》、《新编中国文学简史》等。

推荐词

柳永写离情实具有天地境界。有人认为"'关河冷落,残照当楼',即《敕勒》之歌也"。而"红衰翠减,苒苒物华休",当具有杜甫《秋兴》句之"玉露凋伤枫树林,巫山巫峡气萧森"的意境。"杜诗柳词,皆无表德,只是实说。"以柳词与杜诗相提并论,在某些技巧方面是可以这样说的。他的"长调尤能以沉雄之魄、清劲之气,寄奇丽之情,作挥绰之声"。柳永不愧为慢词的奠基人,开创了长短句式格律诗的新局面,在中国诗史是有崇高地位的。

望海潮

东南形胜,三吴都会,钱塘自古繁华。烟柳画桥,风帘翠幕,参差十万人家。云树绕堤沙,怒涛卷霜雪,天堑无涯。市列珠玑,户盈罗绮,竞豪奢。

重湖叠巘清嘉,有三秋桂子,十里荷花。羌管弄晴,菱歌泛夜,嬉嬉钓叟莲娃。千骑拥高牙,乘醉听箫鼓,吟赏烟霞。异日图将好景,归去凤池夸。

这首词,是柳永年轻时的作品。他从家乡福建崇安往开封应试,路过杭州,拜谒世谊前辈两浙转运使孙何,将此词写赠予他。词写景物多于写投赠之意,我们应该把它视为写杭州风景较好的作品。词一开始从大景写起"东南形胜",包拢东南。收缩下来而有"三吴都会",范围较小一些。再缩小,也就是点题而又重点描绘了:"钱塘自古繁华。"

层次非常清楚。然后加深加广进一步描写杭州。"烟柳"三句,写杭州自然景色和都市风貌,顺序写来,极清丽富庶。"云树"三句,又写高树江涛,景象开阔壮观,是写自然。"市列"三句笔锋又转到写都市。珠玑罗绮,真是珠光宝气,灿烂辉煌,以"竞豪奢"落笔结束上片。下片又转到写自然,写水色山光,重重叠叠,陆上是"三秋桂子",水面则"十里荷花",并非一时花木,但写来则使人忘记了桂子、荷花之不同时,而共在一幅画面上了。词是打破了时空的界限,教人只是陶醉在美的花丛中。这几句,据宋罗大经《鹤林玉露》卷十三载:"此词流播,金主亮闻歌,欣然有慕于'三秋桂子,十里荷花',遂起投鞭渡江之志。"这虽是夸大不实之词,但这词流传之广、影响之大,却是不言而喻的。这上三句是写景,再接下来又写人,"羌管"三句,又是有声有色,更不分昼夜,声乐、器乐并奏,而钓叟莲娃,嬉嬉自在,显出一派升平气象。写杭州风物到此似乎结束了。就全词来看,它的上下片是连续写景,但到下片"千骑"三句,则写所投赠之人的仪仗、风采、胸怀,显出是虽富贵不忘山林、书生本色,这就避免了投赠诗词的阿谀与庸俗。"异日"二句,更是以他日荣升仍当不忘今日之好景。

一"夸"字落脚，尤显得音响动人。

这首词，确如陈振孙所说："音律谐婉，语意妥帖。承平气象，形容曲尽。"(《直斋书录解题》)也看出柳永的长调之作，是工于铺叙，写景的画面是一幅接着一幅，安排得极为巧妙。有时从大到小，收缩起来又突出重点，有时先点后染，推展开来，打破了时空界限，尽情驰驱。

柳永是宋代慢词的奠基人，他是以长调为特长的。在宋代以长调来写景物投赠之作，当以柳永青年时期所写的这一首词为较早，这也是值得我们特别提出来加以称述的。

雨霖铃

寒蝉凄切，对长亭晚，骤雨初歇。都门帐饮无绪，留恋处，兰舟催发。执手相看泪眼，竟无语凝噎。念去去、千里烟波，暮霭沉沉楚天阔。

多情自古伤离别，更哪堪，冷落清秋节，今宵酒醒何处？杨柳岸、晓风残月。此去经年，应是良辰好景虚设。便纵有千种风情，更与何人说？

这首写离情的词，可谓淋漓尽致，备足无余。词一起三句点明时间、地点、景物，是人而将离别。日晚，阵雨乍停，蝉声凄切，在送别的长亭，人何以堪。这蝉鸣助添悲凉，而一起即道出，似乎为这首词定了调子。"都门"两句，极写饯别时的心情，委婉曲折，心理矛盾，欲饮无绪，欲留不得。"执手"两句，再加深涂抹，在执手、相看、无语中，更使人伤心失魄。以上三小节是极尽回环、顿挫、吞吐之能事。"念去去"以后，则大气包举，一泻千里，似江流出峡，直驰平川，词则直抒胸怀。以"念"这一领字带起，表明是设想别后的道路辽远，"千里烟波，暮霭沉沉楚天阔"，全是写景，实际上全含的是情，景无边而情无限。换头以情起，叹息从古到今离别之可哀，"更哪堪"句又推进一层，这是把江淹《别赋》、宋玉悲秋的情思两者结合起来，提炼出这两句。"今宵"二句，又是推想，然而景物清丽真切，真像别者酒醒后在船中之所见，几如身历其境，忘其是设想了。"此去"二句，再推想别后长久的寂寞，虚度美好年华。"便纵有"两句，再从上两句的遭遇，深入下去，叹后会难期，风情向谁诉说。真是"余恨无穷，余味不尽"（唐圭璋《唐宋词简释》）。

这首词，写将别、临别以及别后的种种设想。尤其是把别后的情景描绘得比真的还真，又以景视之，使人不觉得是虚构的，足见柳永的艺术手法之高妙，而很多高超的手法，都在这首词里表现出，所以有人称其"微妙则耐思，而景中有情。……'杨柳岸、晓风残月'，所以脍炙人口也"（谢章铤《赌棋山庄词话》）。又有人认为"'千里烟波'，惜别之情已骋；'千种风情'，相期之愿又赊。真所谓善传神者"（李攀龙《草堂诗余隽》）。这都道出这首词的妙处，但我们觉得刘熙载在《艺概》中的"点染"之说，更是值得称述的。他认为：

> 词有点染，耆卿《雨霖铃》"念去去"三句，点出离别冷落；"今宵"二句，乃就上三句染之。点染之间，不得有他语相隔，否则警句亦成死灰矣。

刘熙载的这一评论，实际上是以画法论词，看出在柳词中的加深描绘，反复涂抹。既精微入里，而又大胆泼墨。也就是柳词中抒情与写景在章法和修辞的巧妙运用，可谓词中有画。而其中抒情，尤寄寓哲理。所谓"多情自古伤离别，更哪堪，冷落清秋节"，清秋离别，多情哪堪？感情极为沉痛,而染以"今宵酒醒何处?杨柳岸、晓风残月",更是伤心而又凄凉,情景妙合无垠,这一别后之情景,又是因"念去去"三句之点化而得,前后照应,委婉自如。柳词在点染方面的技巧运用,确是达到很高成就的,在这一首词里最为突出。

采莲令

月华收,云淡霜天曙。西征客、此时情苦。翠娥执手,送临歧,轧轧开朱户。千娇面盈盈伫立,无言有泪,断肠争忍回顾。

一叶兰舟,便恁急桨凌波去。贪行色、岂知离绪。万般方寸,但饮恨,脉脉同谁语?更回首、重城不见,寒江天外,隐隐两三烟树。

这首词和他的《雨霖铃》堪称写别离词的双璧,各有特色。《雨霖铃》以景起,以情结,抒情则一泻千里,而寓有哲理。《采莲令》则以景起以景结,景中含情,余韵无穷。

词一起点月落天明景色,淡云在空霜满地,早晨本是美景,而以"西征客,此时情苦",则无心赏此良辰。一句景,一句情,配合得极为巧妙。"翠娥"二句写送行者的情态,"执手"、"送临歧"、"开朱户",这几个动作,次序应该是开门、送行、执手,这里迫促写来,强调执手之不忍分离,就不顾动作的先后了,乱得动人,听来有声,"轧轧"就是叹息。"千娇面"三句,又是倒叙见其精彩。"断肠争忍回顾","断肠"沉痛之至,"争忍回顾",不忍回顾,实际上是回顾了,看到那"千娇面,盈盈伫立,无言有泪"。这一刹那成永恒,也是一顾难忘,回首断肠。写透写尽两情的依依惜别。换头,"一叶"三句又是写景写情。写别后舟行之行,实则远离了人,于是厌嫌那"急桨凌波去",更讨厌"贪行色",只图完成行程,哪知人的心思。这是一层。"万般"句,再写别后心中之恨,只能饮恨吞声,知音已别,谁与为言。这是第二层。"更回首"三句,和上片末句同一机杼,不过只是一泻下来。"重城不见",写城实为写人,城不见,人更不见。然而末两句,则又宕开撒出,但见江天大景辽阔,烟树几点迷离。以景结,无限之景寓无限之情,这是第三层。总之,是一层深一层,一层透一层,一层大一层,多层次地铺写离情别绪。全词又是以别后之一顾、再顾铺开来写,上片写别来犹见人之多情,下片则写别后不见人而只见江天烟树。见与不见，总是伤心。明知见是伤心，不见也是伤心，然而却不能不一顾、再顾，充分地表现出留恋之深。柳永功名蹭蹬，赖有红袖知音。当兹别离，实有高山流水之思，其词之沉痛处，当不仅是恋情的。

夜半乐

冻云黯淡天气，扁舟一叶，乘兴离江渚。度万壑千岩，越溪深处。怒涛渐息，樵风乍起，更闻商旅相呼。片帆高举，泛画鹢、翩翩过南浦。

望中酒旆闪闪，一簇烟村，数行霜树。残日下，渔人鸣榔归去。败荷零落，衰杨掩映。岸边两两三三，浣纱游女，避行客，含羞笑相语。

到此因念，绣阁轻抛，浪萍难驻。叹后约丁宁竟何据？惨离怀，空恨岁晚归期阻。凝泪眼，杳杳神京路，断鸿声远长天暮。

这首词，共分三叠。正如许昂霄所云："第一叠言道途所经，第二叠言目中所见，第三叠乃言去国离乡之感。"

(《词综偶评》)层次是非常清晰的。

词一起三句,点出天气黯淡,乘兴驰舟离岸。"度万壑"二句写舟行环曲,逐渐远去。"怒涛"三句写行舟所遇,涛息风起,商旅相呼,有空谷足音之喜。"片帆"句则又写舟行速。中片紧接上片末句意义,更以"望中"两字领起,望见的是"酒斾""烟村""霜树",在"残日下"又见"渔人鸣榔",而衬托的是"败荷""衰杨",似萧索也有野趣。更看见两三村女羞答答地相互议论,娇憨可掬。这片是先以远景写起,逐步推进,到岸边的渔人、浣女。在静景中又有动景。这里舟行"望中"所见之景是由大到小,由远及近,由静趋动,所以写得极为清丽生动,使人似乎可忘记行旅之苦。然而下片却急转直下,以美景反衬哀思,从此生发。以"到此因念",轻易别离,行踪难定,三句均极深厚。这是第一个念头。"叹后约丁宁竟何据",后会无凭,这是第二个念头。"惨离怀、空恨岁晚归期阻",又恨岁晚难归,这是第三个念头。这三个念头闪如星火,回肠荡气,系用曲笔密织手法,尽盘旋之能事。而"凝泪眼"以下,则纵笔直驰,纵情驰骋,一发而不可收。在驰骋中又有无穷韵味。泪眼望神京,是杳杳路遥。神京当指京都,也可指所仰慕的处所以及那里的人物。然而所思不见，只是那"断鸿声远长天暮"，这一句是景，全词是以景结，然而寓意无穷。这"鸿"是断鸿，即失群之鸿。其声自然是悲鸣，是渐渐地远去了，和它的身影同样消逝，其形其声，皆已不在。而正位黄昏，悲鸿远逝，长天日暮，此景何堪。这样，我们结合作者所抒之情来认识，真是情无极景无限，情景妙合，景中寓情，情寄于景。这一疏荡而又饱满的笔法，确具千钧之力，感人至深。这首词，层次既然清晰，铺叙开来，而又回环曲折。领字尤能带动全篇以振起精神，展开画面。有时又是直抒胸臆，倾泻无余。全词以景起，以景结，首尾呼应。一起似喝起，一结是长吟。我们细味其声音，而音乐之美尤使人陶醉的。

八声甘州

对潇潇暮雨洒江天，一番洗清秋。渐霜风凄紧，关河冷落，残照当楼。是处红衰翠减，苒苒物华休。唯有长江水，无语东流。

不忍登高临远，望故乡渺邈，归思难收。叹年来踪迹，何事苦淹留！想佳人，妆楼凝望，误几回、天际识归舟。争知我、倚阑干处，正恁凝愁。

柳永写别情的词，这首也是很出色的。开始以"对"字领起，写雨后的江天，清澈如洗，词句也极洗练，而又大气磅礴。"渐霜风"三句，再以"渐"字领起，直贯而下，写风紧残照之关河楼头，境界是绮丽而悲壮，声响尤其动人。难怪苏轼叹为"唐人佳处，不过如此"（赵令畤《侯鲭录》引）。这正说明宋词可与唐诗比美，而柳永更是代表作者。"是处"两句，跌到眼前近景，叹息花木万物凋残。"唯有"两句再荡开，写江流之无语东流，人也沉默隐忧。上片全系写景，唯景中含情，寄寓离别之思。换头后即景抒情，大开大合，问答对照各种手法运用自如。如"不忍"句与"望故乡"两句，系前呼后应。"叹年来"句与"何事"句，自问自答。"想佳人"两句与"争知我"二句，两相对照。这都是一层深入一层，一步紧接一步，在章法上是这样密接而又宕开。其中有些句子的领字，如"不忍"、"望"、"叹"，"想"、"误"、"争知"，均贴切异常。而其中"想佳人妆楼凝望，误几回、天际识归舟"，从艺术构思上是从杜甫的

《月夜》思家的"今夜鄜州月,闺中只独看"的手法,从对方写起。而句子又从谢朓的《之宣城郡……》"天际识归舟"的沿用,然加上了"误几回",意思完全相反,句子更为灵动。"争知我、倚阑干处,正恁凝愁",又为对方设想自己,然后戛然而止。

这首词,梁启超曾云:"飞卿词'照花前后镜,花面交相映',此词境颇似之。"这词的上下片前后情景,确实具交相辉映之美,于壮丽的景色中含有无限柔情。其首尾之呼应,尤在有形无形之中,如末尾之"倚阑干处"是把凭栏明写出来,而开头之"对潇潇暮雨洒江天"所观之景,实也凭栏所见,唯不写出栏干字样而已。这词的本事原只为离人凭栏见景抒情而翻腾出来,似乎使江天、关河统为变色,红绿万物尽供驱使,统统为情所笼罩,柳永写离情实具有天地境界。有人曾认为:"'关河冷落,残照当楼',即《敕勒》之歌也。"(刘体仁《七颂堂词绎》)这是可以同意的。而"红衰翠减,苒苒物华休",当具有杜甫《秋兴》句之"玉露凋伤枫树林,巫山巫峡气萧森"的意境。"杜诗柳词,皆无表德,只是实说。"(项安世《平斋杂说》)以柳词与杜诗相提并论,在某些技巧方面是可以这样说的。其"长调尤能以沉雄之魄、清劲之气,寄奇丽之情,作挥绰之声"(郑文焯《大鹤山人词论》)在这首词里表现得是很充分的。柳永不愧为慢词的奠基人,开创了长短句式格律诗的新局面,在中国诗史是有崇高地位的。

苍凉悲壮　用典精巧

《渔家傲》与"浊酒一杯"

周　天

作者介绍

周天,原名周五绂。江苏东台人。1952年毕业于上海市格致中学。上海文艺出版社编审,中国作家协会会员。

推荐词

范仲淹的《渔家傲》中,有一句大多数人耳熟能详:"浊酒一杯家万里。"为何是"浊酒"?原来,"浊酒一杯"是一种精神,是一种立世态度。它源自《梁书·徐勉传》。

一

范仲淹的《渔家傲》,是一首脍炙人口的词作:

> 塞下秋来风景异,衡阳雁去无留意。四面边声连角起。千嶂里,长烟落日孤城闭。
>
> 浊酒一杯家万里,燕然未勒归无计。羌管悠悠霜满地,人不寐,将军白发征夫泪。

全词好像只用了一个典故,即"燕然未勒"句,用的是东汉大将军窦宪北征匈奴胜利、勒石记功之典,其余字句,均明白如话。但是,词作又以简约的语言,向读者传达出一种苍凉悲壮的感情气氛,震撼人心。

现在我们要讨论的是,这首词中,除了表达苍凉悲壮的感情气氛以外,是不是还有什么其他的内涵?

其实还是有的。关键问题在于,词中还有一句用典,通常被人们、也包括历来的注释家们忽略了。这就是看似明白如话的"浊酒一杯"四个字。

这四个字,出于《梁书·徐勉传》,见之于徐勉写给他儿子徐崧的《诫子书》中:

> 吾年时朽暮,心力稍殚,牵课奉公,略不克举,其中余暇,裁可自休。或复冬日之阳,夏日之阴,良辰美景,文案间隙,负杖蹑屩(草鞋),逍遥陋馆,临池观鱼,披林听鸟,浊酒一杯,弹琴一曲,求数刻之暂乐,庶居常以待终。

原来,"浊酒一杯"是代表了一种对闲暇、退隐生活的渴望。徐勉说自己在"文案间隙"过着"浊酒一杯"的生活,他究竟是做的什么官呢?原来,他在梁武帝时任中书令,南朝的中书令,实即宰相,位极人臣。他的官做得大,但心理上却比较恬退。徐勉"起家国子生",是儒学陶冶出的儒生官僚,一生以清廉自励,所以他对儿子讲的这些话,全是真心话。范仲淹在宋仁宗时曾任陕西经略招讨使,守边重臣,《渔家傲》当即写于此时,他也是儒生官僚,文人统兵,长期在边塞过军旅生活,希望早日击败西夏,回家归隐，虽异代不同时，但心情却与徐勉相同，所以，"浊酒一杯"，看似只四个字，内涵却极丰富，中国诗词中用典之精巧深厚，于此可见一斑。

二

找到了"浊酒一杯"的出处，对于范仲淹的思想与《梁书·徐勉传》的关系，也就同时发现了一根贯穿线索的链条，原来，范仲淹受徐勉的影响，尚不止于此。

徐勉这个人，虽然今已默默无闻，几乎未见任何报刊、书中提及，其实，他的人品是极高的，说句不嫌过头的话，他也是那种人品上可为万世表率的儒生官僚。他在《诫子书》中说：

> 吾家世清廉，故常居贫素，至于产业之事，所未尝言，非直不经营而已。薄躬遭逢，遂至今日，尊官厚禄，可谓备之。每念叨窃若斯，岂由才致，仰借先代风范及以福庆，故臻此耳。古人所谓"以清白遗子孙，不亦厚乎！"又云："遗子黄金满籯（竹篓），不如一经。"详求此言，信非徒语。吾虽不敏，实有本志，庶得遵奉斯义，不敢坠失。所以显贵以来，将三十载，门

人故旧，亟荐便宜，或使创辟田园，或劝兴立邸店，又欲舳舻运致，亦令货殖聚敛。若此众事，皆拒而不纳。非谓拔葵去织，且欲省息纷纭。

抄古人书信，抄到这里，感慨系之。创辟田园、兴立邸店、舳舻运致、货殖聚敛，原来前些年"官倒"的那一套，也就是利用手中权力做生意以至走私捞外快的那一套，古人早就会了，并非什么新东西。只不过徐勉作为儒生官僚，学了儒学、史学中的理论，受到古代为官清廉榜样的影响，能够守住自己一方心田，在诱惑面前不动心而已。"以清白遗子孙"一语，用的是《后汉书》所载以清廉知名的儒生官僚杨赐的名言！东汉的杨氏家族，是司马迁女儿的后代，一代接一代地传习儒学、史学不辍，许多世代均能保持清廉传统，那位以"让梨"知名的大儒孔融，曾经称誉杨氏家族为"四世清德"（见《后汉书·杨震列传》）。以拒贿著名的"四知（天知、神知、尔知、我知）"典故，亦为杨赐的名言。自汉至梁，一部《后汉书》，仍在以清廉的历史榜样，造就后世循吏，培育清白典范！

徐勉这些话，不仅是说说的，而是言行一致的。《梁书·徐勉传》说：

> 勉虽居显位，不营产业，家无蓄积，俸禄分赡亲族之穷乏者。门人故旧或从容致言（劝他经营产业），勉乃答曰："人遗子孙以财，我遗之以清白。子孙才也，则自致辎軿（车乘）；如其不才，终为他有。"

有文化与无文化、少文化，看问题就是不一样。有文化能看得远些，看到统治阶级的长远利益，也看到自己家族的未来；无文化或少文化，虽然住在统治阶级的华宅中，但却天天在拆砖抛瓦，挖自己阶级的墙脚，连房子倒了自己也得完蛋的道理都不理会，嗟乎，对"一穷二白"的欣赏，亦可以自此休矣！

在历史上，范仲淹立义田的事情是十分有名的。《宋史·范仲淹传》说：范仲淹"非宾客不重肉。妻子衣食，仅能自充。而好施予，置义庄里中，以赡族人"。我们看《范文正公集》，范仲淹将自己的多年俸禄，全部省下来，买了义田，供给族中之孤贫者，并且手定了一整套详尽细密的管理义田和供给族人的制度。显然，这也受到了徐勉的"俸禄分赡亲族之穷乏者"这一做法的影响。

历史上的一些清廉官吏的好榜样和他们的若干有益于世的做法，常能越过千百年而影响后世，当然，这也要依赖统治者的提倡，作用才发挥得出来，宋代宋太祖、宋太宗自己的高文化素养以及他们对儒学、史学的倡导，影响了好几代的士人阶层，从范仲淹身上，观点而知面焉！

从《渔家傲》中的"浊酒一杯"的用典，我们看到了儒、史文化的传承，对于提高士人官僚道德素养的巨大作用，这也是一个值得今人思考的、有趣并且有益的题目。

何为"云破月来花弄影"

说张先《天仙子》

吴小如

推荐词

张先的《天仙子》以"云破月来花弄影"而闻名,据宋人传说,宋祁、欧阳修都对这一句十分赞赏。本文对于这一句究竟好在何处,给予了解答。

《水调》数声持酒听,午醉醒来愁未醒。送春春去几时回?临晚镜,伤流景,往事后期空记省。

沙上并禽池上暝,云破月来花弄影。重重帘幕密遮灯,风不定,人初静,明日落红应满径。

(据《强村丛书》本)

这是北宋词中名篇之一,也是张先享誉之作。而其所以得名,则由于词中有"云破月来花弄影"之句。据陈师道《后山诗话》及胡仔《苕溪渔隐丛话》所引各家评论,都说到张先所创作的诗词中以三句带有"影"字的佳句为世所称,人们誉之为"张三影"。今考作者的诗词,带"影"字的好句并不止三句,因而各家的说法也就不能一致。但值得注意者乃在于无论哪一种说法,这"三影"中的其他两句虽每有出入,而"云破月来花弄影"这一句却是一直被包括在内的。而且据宋人传说,宋祁、欧阳修都对这一句十分赞赏。可见此句之精彩,在当时已成定论。至于它究竟好在何处,下文自会谈到。

这首词是有标题的。《草堂诗余》题作"送春",下面又注云:"一作'春恨'。"这样的题目不过就词的内容撮要拟成,未必为原作所有。而《彊村丛书》本《张子野词》则另有一题云:"时为嘉禾小倅,以病眠,不赴府会。"这个标题在张词更早的版本中或较早的选本中也出现过,显然是有所依据的。但近人沈祖棻先生在其遗著《宋词赏析》[①]中却说:"……词中所写情事,与题很不相干。此题可能是时人偶记词乃何时何地所作,被误认为词题,传了下来。"(第13页)实则原词第二句说"午醉醒来愁未醒",正与"以病眠,不赴府会"的意思密切相关,足证"词中所写之事"并非"与题很不相干"。相反,我认为,这个短序似的标题倒更有助于对此词做较深入的理解。因此,有必要先把这个标题解释一下。

据唐圭璋先生《宋词三百首笺注》于"嘉禾小倅"下笺

---

① 上海古籍出版社1980年3月第1版。本文写成,受这本书的启发很多。特此声明,以示不敢掠美。只是沈先生已作古,无由致谢了。

云："张先为嘉禾（今嘉兴）判官时，在仁宗庆历元年（小如按：即公元1041年），年五十二岁。"至于"府会"，照我的理解应该是张设宴席，并以歌舞飨客娱宾的盛大宴会。这样的宴会往往从一天的下午开始，直至夜半始散，有时甚至通宵达旦地狂欢痛饮。而作者当时官位虽卑，却既是名士，又是诗人，这样的宴会是照例少不了他的。而他这一次却没有去。为什么没有去？因为他觉得寂寞空虚，有孤独之感。所谓叹病，不是指生病，而是由于一种淡淡的哀愁导致他感到倦怠疲沓、百无聊赖，对那种酣歌妙舞、坐起喧哗的热闹场合打不起精神，提不起兴趣，这才决定"不赴府会"，并且写了一首词把这种心情表达出来。这从词的本身一览而知，绝不是笔者牵强附会硬加给作者的。

其实作者未尝不想借听歌饮酒来解愁。两宋士大夫在家里可以随时听歌赏舞，有些人家里就蓄有家伎。但在这首词里，作者却写他在家里品着酒听了几句曲子之后，不仅没有遣愁，反而心里更烦了，于是在吃了几杯闷酒之后便昏昏睡去。一觉醒来，日已过午，醉意虽消，愁却未曾稍减。睡在那里懒得起来，爽性连上司召赴的宴会也不去参加了。冯延巳《鹊踏枝》："昨夜笙歌容易散，酒醒添得愁无限。"

这同样是写"欢乐极兮哀情多,少壮几时兮奈老何"的闲愁。只不过冯是在酒阑人散、舞休歌罢之后写第二天的萧索情怀,而张先则一想到笙歌散尽之后可能愁绪更多,所以根本连宴会也不去参加了。(而稍晚于张先的秦观,则又发展了张词,在他的一首《满庭芳》里写道:"伤怀,增怅望,新欢易失,往事难猜。……漫道愁须殢酒,酒未醒,愁已先回。"则比张更说得明确细致了。)这就逼出下一句"送春春去几时回"的概叹来。沈祖棻先生说:"这首词乃是临老伤春之作,与词中习见的少男、少女的伤春不同。"这话确有见地。但我还想补充一点。即张先临老伤春的感受虽与少年男女有所不同,他伤春的内容却依然是年轻时风流缱绻之事。理由是:一、从"往事后期空记省"一句微逗出个中消息;二、下片特意点明"沙上并禽池上暝",意思说鸳鸯一类水鸟,天一黑就双栖并宿,燕婉亲昵,如有情人之终成眷属。而自己则是形影相吊,索居块处。因此,"送春春去几时回"的上下两个"春"字,也就有了不尽相同的含义。上一个"春"指季节,指大好春光,而下一个"春"字,不仅指年华的易逝,还蕴涵着对青春时风流韵事的凭吊和惋惜。这就与下文"往事后期空记省"一句紧密联系起来。作者所

"记省"的"往事"并非一般的嗟叹流光的易逝或伤人事之无凭,而是有其具体内容的。只是作者说得十分含蓄,在意境上留下很多余地让读者自己去补充,不像秦观说的"新欢易失,往事难猜"那样使人一望而知是旧欢再难重拾的意思。这大概就是所谓词尚"婉约"的特点吧。

"临晚镜,伤流景"二句,唐《笺》和沈《析》都引了杜牧的《代吴兴妓春初寄薛军事》诗:"自悲临晓镜,谁与惜流年。"沈《析》更进一步阐释道:"这里用杜诗而改'晓镜'为'晚镜',一字之差,情景全异。"但张之所以反用小杜诗句,以"晚"易"晓",主要还在于写实。因小杜是写女子晨起梳妆,感叹年华易逝,当然要用"晓"字;而此词作者则于午醉之后,又倦卧半晌,此时已近黄昏,总躺在那儿仍不能消愁解忧,便起来"临晚镜"了。这个"晚"既是天晚之晚,当然也隐指晚年之晚,这同上文两个"春"字各具不同含义是一样的,只是此处仅用了一个"晚"字,而把"晚年"的一层意思通过"伤流景"三字给补充出来罢了。

难讲的倒是"往事后期空记省"一句。这句的"后期"一本作"悠悠"。有人认为"悠悠"更好一些,其实是各有千秋。这里我主张仍从《草堂诗余》和《强村丛书》本作

"后期"而不作"悠悠",虽然张惠言的《词选》是特意选用了"悠悠"的。从词意含蓄看,"悠悠"空灵而"后期"质实,前者自有其传神入妙之处。但"后期"二字虽嫌朴拙,却与上文"愁"、"伤"等词结合得更紧密些。所谓"后期",并非如沈《析》所谓"瞻望未来则后期无定"的意思,因为"将来"与"记省"相矛盾,对未来的事是不能用当追忆、反省讲的"记省"一词的。照我体会,"后期"有两层意思。一层是说往事过了时,即事过境迁或情随事迁,这就不得不感慨系之,故用了个"空"字;另一层意思则是指失去了机会或错过了机缘。从人们的生活经验看,所谓"往事",可以是甜蜜幸福的,也可以是辛酸哀怨的。甜蜜幸福的往事固然在多年以后会引起人无限怅惘之情,而辛酸哀怨的往事则尤其使自己一想起来就加重思想负担。这件"往事",明明是可以成为好事的,却由于自己错过机缘,把一个预先订妥的期约给耽误了(即所谓"后期"),这就使自己追悔莫及,正如李商隐说的"此情可待成追忆,只是当时已惘然"。随着时光的流逝,往事的印象并未因之淡忘,只能向自己的"记省"中去寻求。但寻求到了,也并不能得到安慰甚至更增添了烦恼。这就是自己为什么连持酒听歌也不能消愁，从而嗟老伤春，即使府中有盛大的宴会也不想去参加的原因了。可是作者偏把这个原因放在上片的末尾用反缴的手法写出，乍看起来竟像是事情的结果，这就把一腔自怨自艾、自甘孤寂的心情写得格外惆怅动人，表面上却又似含而不露，真是极尽婉约之能事了。

上片写作者的思想活动，是静态；下片写诗人即景生情，是动态。静态得平淡之趣，而动态有空灵之美。由于作者未去参加府会，便在暮色将临时自己到小园中闲步，借以排遣从午前一直滞留在心头的愁闷。天很快就暗下来了，水禽已并眠在池边沙岸上，夜幕逐渐笼罩了大地。这个晚上原应有月的，作者的初衷未尝不想趁月色以赏夜景，才步入园中的。不料云满晴空，并无月色，既然天已昏黑，那就回去吧。恰在这时，意外的景色变化在眼前出现了。风起了，刹那间吹开了云层，月光透露出来了，而花被风所吹动，也竟自在月光临照下婆娑弄影（注意：这与含贬义的"搔首弄姿"的"弄"是截然不同的）。这就给作者孤寂的情怀注入了暂时的欣慰。此句之所以传诵千古，作者自己也认为这是神来之笔，我以为还不仅在于修词炼句的功夫而已，主要还在于诗人把经过整天的忧伤苦闷之后、居然在一天将尽时品尝到即将流逝的盎然春意这一曲折复杂的心情,通过生动妩媚的形象给曲曲传绘出来,让读者从而也分享到一点欣悦和无限美感。这才是在张先的许多名句之中唯独这一句始终为读者所爱好、欣赏的主要关键。前人对此句评价极高,如《草堂诗余》中沈际飞评云:"心与景会,落笔即是,着意即非,故当脍炙。"杨慎《词品》云:"景物如画,画亦不能至此,绝倒绝倒!"却仍嫌有些空泛,并未真正搔着痒处。

当然,即使只就遣词造句而言,这一句也还是大有可谈的。王国维《人间词话》云:"'红杏枝头春意闹',着一'闹'字而境界全出,'云破月来花弄影',着一'弄'字而境界全出矣。"这已是带权威性的评语。但从前也有人表示张先这一句并非独创,如吴开《优古堂诗话》以为它出于古乐府"风动花枝月中影",叶盛《水东日记》又以为它出于白居易《三游洞序》的"云破月出",仿佛也不足为奇。唯沈祖棻先生则说:"其好处在于'破'、'弄'两字,下得极其生动细致。天上,云在流;地下,花影在动:都暗示有风,为以下'遮灯'、'满径'埋下伏线。"拈出"破"、"弄"两字而不只谈一"弄"字,确有过人之处。我以前讲古典诗词的用字,始终认为把一句诗或词中的某一个字剔出来大讲特讲，总不免有割裂之嫌。即如王国维所举宋祁的"红杏枝头春意闹"，如果没有"红"、"春"二词规定了当时当地情景，单凭一个"闹"字是不足以见其"境界全出"的。王安石《自金陵至丹阳道中有感》诗有"空场老雉挟春骄"之句，也是宋诗中向为众口传诵的。李壁注引《艺苑雌黄》，大讲"挟"字之妙，更引荆公"苍苔挟雨骄"句以证实之。我认为，两"挟"字固然下得很妙，倘下文没有那个"骄"字，这个"挟"也就黯然无色了。我曾写过一篇读诗札记谈及王安石的"春风又绿江南岸"（见1979年《学习与探索》创刊号），认为今人侈谈"绿"字修辞之妙，实际上只是洪迈《容斋续笔》个人的说法。今天传世的王安石全集，没有任何一种版本是作"又绿"的（包括作者另一诗下的自注也是如此），而原文乃是"自绿"。然则评论此"绿"字用得如何好，必须与上面的"自"字联系起来研究才行。正如张先的这句词，没有上面的"云破月来"（特别是"破"与"来"这两个动词），这个"弄"字就肯定不这么突出了。如果我们撇开词律的要求而不限字音的平仄，把这句词的"破"字换成"开"、"移"、"流"、"散"等等，把"来"字改成"出"、"照"、"临"、

"现"等等,都没有现在的写法精彩。而"弄"之主语为"花",宾语为"影",特别是那个"影"字,也是不容任意更改的。其关键所在,除沈《析》谈到的起了风这一层意思外,还有好几方面需要补充说明的。第一,当时所以无月,乃云层厚暗所致。而风之初起,自不可能顿扫沉霾而骤然出现晴空万里,只能把厚暗的云层吹破了一部分,在这罅漏处露出了碧天。但云破处却未必正巧是月光所在,而是在过了一会儿之后月光才移到了云开之处。这样,"破"与"来"这两个字就不宜用别的字来代替了。在有月而多云的暮春之夜的特定情景下,由于白天作者并未出而赏花,后来虽到园中,又由于阴云笼罩,暮色迷茫,花的风姿神采也未必能尽情表现出来。及至天色已暝,群动渐息,作者也意兴阑珊,准备回到室内去了,忽然出人意表,云开天际,大地上顿时呈现皎洁的月光,再加上风的助力,使花在月下一扫不久前的暗淡而使其娇妍丽质一下子摇曳生姿,这自然给作者带来了意外的欣慰。难怪有人在张先作此词处为他筑亭立碑,永留纪念(见陆游《入蜀记》),这正是为张先的创作灵感作出的揄扬和称赞。

接下去诗人写他进入室中,外面的风也更加紧了,大了。作者先写"重重帘幕密遮灯"而后写"风不定",倒不是迁就词谱的规定,而是说明作者体验事物十分细致。外面有风而帘幕不施,灯自然会被吹灭,所以作者进了屋子就赶快拉上帘幕,严密地遮住灯焰。但下文紧接着说"风不定",是表示风更大了,纵使帘幕密遮而灯焰仍在摇摆,这个"不定"是包括灯焰"不定"的情景在内的。"人初静"一句,也有三层意思。一是说由于夜深人静,愈显得春夜的风势迅猛;二则联系到题目的"不赴府会",作者这里的"人静"很可能是指府中的歌舞场面这时也该散了罢;三则结合末句,见出作者惜花(亦即惜春、忆往,甚且包括了怀人)的一片深情。好景无常,刚才还在月下弄影的姹紫嫣红,经过这场无情的春风,恐怕要片片飞落在园中的小路上了。作者这末一句所蕴含的心情是复杂的:首先是"林花谢了春红,太匆匆",春天毕竟过去了;复次,自嗟迟暮的愁绪也更为浓烈了;然而,幸好今天没有去赴府会,居然在园中还欣赏了片刻春光,否则错过时机,再想见到"云破月来花弄影"的动人景象就不可能了。也正是用这末一句衬出了作者在流连光景不胜情的淡淡哀愁中所闪烁出的一星晶莹妍丽的火花——"云破月来花弄影"。

意在言外 有余不尽

说晏殊《蝶恋花·槛菊愁烟》词

钟振振

❧ 作者介绍 ❧

钟振振,1950年生,江苏省南京市人。1988年南京师范大学中文系古代文学专业博士研究生毕业并获文学博士学位。南京师范大学文学研究所所长、博士生导师。编撰有《东山词校注》、《北宋词人贺铸研究》、《金元明清词鉴赏辞典》、《宋词纪事汇评》等。

❧ 推荐词 ❧

古文名篇的欣赏,首先在于正确理解文章字词的含义,特别是古诗词,字词所蕴含的意思更为隐蔽。钟先生此文对晏殊的《蝶恋花》提出两个问题,正是从字词上给予回答的。

蝶恋花

槛菊愁烟兰泣露,罗幕轻寒,燕子双飞去。明月不谙离恨苦。斜光到晓穿朱户。

昨夜西风凋碧树,独上高楼,望尽天涯路。欲寄彩笺兼尺素,山长水阔知何处。

关于这首词,有两个需要探讨的问题。

其一,这首词的抒情主人公是什么身份?是男性还是女性?

沈祖棻先生《宋词赏析》说:"上片写词人在清晨时对于室内、室外景物的感受,由此衬托出长夜相思之苦。"(上海古籍出版社1980年版第18页)又说:"下片写这首词的主人公,也就是作者,经过一夜相思之苦以后,清晨走出卧房,登楼望远。"(第19页)

笔者的浅见,这个说法恐怕不一定符合实际情况。唐宋词里有相当数量的作品是为"应歌"而作,即写了来供歌女们演唱的。当时是以男性为中心的封建社会,观众一般为男子。女性歌者与男性观众之间所能具有的共同话题与共同语言,决定了歌辞的常见主题和经典内容:男女之情——欢会的喜悦,分袂的痛苦,别后的思念。这男女之情,既包括正常的婚姻关系——夫妻,也包括非正常的两性关系——婚外恋(多半是文士与妓女的恋情)。因为歌者一般为女性,所以即便是男性词人,作词时也往往模拟女性的口吻。以上情形,在唐五代至北宋前期的词坛尤为突出。我们在读词的时候,要特别注意这一社会文化背景,不能轻易地把作品的抒情主人公和作者本人画上等号。具体到晏殊的这首词,笔者以为,它是泛写人之常情,不是实写自己的恋情。它的抒情主人公是"居者",亦即在家者,应是一位思妇;所思念的人则是"行者",亦即出远门的人,也就是她的夫婿。这类词作,以"居者"为女性,以"行者"为男性,是一般规律。用它来认定词中人物的性别与身份,在通常情况下是行之有效的。

其二,"欲寄彩笺兼尺素"应如何解说?

胡云翼先生《宋词选》说："彩笺和尺素都是指书信，重复地说，表示怀念很切。"（上海古籍出版社1978年版第16页）

朱东润先生主编的高等学校文科教材《中国历代文学作品选》中编第二册也说："彩笺，彩色的精美笺纸。可供题诗和写信之用。古人书写用素绢，通常为一尺，故称尺素；用为书信的代称。语出《古诗》：'客从远方来，遗我双鲤鱼。呼儿烹鲤鱼，中有尺素书。'句中兼提彩笺与尺素，乃以重言表示寄情达意的殷切。"（上海古籍出版社1980年版第5页）

俞平伯先生《唐宋词选释》则作"欲寄彩笺无尺素"。并说："'彩笺''尺素'，都是书简，只有近代古代之别。这里却一分为二。盖用古乐府《饮马长城窟行》：'客从远方来，遗我双鲤鱼。呼儿烹鲤鱼，中有尺素书。'意谓欲寄彩笺，却不能如尺素之得附托鲤鱼也。'无'，汲古阁《宋六十名家词》本原缺，据《词综》补。"（人民文学出版社1979年版第73页）

沈祖棻先生《宋词赏析》亦作"无尺素"，并说道："结两句承'望尽'句来。虽'望尽天涯路'，终不见天涯人,那么,相思之情,只有托之于书信了。然而,要写信,又恰恰没有信纸,怎么办呢?这里'彩笺'即是'尺素'。一个家有'槛菊'、'罗幕'、'朱户'、'高楼'的人,而竟'无尺素',这显然是他自己也不相信的、极为笨拙的难托。而其所以写出这种一望而知的托词,则又显然出于一种难言之隐。比如说,她是否变了心呢,或者是嫁了人呢?他现在是无法知道的。所以接着又说,即使有尺素,可山这样连绵不尽,水这样广阔无边,人究竟在什么地方都不明白,又何从去寄呢?这两句极写诉说离情的困难,将许多难于说或不愿说的情事,轻轻地推托于'无尺素',就获得了意在言外、有余不尽的艺术效果。一本'无'作'兼',则是加重语气,说是寄了'彩笺',还要寄'尺素',以形容有许多话要说,义亦可通,但不如'无'字的用意那么曲折、深厚。"(第20页)

笔者对此略有异议。在拙撰《重版〈宋词选〉斟酌》(载《南京师范学院学报》1980年第2期)一文中,笔者就曾提出:"小令贵凝练,忌词义重复,彩笺、尺素似不应均作书信解。……彩笺固可用来写信,然其主要制造目的与用途还在题咏。晏词当谓欲兼寄情书及相思之咏。一封之中有此二件，更见情深意长。"为了进一步证成此说，这里再举一些例证：

（1）《南史》卷十《陈后主纪》载："后主愈骄，不虞外难，荒于酒色，不恤政事……常使张贵妃、孔贵人等八人夹坐，江总孔范等十人预宴，号曰'狎客'。先令八妇人襞采笺，制五言诗，十客一时继和，迟则罚酒。""采笺"，即彩笺。

（2）唐贾岛《原居即事言怀赠孙员外》诗曰："避路来华省，抄诗上彩笺。"

（3）唐段成式《与温庭筠云蓝纸绝句序》曰："一日，辱飞卿九寸小纸，两行亲书，云要采笺十番，录少诗稿。"

（4）唐韦庄《乞彩笺歌》曰："我有歌诗一千首，磨砻山岳罗星斗。开卷长疑雷电惊，挥毫只怕龙蛇走。班班布在时人口，满袖松花都未有。人间无处买烟霞，须知得自神仙手。也知价重连城璧，一纸万金犹不惜。薛涛昨夜梦中来，殷勤劝向君边觅。"他向人求索彩笺，也是为了录写自己的诗稿。

（5）宋贺铸《夜游宫》词曰："心事偷相属。赋春恨、彩笺双幅。""赋"字说明是写诗词。

（6）宋花仲胤《南乡子》词曰："接得彩笺词一首，堪惊。"是说收到妻子寄来写在彩笺上的一首词。

（7）宋侯寘《满江红》词曰："谩彩笺、牙管倚西窗，题红叶。""题"字说明是题咏诗词。又《苏武慢·湖州赵守席上作》词曰："红袖持觞，彩笺挥翰，适意酒豪诗俊。""挥翰"即挥笔，由"诗俊"可知"彩笺挥翰"是写诗。

（8）宋赵师侠《满江红·甲午豫章和李思永》词曰："向小窗、时把彩笺看，翻新曲。""新曲"即新词。

以上诸例，都可证明"彩笺"更偏重于指称诗词。相反，用它来指称书信的例子是很少见的。最能支撑笔者之解说的书证，还数白居易的《开元九诗书卷》诗："红笺白纸两三束，半是君诗半是书。"元稹寄给白居易的诗歌，是写在较华贵的"红笺"（彩笺的一种）上的；而写给白居易的书信，用的则是较普通的"白纸"。拿它来和晏殊的这首词相比照，岂不是"彩笺"、"尺素"各有所指，并非同义反复的最雄辩的证明么？

至于晏词文本到底应该是"兼尺素"或者是"无尺素"，从文义上来权衡只是一个方面，更重要的还必须作版本校勘学的考察。《全宋词》中，晏殊词用陆贻典、黄仪、毛扆等校汲古阁本《宋六十名家词》之《珠玉词》为底本，并注明此词原本"尺素"二字前为空格，据北京图书馆藏传抄本明吴讷《唐宋名贤百家词》之《珠玉词》补"兼"字。又，清鲍廷博《知不足斋丛书》本宋张先《张子野词》卷二亦有此词，仍作"兼尺素"。尽管"兼"字与"无"字的繁体"無"字形相近，容易互讹，但两个不同系统的宋词别集都作"兼"。出错的可能性相对来说还是比较小的。而"无尺素"的出处则是清朱彝尊、汪森编《词综》卷四，原句为"欲寄彩鸾无尺素"，"彩笺"亦异作"彩鸾"，不仅"兼"异作"无"而已。《词综》是一部唐宋金元词的选集，编者没有交代他们所使用的词籍是哪些版本，《发凡》中还提到入选之词有的经过了校改。这样，从版本校勘学的角度来说，它的文本可信度便有问题了。因此，笔者认为，仅就晏殊词这一个案而言。我们宁可相信吴讷《百家词》本《珠玉词》，而不敢苟同朱彝尊的《词综》。

豪放中有沉着之致

说欧阳修《玉楼春》一首

叶嘉莹

作者介绍

叶嘉莹,1924年生,号迦陵,满族。早年毕业于北京大学英文系,南开大学中华古典文化研究所所长、博士生导师,加拿大籍中国古典文学专家,加拿大皇家学会院士。

推荐词

"豪放中有沉着之致"不仅道中了《玉楼春》这一首词这几句的好处,而且也恰好正说明了欧词风格中的一点主要的特色,那就是欧阳修在其赏爱之深情与沉重之悲慨两种情绪相摩荡之中,所产生出来的要想以遣玩之意兴挣脱沉痛之悲慨的一种既豪宕又沉着的力量。

尊前拟把归期说，欲语春容先惨咽。人生自是有情痴，此恨不关风与月。

离歌且莫翻新阕，一曲能教肠寸结。直须看尽洛城花，始共春风容易别。

以前我在《灵谿词说》中，对于欧阳修词已曾做过简单的介绍和评述，以为北宋初年的一些名臣，如范仲淹及晏殊、欧阳修等人，除德业文章以外，他们也都喜欢填写一些温柔旖旎的小词，而且在小词的锐感深情之中，更往往可以见到他们的某些心性品格甚至学养襟抱的流露。就欧阳修而言，则他在小词中所经常表现出来的意境，可以说乃是一方面既对人世间美好的事物常有着赏爱的深情，而另一方面则对人世间之苦难无常也常有着沉痛的悲慨。而我们现在所要评说的这首《玉楼春》词，可以说就正是表现了其词中此种意境的一首代表作。

这首词开端的"尊前拟把归期说，欲语春容先惨咽"

两句,表面看来仅是对眼前情事的直接叙写,但在其遣词造句的选择与结构之间,欧阳修却已于无意间显示出了他自己的一种独具的意境。首先就其所用之语汇而言,第一句的"尊前",原该是何等欢乐的场合,第二句的"春容"又该是何等美丽的人物,而在"尊前"所要述说的都是指向离别的"归期",于是"尊前"的欢乐与"春容"的美丽,乃一变而为伤心的"惨咽"了。在这种转变与对比之中,虽然仅只两句,我们却隐然已经能够体会出欧阳修词中所表现的对美好事物之爱赏与对人世无常之悲慨二种情绪相对比之中所形成的一种张力了。其次再就此二句叙写之口吻而言,欧阳修在"归期说"之前,所用的乃是"拟把"两个字;而在"春容""惨咽"之前,所用的则是"欲语"两个字。曰"拟"、曰"欲",本来都是将然未然之辞;曰"说"、曰"语",本来都是言语叙说之意。表面虽似乎是重复,然而其间都实在含有两个不同的层次,"拟把"仍只是心中之想,而"欲语"则已是张口欲言之际。二句连言,不仅不是重复,反而更可见出对于指向离别的"归期",有多少不忍念及和不忍道出的宛转的深情。其间固有无穷曲折吞吐的姿态和层次,而欧阳修笔下写来,却又表现得如此真挚,如此自然，如此富于直接感发之力，所以即此二句，实在便已表现了欧词的一种特点。至于下面二句"人生自是有情痴，此恨不关风与月"，则似乎是由前二句所写的眼前的情事，转入了一种理念上的反省和思考，而如此也就把对于眼前一件情事的感受，推广到了对于整个人世的认知。

所谓"人生自是有情痴"者，古人有云"太上忘情，其下不及情，情之所钟，正在我辈"。所以况周颐在其《蕙风词话》中就曾说过"吾观风雨，吾览江山，常觉风雨江山之外，别有动吾心者在"。这正是人生之自有情痴，原不关于风月。李后主之《虞美人》词曾有"春花秋月何时了，往事知多少？小楼昨夜又东风，故国不堪回首月明中"之句，夫彼天边之明月与楼外之东风，固原属无情，何干人事？只不过就有情之人观之，则明月东风遂皆成为引人伤心断肠之媒介了。所以说"人生自是有情痴，此恨不关风与月"，此二句虽是理念上的思索和反省，但事实上却是透过了理念才更见出深情之难解。而此种情痴则又正与首二句所写的"尊前""欲语"的使人悲惨呜咽之离情暗相呼应。所以下半阕开端乃曰"离歌且莫翻新阕，一曲能教肠寸结"，再由理念中的情痴重新返回到上半阕的尊前话别的情事。"离歌"自当指尊前所演唱的离别的歌曲,至于"阕"则原是指乐曲之一章的终了,所谓"新阕"即是另一章新的乐曲,而"翻"则是重新演唱之意,大概古人演唱离歌常不仅只是唱一首,而是一支曲既终,再接唱另一支曲,不断演唱下去的。唐代王昌龄在一首《从军行》中,就曾经写有"琵琶起舞换新声,总是关山离别情"之句,其所谓"换新声"也就正是"翻新阕"之意。而欧词此首《玉楼春》乃曰"且莫翻新阕",是劝止那些演唱离歌之人不要再接唱什么另一曲离歌了,因为仅只是一曲离歌,便已是可使人悲哀到难以忍受了,所以下句乃曰"一曲能教肠寸结"也。前句"且莫"二字的劝阻之辞写得如此叮咛恳切,正以反衬后句"肠寸结"的哀痛伤心。

写情至此,本已对离别无常之悲慨陷入极深,而欧阳修却于末二句突然扬起,写出了"直须看尽洛城花,始共春风容易别"的遣玩的豪兴,这正是欧阳修词风格中的一个最大的特色,也是欧阳修性格中的一个最大的特色。我以前在《灵谿词说》中论述冯延巳与晏殊及欧阳修三家词风之异同时,就曾指出过他们三家词虽有继承影响之关系,然而其词风则又在相似之中各有不同之特色;而形成甚为不同之风格特色的缘故，则主要在于三人性格方面的差异。冯词有热情的执着，晏词有明澈的观照，而欧词则表现为一种豪宕的意兴。欧阳修这一首《玉楼春》词，明明蕴含有很深重的离别的哀伤与春归的惆怅，然而他却偏偏在结尾写出了"直须看尽洛城花，始共春风容易别"的豪宕的句子。在这二句中，不仅其要把"洛城花"完全"看尽"，表现了一种遣玩的意兴，而且他所用的"直须"和"始共"等口吻也极为豪宕有力。然而"洛城花"却毕竟有"尽"，"春风"也毕竟要"别"，因此在豪宕之中又实在隐含了沉重的悲慨。

所以王国维在《人间词话》中论及欧词此数句时，乃谓其"于豪放之中有沉着之致，所以尤高"。其实"豪放中有沉着之致"不仅道中了《玉楼春》这一首词这几句的好处，而且也恰好正说明了欧词风格中的一点主要的特色，那就是欧阳修在其赏爱之深情与沉重之悲慨两种情绪相摩荡之中，所产生出来的要想以遣玩之意兴挣脱沉痛之悲慨的一种既豪宕又沉着的力量。我以前在《灵谿词说》论述欧阳词时，曾经提到他的几首《采桑子》小词，也都指出过欧词的此一特色。不过比较而言，则这一首《玉楼春》词，可以说是对此一特色最具代表性的作品而已。

抒怀古之蓄念　发戒今之情结

读王安石《桂枝香·金陵怀古》

王力坚

作者介绍

王力坚,1955年生,文学博士。1979年考入暨南大学中文系,获文学学士学位(1983)与硕士学位(1986),1994年获新加坡国立大学博士学位。曾任教于新加坡国立大学中文系,现为中国台湾"中央大学"中国文学系专任教授。出版有著作《六朝唯美诗学》、《魏晋诗歌的审美关照》、《中古文学的文化思考》等。

推荐词

关于王安石的《桂枝香·金陵怀古》词,宋代杨湜的《古今词话》有一段记载:有许多人都以金陵怀古为题作了《桂枝香》词,约有三十余首,只有王安石的最好。苏东坡见之,不觉叹息道:"此老乃野狐精也。"王先生这篇文章逐句解读了这首词的过人之处。

登临送目，正故国晚秋，天气初肃。千里澄江似练，翠峰如簇。征帆去棹残阳里，背西风酒旗斜矗。彩舟云淡，星河鹭起，画图难足。

　　念自昔豪华竞逐。叹门外楼头，悲恨相续。千古凭高对此，谩嗟荣辱。六朝旧事随流水，但寒烟衰草凝绿。至今商女，时时犹唱，《后庭》遗曲。

王安石，北宋政治家、文学家。字介甫，号半山老人，抚州临川（今江西抚州市）人。仁宗庆历二年进士。神宗时两度为宰相，推行新法，实行政治改革，遭守旧派反对。变法失败后罢相退居江宁（今南京），封舒国公，不久改封荆国公，世称荆公。所作诗文反映其政治主张与怀抱。其文雄健峭拔，为唐宋八大家之一；其诗刚劲清新，自成一家；其词不多（仅存二十余首），却一扫五代绮靡旧习，风格高峻，感慨深沉。这首《桂枝香·金陵怀古》词当为王安石变法遭遇挫折，罢相退居金陵后所作，是其词的代表作之一。

> 登临送目，正故国晚秋，天气初肃。

登高望远、睹物抒怀，是中国古代文人惯用且喜用的方式。南朝的刘勰即说："原夫登高之旨，盖睹物兴情。"（《文心雕龙·诠赋》）初唐的李峤也说："非历览无以寄杼轴之怀，非高远无以开沉郁之绪。"（《楚望赋》）王安石此词开端即称"登临送目"，便表明是继承了登高望远、睹物抒怀的传统；同时，也为该词拓出了一个高远的视点与视野，进而自然展示了一个寥廓旷远的晚秋景象。这里有两点值得注意：一是晚秋景象虽然只是概述而没有实写详描，但由于突出强调了"晚"与"肃"，便已令人感觉到一股萧瑟苍凉之意。二是作者用了"故国"一语。"国"即国都，在此无疑指金陵；"故"即故旧，在此显然是强调金陵为六朝故旧都城的含义。这么一来，在眼前现实的金陵晚秋景象中，隐约透出作者登临送目，是为了"抒怀旧之蓄念，发思古之幽情"（班固《西都赋》）的用意，这就为下片的怀古埋下了伏笔。

千里澄江似练,翠峰如簇。

"故国"只是为下片怀古埋下伏笔,而上片所展现的仍然是眼前现实的景象。"千里"一语,上承首句"登临送目"——登高远望即可纵目千里;下启"澄江似练,翠峰如簇"的大全景扫描。"澄江似练",脱化于谢朓《晚登三山还望京邑》的诗句"澄江静如练",在此与"翠峰如簇"相对,不仅在语词上对仗严谨工整,构图上还以曲线绵延("澄江似练")与散点铺展("翠峰如簇")相映成趣,一幅金陵锦绣江山图展现眼前。

征帆去棹残阳里,背西风酒旗斜矗。

这二句是在上二句的大全景中对某些典型景观的突出描绘。这些典型景观有征帆、残阳、西风、酒旗。乍一看,这些人文景观(征帆、酒旗)与自然景观(残阳、西风)都是长江岸边常见的、也十分谐调的景观。作者似乎是信笔写来。然而,这都是些很有含义、也甚为典型的景观。首先,"征帆"、"酒旗"的人文景观为北宋城市商业经济发达繁荣的象征。金陵自六朝起已是长江航运交通的重要枢纽,

"征帆"在此正是起到这方面的象征意义;航运的发达促使金陵成为一个商业经济繁荣的城市,而歌肆酒楼兴旺正是其具体的表现,"酒旗"在此便起到这方面的象征意义。然而,"残阳"、"西风"的自然景观却给繁荣兴旺的人文景观蒙上了一层阴影。昏黄的残阳,萧瑟的西风,多么凄清冷落而令人黯然神伤。李白《忆秦娥》词中的"西风残照,汉家陵阙",正是在萧瑟西风、昏黄残照之中,突出其凝重深邃的历史沧桑感。而王安石的《桂枝香·金陵怀古》词则是将繁荣兴旺的人文景观笼罩在这一派凄清冷落的自然景观中。二者的奇异交杂,使人面对繁荣兴旺的人文景观之际,亦不觉生发几许莫名的惆怅。或许,作者是在暗示"豪华尽出成功后,逸乐安知与祸双"(王安石《金陵怀古》),又或许,作者是在为下文的怀古感慨再次埋下伏笔。尽管如此,作者接下来仍将笔锋保持在对眼前繁荣景观的描写:

彩舟云淡,星河鹭起,画图难足。

一般人认为,"彩舟"是指画舫游艇,这样说的话,就跟前面的"征帆"(航运商船)大不一样;至于"星河",大多论者都认为是指倒映于长江的银河(甚至直接指长江),这样说的话,跟前面的"澄江"就是一样的了。这么一来,就似乎有问题了:首先,同在长江,既有征帆又有彩舟,不甚协调,而且彩舟画舫在长江悠荡,实在难以想象;其次,"澄江"为清澈状,颇有光亮度,应该是天黑前的景象,而"星河"则无疑是晚上的景象。当然,对于后者,我们可以说是时间的变化,但对于前者,就不那么好说清楚了。依我之见,相对前面的"征帆"、"澄江"而言,这里的"彩舟"、"星河"已产生空间与时间的变化。就空间而言,此"河"非彼"江",即"河"应是秦淮河而不是长江;就时间而言,也已由黄昏(残阳)转变为夜晚,但不是漆黑的夜晚,而是星光灿烂(星河)的夜晚。这样就好解释了:酒肆歌楼林立的秦淮河,入夜时分最为繁华热闹。河面灯火辉煌,白鹭飞翔;天上星光灿烂,云淡风轻。从字面上看,"彩舟"、"鹭起"是地上的近景,而"云淡"、"星河"(银河)是天上的远景。但实际上,这一切却是"云淡"、"星河"映照在秦淮河面而形成天水一体、虚实相生的奇特景观。

"画图难足"是对上片诸种景观描绘的总结。但我们绝不能因此认为上片的诸种景观描绘是实况的写照。从上文所说的时空变化来看，作者是以写意为主，诸种景观描写实中有虚，虚中有实，虚实相生。就自然景观与人文景观两类来说，是以人文景观为主，自然景观为辅，以人文景观统摄自然景观。而上片的景观描写最终落在秦淮河上，颇有意味。首先，秦淮河夜市风光是金陵城市商业经济文化发达的象征，因此这一景观的人文色彩最为浓郁；其次，也是最为重要的是，秦淮河的繁华往往与六朝历代王朝衰亡密切相关，中晚唐诗人杜牧的《泊秦淮》诗就一语道破玄机："烟笼寒水月笼沙，夜泊秦淮近酒家。商女不知亡国恨，隔江犹唱后庭花。"正因如此，上片以此景观结束，便自然而然地为下片以秦淮河的变迁为背景进行怀古抒怀作了过渡与铺垫。

念自昔豪华竞逐。

如果说上片首句的"登临送目"是空间的视野拓展，从而展开上片的金陵景观的描绘；那么下片首句的"念自昔"则是时间的历史追溯，由此昭示下片将为对金陵史事的感慨。也可以说上片的金陵景观（尤其是人文景观）描写是"豪华"为主旋律的，下片过片首句便以"豪华"承续，但"念自昔"一语，却将空间的现状转向时间的历史，而"竞逐"一语，更将"豪华"的主旋律推向了最高潮。至此，作者的笔锋忽然急转直下：

　　叹门外楼头，悲恨相续。

"叹"的感慨语气，使"豪华"的高涨气氛陡然跌落，但承接下来的却是语气平淡的"门外楼头"。此语出自杜牧的《台城曲》诗："门外韩擒虎，楼头张丽华。"韩擒虎为隋朝大将，张丽华则是陈朝后主陈叔宝的宠妃。公元589年，韩擒虎率军攻入建康（金陵），陈后主偕张丽华匿于枯井之中，仍被俘获，陈朝遂亡。"门外"曰隋军已至门外，"楼头"曰陈后主仍然与宠妃在楼上寻欢作乐。杜牧诗将方位人名平列对置的方式已见史家之冷峻笔力，王安石词更连人名也略去，仅以"门外""楼头"两个生死攸关的方位共置一处，愈显历史无情人世沧桑之无限张力。"悲恨"——对陈后主耽乐亡国的感慨油然而起，"相续"——进一步说明耽乐亡国者不止陈后主一人。由此也就回应了上文的"繁华竞逐"，使"繁华竞逐"与"悲恨相续"构成了一对具有历史必然性的因果关系。上片若隐若现的"豪华尽出成功后，逸乐安知与祸双"的寓意至此袒露无遗。

> 千古凭高对此,谩嗟荣辱。

"千古"——深邃渺远的时间隧道,"凭高"——高览悬观的空间视角。在这样一个超然的时空背景下,作者进一步展开"对此"——对金陵故都盛衰荣辱变迁的感慨与思索。在下片中,前面的"念"、"叹"以及这里的"嗟"皆有感慨之意,可见作者的感慨万端。在程度上,"叹"的语气重于"念",而"嗟"的语气本与"叹"相若,但作者加上个"谩"字,便使此处的感慨更多了几分深沉、几分无奈、几分超然、几分反讽。

> 六朝旧事随流水,但寒烟衰草凝绿。

唐代的窦巩有诗云:"伤心欲问南朝事,唯见江流去不回。日暮东风春草绿,鹧鸪飞上越王台。"(《南游感兴》)此诗与王安石这两句词相同的是,皆说六朝(南朝)旧事已随江流一去不复返;不同的是,窦诗用较为客观的暮春景象来寄寓历史无情人世沧桑的感慨。而王安石这两句词虽然也是写暮春,却是融注了相当浓郁的主观感情色彩。其关键字即是:寒、衰、凝。由寒、衰二字所修饰构成的"寒烟衰草"的意象，不仅突出表现了暮春凋零的景色特征，其中所寄寓的哀伤沉郁的感情色彩亦显而易见。"凝"，即为凝结、凝缩之意，所谓"凝绿"，便是于暮春时分春草衰萎、草绿色行将褪尽的情形。作者用此"凝"字，在显示春光行将消失之际，也隐约透露了其凝重沉郁的心情。

至今商女，时时犹唱，《后庭》遗曲。

最后这三句显然是脱化自中晚唐诗人杜牧《泊秦淮》诗："商女不知亡国恨，隔江犹唱后庭花。"《后庭》即《玉树后庭花》，相传为六朝末代皇帝陈朝后主陈叔宝所创制，而且从一开始便与王朝衰亡的命运紧密相连："祯明初，后主作新歌，辞甚哀怨，令后宫美人习歌之，其词曰'玉树后庭花，花开不复久'，时人以为歌谶，此其不久之兆也。"（《隋书·五行志》）杜淹对唐太宗说："前代兴亡，实由于乐。陈将亡也，为《玉树后庭花》；行路闻之，莫不悲泣，所谓亡国之音也。"（《旧唐书·音乐志》）杜淹将陈朝的覆亡归咎于《玉树后庭花》，并谓之"亡国之音"，未免过于简单直接。然而《玉树后庭花》跟陈朝的覆亡的确又有千丝万缕的关系。《陈书·张贵妃传》载称，陈后主建造极其奢华侈丽的临春、结绮、望仙三阁，作为自己与贵妃张丽华等终日享乐的场所，"每引宾客对贵妃等游宴，则使诸贵人及女学士与狎客共赋新诗，互相赠答，采其尤艳丽者以为曲词，被以新声。选宫女有容色者以千百数，令习而歌之，分部叠进，持以相乐。其曲有《玉树后庭花》、《临春乐》等，大指所归，皆美张贵妃、孔贵嫔之容色也"。可见，《玉树后庭花》是陈后主荒淫奢靡生活的具体表现，而陈后主的荒淫奢靡生活也正是陈朝覆亡的主要原因。中唐诗人刘禹锡便曾入木三分地剖析了这一关系："台城六代竞豪华，结绮临春事最奢。万户千门成野草，只缘一曲后庭花。"（《金陵五题·台城》）故此《玉树后庭花》就难辞其咎地背上"亡国之音"的恶名了。

《玉树后庭花》本为宫女所唱，杜牧却写"商女"演唱，以加强对中晚唐社会危机四伏，而整个社会却浑然不觉，仍沉溺声色享乐的指责批评。而王安石此词不仅"结用杜牧《秦淮》绝句语意"（清·许昂霄《词综偶评》），而且以"至今"、"时时"加以强调，警戒、批评的语气更为明显。王安石生活的北宋虽然不至于危机四伏，但王安石却居安思危，敏锐地觉察到"今天下之财力日以困穷，风俗日以衰坏",因而"慨然有矫世变俗之志",上万言书力陈变法,直率而尖锐地警戒宋仁宗:"陛下其能久以天幸为常,而无一旦之忧乎?"(俱见《宋史·王安石列传》)"霸祖孤身取二江,子孙多以百城降。豪华尽出成功后,逸乐安知与祸双?"(王安石《金陵怀古》)便是以诗歌的形式宣示同样的警戒。由此可见,王安石《桂枝香·金陵怀古》词强调"至今"、"时时",显示其对现实政治的强烈针对性。班固曾说:"抒怀旧之蓄念,发思古之幽情。"(《西都赋》)专意于怀古思旧,但王安石怀古的目的却显然是戒今。由此也可以说,王安石的《桂枝香·金陵怀古》,其实也就是以怀古词的艺术形式,抒发他力图变法革新的政治情结。

关于这首《桂枝香·金陵怀古》词,宋代杨湜的《古今词话》有一段记载:"金陵怀古,诸公寄词于《桂枝香》,凡三十余首,独介甫最为绝唱。东坡见之,不觉叹息曰:'此老乃野狐精也。'"三十余首旨为金陵怀古的《桂枝香》,王安石所作被推举为"最为绝唱",可见其成就之高。然而有意思的是苏轼对他的评价。所谓"野狐精",典自佛家语:不落因果,堕入野狐禅。意即未为正宗(见《五灯会元》)。有人认为苏轼是戏用此语赞赏王安石,说他在诗文之外,偶尔填词,也能冠绝诸家,故以"野狐精"称之。说苏轼是戏用此语赞赏王安石,我赞成;但是说只因王安石偶尔作词也能冠绝诸家,便以"野狐精"称之,似乎未得苏轼原意。依我之见,苏轼"野狐精"语的含义,当从如下两方面考虑:

一、"野狐精"为非词统正宗之意。唐五代以来,婉约绮靡的词风一直笼罩着词坛,而成为词体创作的正宗。王安石《桂枝香·金陵怀古》词却以其风格高峻,感慨深沉,"一洗五代旧习"(刘熙载《艺概·词概》),也即一反婉约绮靡的正宗词统而独辟新径。无独有偶,苏轼本人恰恰就是"一洗绮罗香泽之态,摆脱绸缪宛转之度"(胡寅《酒边集序》),"偶尔作歌,指出向上一路,新天下耳目"(王灼《碧鸡漫志》卷二)的离经叛道者。明代文学评论家王世贞云:"昔人谓铜将军铁绰板,唱苏学士'大江东去',十八岁好女子唱柳屯田'杨柳岸晓风残月',为词家三昧。"(《艺苑卮言》)便说明当时人是将柳永的婉约绮靡词风视为词家正宗(三昧),这么一来,苏轼的豪放词就只能是非正宗的"野狐禅"了。①由此看来，苏轼以"野狐精"称王安石的《桂枝香·金陵怀古》词，不只是戏言，还多少有惺惺相惜之意。

二、"野狐精"语表明王安石对现实政治的关怀与执着。众所周知，在政治上，苏轼与王安石是死对头；但他们二人有一点是相似的：他们都最终遭贬斥，并从而不同程度地接触、接受佛家思想的影响，但是却又无法彻底摈除现世情怀。如苏轼于宋元祐年间被再贬杭州时，写下了"三界无所往，一台聊自宁"（《观台》）之类颇具禅意佛境的诗作，但同时期所作《八声甘州·寄参寥子》词中的"不用思量古今，俯仰昔人非，谁似东坡老，白首忘机"，强调参悟，实际上恰是"不落因果"式的执着（其结果就只能是"野狐禅"）②，现世情怀隐然可见。王安石也在退居江宁时期参读佛书，亦有"茅檐终日相对坐，一鸟不鸣山更幽"

---

① 当然，推崇豪放词者并非能接受"野狐禅"的称号，相反，他们亦以词统正宗自居，而称柳永为"野狐涎"（见王灼《碧鸡漫志》卷二）。尽管如此，我们也恰好可以由此看到"野狐精"（"野狐禅"、"野狐涎"）便是非词统正宗的意思。
② 禅宗中道思想要求不执着于"有"，也不执着于"空"；如果说"落因果"（落入因果轮回）为执着于"有"，那么"不落因果"（超脱因果轮回）便是执着于"空"，同样堕入五百年野狐轮回之中。正确的答案应是"不昧因果"，即不惑于因果，不囿于因果，亦即不执于"落"和"不落"两边。

（《钟山即事》）之类的禅诗。但其禅诗中"空花根蒂难寻摘，梦境烟尘费扫除"（《北窗》）的语句，却也表明他实在是难以彻底参透。正因如此，王安石在这同一时期所作的《桂枝香·金陵怀古》词，才能有如此浓郁深沉的历史感慨以及现世情怀，由此表明王安石对现实政治的深切关怀与执着。苏轼"见之不觉叹息"，当是高山流水识知音般的自然反应；其"此老乃野狐精也"的评价，便也应该是针对王安石如此执着于现实政治有感而发。

精微超旷　豪气过人

苏轼《水调歌头·黄州快哉亭赠张偓佺》赏析

陆永品

❧ 作者介绍 ❧

陆永品,1936年生,安徽省宿州市人。1963年毕业于复旦大学中文系。1963年7月至今在中国社会科学院文学研究所工作,任研究员,中国作家协会会员。出版有著作《老庄研究》、《司马迁研究》、《诗词鉴赏新解》、《爱国诗人——屈原》等。

❧ 推荐词 ❧

此作有两个比较突出的特点,一是把议论写入词中,如上片对欧阳修词句的评论,下片对宋玉的议论,即表现作者以议论入词的特点。二是,此作下片以"风"字作筋骨,一贯到底,因此使词作结构严谨,环环相扣,如层波叠浪,一直推向高潮。

落日绣帘卷,亭下水连空。知君为我新作,窗户湿青红。长记平山堂上,欹枕江南烟雨,杳杳没孤鸿。认得醉翁语:"山色有无中。"

一千顷,都镜净,倒碧峰。忽然浪起掀舞,一叶白头翁。堪笑兰台公子,未解庄生天籁,刚道有雌雄。一点浩然气,千里快哉风!

北宋神宗元丰六年(1083),苏轼谪居广州(治所在今湖北省黄冈市)。友人张怀民,字偓佺,又字梦得,在黄州西南长江边建筑一所亭台。苏轼为此亭起了一个颇为雅致的名字,叫"快哉亭"。又以《黄州快哉亭赠张偓佺》为题,写了这首词。

此作是作者在快哉亭上所目睹到的山光水色。虽然上下都夹杂着一些议论,但仍不失为具有独到特色的词作。它以写景、议论、抒情见长，表现了苏轼豪放的词风。

开头两句是破题，描写夕阳西下，词人坐在快哉亭的西窗下，卷起锦绣的窗帘，在欣赏亭台和江面所构成的美丽画图。由于快哉亭坐落在长江岸边的水面上，这就形成了亭连水、水连空，水天一色的胜景。词作开头就描绘出这样如诗如画的美丽意境，的确具有引人入胜的强烈的艺术魅力。起句，一方面交代写作时间在傍晚，同时也为词作的写景揭开了序幕。

三、四两句，写得极其平淡，完全是客套话。它表明作者与张偓佺特别要好，说张专门为他建筑了这座亭台。"窗户湿青红"，是说窗户涂抹上青漆和红漆，色彩极为绚丽美观。这句诗，可能是从曾巩《甘露寺多景楼》："云乱水光浮紫翠，天含山气入青红"的诗句脱化而来。在这里有涂抹之意。"湿"字，是动词，

苏轼与欧阳修是朋友。当年，欧阳修在扬州风景区建筑一所平山堂。平山堂居高临下，举目即可眺望江南秀丽的山光水色。苏轼曾在平山堂与欧阳修聚会。"长记平山堂上"以下五句，是倒叙镜头，写昔日词人在平山堂所看到迷人的江南烟雨，并借用这种景色来巧妙地表现他在快哉亭所看

到的长江两岸的景致。尤其"欹枕江南烟雨，杳杳没孤鸿"两句，有很高的美学价值。它写作者当年斜卧在平山堂的榻床上，领略长江南岸烟雨迷蒙的奇光异色，并看见一只孤雁渐渐消失在烟际里。这种空蒙、高远、淡雅的意境，确实令人神往。所以难怪苏轼一直没有忘却他的深刻感受。"杳杳"，是幽远的样子。"孤鸿"，即失群的大雁。作者何以对一只"孤鸿"如此感兴趣呢？联系他谪居黄州时的孤寂境况，就可以隐隐约约地看到，其中含有深刻的寓意。

欧阳修是宋代颇著名的文学家，因他的散文写得出色，被列为唐宋八大家之一。他的词作，写得清新婉丽，在词苑，也占有重要的地位。他在《朝中措》（亦称《醉偎香》）中写有"平山栏槛倚晴空，山色有无中"两句词。苏轼说"认得醉翁语，山色有无中"，即指欧阳修这两句词而言。苏轼又借用"山色有无中"这一名句，来描写他在快哉亭上所见武昌诸山，山色空蒙，若有若无的奇妙景象。"认得"，是说曾记得。"醉翁"，指欧阳修。欧阳修在《醉翁亭记》中，曾自称"醉翁"。苏轼在这里采用借景写景的方法，是比较新颖别致的。

苏轼很赞赏欧阳修"平山栏槛倚晴空，山色有无中"两句词。然而,古代有人对这两句词的写景并不以为然,认为在平山堂看江南诸山颇近,晴天没有烟雨,不会看到"山色有无中"的景象。应当说,这种评论是正确的。因此,论者认为,苏轼也不能为欧阳修圆满地解释这两句词的不切实描写。

其实,"山色有无中"的名句,并不是欧阳修的创作,王维曾有两句诗说:"江流天地外,山色有无中。"(《汉江临眺》)可见欧词中"山色有无中"一句,是套用王维的现成诗句。

词的下片在结构上,以"风"字为主线,无论写静景或动景,还是发议论或抒发感慨,都在紧紧地围绕"风"来构思和描写意境。"一千顷"以下五句,是描写词人临窗眺远所见,是词中正面描写江面景色的真实画面。前三句,是写静景,作者抓住夕阳尚未落山的刹那之间,用特写的快镜头,描写广阔的江面,风平浪静,犹如明镜一般,清澈见底,碧绿的山峰,倒映在江水之中,构成"江晚落日"的优美图画。虽然这里写的是无风的静景,但下面两句笔锋一转而写江面风起云涌,作了鲜明的对照。"忽然浪起"两句是写动景,也是用速写手法,把江面上突然之间,风云开合,波涛汹涌，一只水鸟追逐浪花，在欢乐飞舞的情景，逼真地摹写出来了。显然，这是一幅不可多得的气势雄伟、饶有情趣的画卷。这两句，是词作中最生动、最形象的佳句。我们读了这两句词，就会想到作者《念奴娇·赤壁怀古》中"惊涛拍岸，卷起千堆雪"的名句。这也是对长江风大浪高、惊涛拍岸的雄伟景象的描写。不同的是，前五句是用白描的手法，这两句却使用形容和夸张的语法修辞。尽管两种手法不同，而对表现长江那种风云开合、惊涛骇浪的画面，同样都能起到良好的艺术效果。作者在描写杭州西湖时曾有两句诗说："欲把西湖比西子，淡妆浓抹总相宜。"（《饮湖上初晴后雨》）也可以说，作者描写长江的惊险画面，无论是淡妆，还是浓抹，总是非常相宜的。由此可见，苏轼不愧为描写长江水面瞬息万变的高手。"一叶"，是形容名叫"白头翁"的水鸟，因其形状小得像一片树叶而得名。

词人由于看到江面风起浪涌，而引起联想。他想到我国战国时代楚国的兰台令（文学侍从）宋玉，为了讽刺楚襄王，宋玉把风分成雌风和雄风。想到这里，他感到颇为有趣。"堪笑兰台公子"三句，就是说的这个历史故事。在这三句词中，作者使用了两个典故。"未解庄生天籁"，"庄生"即庄周,是战国前期与孟子同时的著名哲学家和散文家。《庄子·齐物论》篇里,有天籁、地籁、人籁的议论。"籁"是古代的一种乐器。"天籁"是大自然演奏的乐曲,即指风而言。苏轼说宋玉"未解庄生天籁,刚道有雌雄",是指宋玉写的一篇《风赋》。《风赋》写宋玉等人,陪同楚襄王游兰台之宫,忽然刮起风来。楚襄王披襟当风说:"快哉此风!寡人可与庶人共者邪。"宋玉说:"此独大王之风耳,庶人安得共之?"楚王不理解是什么意思,宋玉就向楚王解释说:"大王之风",能"发明耳目,宁体便人",所以称为"雄风"。"庶人之风",将会使人"生病造热",所以称之为"雌风"。异常明显,宋玉故意把风分成"大王之雄风"和"庶人之雌风",其中有对楚襄王的讽刺和嘲笑。"刚道",是硬说或偏偏说之意。值得深究的是,苏轼使用这个典故,究竟有何深意呢?据《词林纪事》引《古今词话》语:"坡以谗言谪居黄州,郁郁不得志,凡赋诗缀词,必写其所怀。"可见,作者写这三句词并非无的放矢,在词句的背后,深深地隐藏着对现实社会的不满情绪。

然而,词人在借用宋玉把风分成雌雄的故事,来大发议论,抒发感慨,并没有完全把自己胸中的郁结抒发出来。所以词作最后，又用"一点浩然气，千里快哉风"两句，来尽情地抒发词人胸中的豪迈气概。这两句词是说：只要我胸中有一点浩然之气，就可以领略吹来的千里浩浩长风。词句从"一点"和"千里"这极小与极大两方面来形容，淋漓尽致地表现出词人的广阔胸怀和豪气过人的气概。"浩然气"，即"浩然之气"，这里指正气和节操而言。这两句，显然寄寓了作者不满现实、坚持正气的思想。《孟子·公孙丑》篇说："我善养吾浩然之气。其为气也，至大至刚，以直养而无害，则塞于天地之间。"孟子所谓的"浩然之气"，指的是精神状态，与苏轼所指不同。

最后两句是词作的警句，它标志着词人豪放的词风。并且，"快哉风"三字，与"快哉亭"的词题紧密关合，前后照应得极好。词作最后以浩荡的雄伟气势、铿锵有力的笔触终结全词，使人受到振奋，给人一种积极的力量。

此作有两个比较突出的特点，一是把议论写入词中，如上片对欧阳修词句的评论，下片对宋玉的议论，即表现作者以议论入词的特点。唐五代以来，词这种文学样式，似乎只能写缠绵悱恻的男女之情、春愁秋恨的苦闷，甚至吟风弄月，无病呻吟。到了苏轼，他对词进行一场革新，猛烈地扫荡绮靡不振的词风。他身体力行，以诗为词，把说理谈玄、咏诗怀古、感伤时事，抒情写性，描写山水田园等内容，统统都写在词里，使"词无意不可入，无事不可言"（《艺概·词曲概》），创造出一种清新高远的意境，形成一种奔放豪迈的词风。所以，词经过苏轼的革新，内容丰富了，并为词的繁荣和发展开拓了广阔的天地。二是，此作下片以"风"字作筋骨，一贯到底，因此使词作结构严谨，环环相扣，如层波叠浪，一直推向高潮。"其精微超旷，真足以开拓心胸，推倒豪杰！"（《艺概·诗概》）

"桃源"望断是何处

秦观《踏莎行》新解

钱鸿瑛

作者介绍

钱鸿瑛,1930年生,浙江宁波人。1951年考入清华大学中文系,1955年毕业于北京大学中文系。1982年调入上海社会科学院文学所古代室,从事中国古典文学研究,1993年加入中国作家协会。出版有著作《周邦彦词赏析》、《周邦彦研究》、《词的艺术世界》、《唐宋名家词精解》、《柳周词传》等。

推荐词

探讨中国古典诗词,应该从艺术形象本体入手。

关于诗词的比兴寄托问题,是一个由来已久的复杂问题。从儒家的"诗教"观念出发,脱离文学艺术形象的实际,片面强调作品的政治观点,以先入为主的成见求索于所谓"微言大义",是一种根深蒂固的传统,至今尚有各式各样的变种。

雾失楼台，月迷津渡，桃源望断无寻处。可堪孤馆闭春寒，杜鹃声里斜阳暮。

驿寄梅花，鱼传尺素，砌成此恨无重数。郴江幸自绕郴山，为谁流下潇湘去。

秦观以上《踏莎行》（"雾失楼台"）一阕，近十年来说秦词者鲜有不提到的，并且往往以此作为反映"政治生活"的例证。各种不同类型的赏析性文章，对此词也持同样观点。

其实，此说不始于今人。秦观同时的黄庭坚就说过"语意极似梦得楚蜀间语"（周辉《清波杂志》卷九），黄蓼园进一步发挥："按少游坐党籍，安置郴州，前一阕是写在郴望想玉堂天上，如桃源不可寻，而自己意绪无聊也。次阕言书难达意，自己同郴水自绕郴山，不能下潇湘以向北流也。

语意凄切,亦自蕴藉,玩味不尽。'雾失'、'月迷',总是被谗写照。"(《蓼园词选》)陈匪石解释得更为具体:"雾失楼台,月迷津渡,平平两句,是征途所见,是迁客心事,即元祐党祸,世人亦作如是观。桃源为避世之地,在郴西北,是本地风光,亦身世之感。曰望断曰无寻处,又上文失字迷字之归宿也。表面写景,而怨诽之情寓焉。孤馆点出旅愁,馆已孤矣,春寒又从而闭之,凄苦之境,亦君门九重之叹,于是只闻杜鹃之声,而于其声中,又俄而斜阳焉,俄而暮焉,则日坐愁城可知,不必写情而情自见矣。"(《宋词举》)

又据清朝赵翼《陔余丛考》引《野客丛书》曰:"秦少游南迁至长沙。有妓平生酷爱秦学士词,至是知其为少游,请于其母,愿托以终身。少游赠词,所谓'郴江幸自绕郴山,为谁流下潇湘去'者也。念时事严切,不敢偕往贬所。及少游卒于藤,丧迁,将至长沙,妓前一夕得诸梦,即送于途。祭毕归而自缢。"现存《野客丛书》不见上述材料,洪迈《夷坚志》中曾记此事,后于《容斋四笔》中又否定之。不管此说是虚是实,本文不拟采取。

据《年谱》,秦观于哲宗赵煦绍圣四年(1097)因党争牵连被贬至郴州。此词即写于郴州，抒发当时被贬谪的政治感慨，似乎是顺理成章、理所当然的。但是，以词作本体的艺术形象看来，究竟是否如此呢？理解此的关键是"桃源"这一语究竟何意。

我理解此桃源非"政治"上的桃源，乃"爱情"上的桃源。也就是说，这里的桃源并非《桃花源记》中的政治理想桃源，而是刘晨、阮肇入天台山采药，逢到仙女的桃源。凡词曲中的桃源，可以说绝大多数是指男女恋爱相聚之处。唐庄宗作《如梦令》（又称《忆仙姿》）即较早地写此宴桃源之事：

> 曾宴桃源深洞，一曲清歌舞风。长记别伊时，和泪出门相送。如梦，如梦！残月落花烟重。

以后词中写此本事的，有《醉桃源》（即《阮郎归》，阮郎即阮肇）、《桃源忆故人》、《武陵春》等。在秦观以前和以后的词中，提到"桃源"一词的实在不少，例如冯延巳的《点绛唇》：

> 荫绿围红，梦琼家在桃源住。画桥当路，临水双朱

户。柳径春深，行到关情处。鞚不语，意凭风絮，吹向郎边去。

又如晏殊《红窗听》云：

> 记得香闺临别语，彼此有、万重心诉。淡云轻霭知多少，隔桃源无处。
>
> 梦觉相思天欲曙。依前是、银屏画烛、宵长岁暮。此时何计，托鸳鸯飞去。

秦观以后的周邦彦，其《芳草渡》云："昨夜里，又再宿桃源，醉邀仙侣。"

以上的"桃源"，都是和秦观《踏莎行》中的"桃源"同一意义。

试看《淮海居士长短句》中提到"桃源"的，如《鼓笛慢》：

> 乱花丛里曾携手，穷艳景，迷欢赏。到如今，谁把雕鞍锁定，阻游人来往？好梦随春远，从前事、不堪思想。念香闺正杳，佳欢未偶，难留恋，空惆怅。
>
> 永夜婵娟未满，叹玉楼，几时重上？哪堪万里，

却寻归路,指阳关孤唱。苦恨东流水,桃源路,欲回双桨。仗何人、细与叮咛问呵,我如今怎向?

又有《点绛唇》云:

醉漾轻舟,信流引到花深处。尘缘相误,无计花间住。

烟水茫茫,千里斜阳暮。山无数,乱红如雨,不记来时路。

此首所记的故事,和《鼓笛慢》中的"桃源"路一样,都是咏刘晨、阮肇误入桃源的故事。

《踏莎行》中的"桃源",和以上的桃源实一脉相通;与渊明无涉,而和神女有关。

本词是秦观于郴州黄错客舍中怀恋人、伤贬谪之作。"雾失楼台",这"楼台"是他俩曾经欢聚、而今离别之地。这楼台在夜雾笼罩中渐渐隐没、消失了,所以才是"桃源望断无寻处"。也只有将"桃源"作如是解,下半阕的"驿寄梅花,鱼传尺素"两句才有着落,才能相互呼应。这两典故形式上并列,意义上则有主、次之分。"驿寄梅花"典出《荆州记》:"陆机与范晔交善,自江南寄梅花一枝,诣长安与晔,并赠诗曰:'折梅逢驿使,寄与陇头人。江南无所有,聊赠一枝春。'"这是指友人的寄赠。"鱼传尺素",是典故的化用。《文选·乐府古辞》中《饮马长城窟行》,其诗云:"客从远方来,遗我双鲤鱼。呼儿烹鲤鱼,中有尺素书。长跪读素书,书中竟何如?'上言加飡食,下言长相忆'。"李善曰:"言征戍之客至于长城而饮其马,妇思之,故为《长城窟行》。"可见这是所爱的人之音讯。当然,"鱼传尺素"也可泛指一般书信往来,但秦观用在这儿显然和上句有别,此两对句并非词义重复,而是前者指友人是宾,后者指恋人是主。主要是说诗人在郴州旅舍不断收到恋人的来鸿,因离别而砌成此"恨"无重数。歇拍的"郴江"、"郴山"是以贬地景物借喻自己和恋人相恋的无奈,还包含着世上事不尽如人意的哲理意味,引起人多义性的联想,所以获得苏轼的激赏。总之,秦观这首《踏莎行》是离别相思之恨。"桃源"是指情人所在处,并非乌托邦政治理想,更非"君门九重之叹"。当然,其中也渗透了对贬谪的委屈与痛苦。本来,贬谪是政治事件,秦观至郴州本身就是受政治迫害。从这一角度言,此词当然不能脱离"政治生活";但这和古人、今人所认为的有政治寄托之意是不同概念。

关于诗词的比兴寄托问题，是一个由来已久的复杂问题。从儒家的"诗教"观念出发，脱离文学艺术形象的实际，片面强调作品的政治观点，以先入为主的成见求索于所谓"微言大义"，是一种根深蒂固的传统，至今尚有各式各样的变种。而黑格尔所说的"认为诗人在作品里所表现之外，还有远较深刻的东西，那是不正确的。作品就足以见出艺术家的最好方面和真实的方面，他是什么样人就是什么样人，凡是只留在内心里的就还不是他"（《美学》第一卷，第369页）此话有偏颇，且不能完全符合中国古典诗词的特点，但有其合理的内核。

探讨中国古典诗词，也应该从艺术形象本体入手。黑格尔一再强调"艺术中最重要的始终是它的可直接了解性"，这是正确的。当然，也应该结合作者生平、思想、其他作品以及写作时的历史背景等。综观秦观词，以爱情为题材的约占半数。其中有一些词确实是"将身世之感，打并入艳情"，如慢词《满庭芳·晓色云开》、《满庭芳·山抹微云》、《望海潮·梅英淡疏》等，都是通过离别，寄慨身世。本词《踏莎行》当然更显而易见有身世之感。但是，遍查《淮海居士长短句》，实无避世桃源的政治理想反映。所以，结合各方面的辨析，我认为《踏莎行·雾失楼台》中的"桃源"，是指"爱情"上的桃源，而非"政治"上的桃源；认为本词主要是写爱情离别之词，虽然其中含有身世之慨。

格律谨严　典丽精雅

周邦彦慢词赏析

金启华

推荐词

后世评价周邦彦的词：格律谨严，语言典丽精雅。长调尤善铺叙。旧时词论称他为"词家之冠"。本文通过周邦彦的四首慢词，较为全面地介绍了周邦彦慢词的特点，使读者对周邦彦词作的艺术特色有直观的感受。

风流子

新绿小池塘,风帘动、碎影舞斜阳。羡金屋去来,旧时巢燕。土花缭绕,前度莓墙。绣阁里,凤帏深几许,听得理丝簧。欲说还休,虑乖芳信,未歌先咽,愁近清觞。

遥知新妆了,开朱门、应自待月西厢。最苦梦魂,今宵不到伊行。问甚时说与,佳音密耗,寄将秦镜,偷换韩香。天便教人,霎时厮见何妨。

这首词,王明清《挥麈余话》说此词事是周邦彦为溧水令时,有"主簿之姬有色而慧,美成常款洽于尊席之间。世所传《风流子》词盖所寓意焉。……词中新绿、待月,皆簿厅亭轩之名焉"。友人罗忼烈教授《清真词笺》在此词《附记》中指出其抵牾处,言其为不可信。又称:"宋人笔记多信手记录，不复考核，此所以往往失实也。"此说实澄清这一事实，为邦彦辩诬，有助于了解这首词的真正意趣。词其景其事，当为怀人之作，离意深厚。究其所怀何人，我们不妨把它和《蒹葭》以及《离骚》中的"帝阍"、"瑶台"相提并论，当为其所追求的理想化身，不必实指为谁。这样，词的旨趣就突出了，也高雅了。词写怀人，层次极为清晰。地点由外入里，时间从"斜阳"到"待月"。人，一个是伫立池边，一个是绣阁理簧。两人的心理描绘细致周到，设想奇绝，最后道出了愤激语。

这首词，一起"新绿"三句，写景如绘。一"新"字，是美丽的静景，风来吹动映水的帘影，又经过斜日照射，似破已碎，一"舞"字，是奇妙的动景。一静一动，真如电影手法。这里，景中暗里有人。"羡"字为领字，直贯以下四句。实是人的心理活动，他在羡慕那燕子去来金屋、土花缭绕莓墙，都是过去的事，而今依旧重演，但人只是羡慕它们，恨不能去。潜台词是自己多么不如它们，然而奈何！"绣阁"句则转到对方的活动，有声传出，她是在理丝簧，也是站在池边的人所听到的。"欲说"四句，则加深描绘所听丝簧声之深情，内心矛盾，多情之恼，酒难消愁，种种无聊赖情绪,均在丝簧声中表现出来。又是从对方写来的。下片和上片末尾似断实续,"遥知"句,系从自己猜测对方,"开朱门、应自待月西厢"则设想对方也有所期待,然而含而不露。"最苦"两句,又跌到自身来,悔恼之至,现实如此凌厉,欲去不得,而"梦魂惯得无拘检,又踏杨花过谢桥"(晏几道词,程颐评其为鬼语,见《古今词话》)。古人多情,得梦中晤。而今自己梦魂,也"今宵不到伊行"(边也),真是苦中之最,"最苦"二字,真刻骨之言,更深一层。人不得去,梦也不得去,但仍不甘休,发出奇问,"问甚时"四句,则直率地吐露,何时能去得呢?这里以典故秦嘉、徐淑、韩寿、贾女的多情韵事,也即刘禹锡诗之"秦嘉镜有前时结,韩寿香销故箧衣"的化用。都是反衬现在自己和所思之人不得相见,真是愁肠千结,懊恼万端。综上所述,都是写欲见不得见,纳闷之至,吞忍之至,最后,痛极呼天,"天便教人,霎时厮见何妨"。这里全是散文句法,直陈其辞,不假雕饰。思极恨极,突然爆发,天也不管了,实际上是骂开来了,然而也伤痛之至,一刹那的会晤又妨害你什么呢?老天,你不该受质问吗?你不太残忍吗?离别之痛,相思之苦,真是无以复加了。这首写怀人的词,从层次来说，是一层深入一层，有时用对照写法，从双方写来，层次是极为清楚的。另外，这首词，一起以景，极清丽，而又突然翻动。一结以情，极朴厚，而又干脆利落。周邦彦在词的章法上，千门万户。这首词是表现了上述特点的。

瑞龙吟

章台路，还见褪粉梅梢，试花桃树。愔愔坊陌人家，定巢燕子，归来旧处。

黯凝伫，因念个人痴小，乍窥门户。侵晨浅约宫黄，障风映袖，盈盈笑语。

前度刘郎重到，访邻寻里，同时歌舞，唯有旧家秋娘，声价如故。吟笺赋笔，犹记燕台句。知谁伴、名园露饮，东城闲步，事与孤鸿去，探春尽是，伤离意绪。官柳低金缕，归骑晚、纤纤池塘飞雨。断肠院落，一帘风絮。

这首词，正如周济所云："不过桃花人面，旧曲翻新耳。"（《宋四家词选》）孟棨《本事诗·情感》记崔护于清明在长安城南村庄艳遇故事，作诗云："去年今日此门中，人面桃花相映红。人面不知何处去？桃花依旧笑春风。"我们再结合周邦彦的身世和政治生涯来看,词中的"刘郎"当系以自己比刘禹锡而言。刘禹锡是唐代顺宗时的革新派人物,后遭贬放,又曾返京师。写有《再游玄都观绝句》,诗云:"百亩中庭半是苔,桃花净尽菜花开。种桃道士归何处?前度刘郎今又来。"周邦彦倾向新政,曾为宋神宗所赏识,后神宗逝世,高太后听政,任用司马光等,周邦彦外出为庐州教授,羁旅荆江,游宦溧水。直至哲宗亲政,罢黜旧党,周邦彦才得返都。但在当时执政的新党实已变质,他的抱负仍然不得舒展,所以这首词当是暗寓这些情节的。词,字面上的重见桃花、重访故人,有"还见""重道"之喜,但只见"定巢燕子,归来何处""旧家秋娘,声价如故",自己则"探春尽是,伤离意绪"。空来空去,落得"断肠院落,一帘风絮"。词,大开大合,起句突而又平。又其云在"章台路"上,不写眼前所见,却说"还见"云云,梅桃坊陌,寂静如故,燕子飞来,归巢旧处,全系写景,但以"还见"贯之,人之来,人之为怀旧而来,人之徘徊踯躅,都从字里行间露出,景中含情,情更浓烈,可见此词的沉郁处。二叠本为双拽头,字句与一叠同。以"黯凝伫"之人的痴立沉思写起,不写他所访求之人在与不在,而只"因念"云云，表面上描绘其昔时情态笑貌，实则追想从前的交游欢乐，但不明说，实是词的顿挫之处。三叠则铺开来写，加深描绘"前度刘郎""旧家秋娘"，一则"事与孤鸿去"，一则"声价如故"，对照写来，顿挫生姿。"燕台句"写空有才名，而今只留记诵。"知谁伴、名园露饮，东城闲步"，清游何在？真是沉郁之至。一结以"飞雨""风絮"，景中含情，沉郁而又空灵。这首词以"探春尽是伤离情绪"为主旨，直贯全篇。从时间上说，是以今昔情节对比写来。一叠之"章台路""坊陌人家"均写今日之景。二叠之"因念个人痴小"云云都是写昔日之人的情况。今日之景是实写，昔日之人是虚拟。一实一虚，空灵深厚。"还见"字犹有过去的影子。"因念"字徒留今天的想象，又是今中有昔，昔中有今。三叠则今昔情事交织写来，"前度刘郎重到"有今有昔。"同时歌舞，唯有旧家秋娘，声价如故"，则是昔日有者，今日有存有亡。"吟笺赋笔，犹记燕台句。知谁伴、名园露饮，东城闲步。"又是昔日之事，而今日看来，一切皆"事与孤鸿去"。最后又写今日情况，是在"官柳低金缕"的风光中，"归骑晚，纤纤池塘飞雨，断肠院落，一帘风絮"。有今而无昔。今之惆怅和昔之游乐成一鲜明对照。词在时间上就是这样似断似续,伤春意绪却是连绵不断。词又是一起写景,一结写景。一起静景,一结动景。花柳风光中人具有无限惆怅,是以美景衬托出感伤,所以极为深厚。加以章法上的实写、虚写、虚实穿插进行,显出变化多端,使这首词极为沉郁顿挫而得到词中之三昧。

瑞鹤仙

悄郊原带郭。行路永、客去车尘漠漠。斜阳映山落,敛余红、犹恋孤城阑角。凌波步弱,过短亭、何用素约。有流莺劝我,重解绣鞍,缓引春酌。

不记归时早暮,上马谁扶,醒眠朱阁,惊飙动幕。扶残醉,绕红药。叹西园、已是花深无地,东风何事又恶。任流光过却,犹喜洞天自乐。

这首词从时间上说是记昨日黄昏到今天清晨的事。是送别复有所遇,醉眠朱阁,惊风醒人,再看落花,再叹身世,聊以自解之状。一"悄"字,刻画静态。郊原广阔,围城如带,而路长车行扬尘,漠漠茫茫,模糊不见,意中含情。"斜阳"句,美极,写夕阳映山,余光斜照城角,有大自然景色,也有建筑姿容。写景寓情,斜阳犹恋孤城阑角,人今别后,怎不相思?意在景中。"凌波"句忽插入邂逅相逢之趣,非约而遇,喜出望外。再加以"流莺劝我",解鞍引酌,又有多少欢晤。这里是挑起波澜,而又铺叙开来,急煞而止。换头似别开生面,实际上是从上光的"凌波"事引来的,写的是今朝事了。"醒眠朱阁"语略而事丰,实际上是由于醒来才知道昨宵是身眠朱阁,而如何到此来的,则不记得何时、何人把自己送到这里的了。"惊飙动幕"再掀波澜。狂风吹来,花事堪虑。于是"扶残醉,绕红药",护花费尽精神。然而如何呢?"叹西园、已是花深无地"。极具体、极形象,较泛言花落之多,沉重万分。然而还不够,再加上"东风何事又恶",这里斥东风,又是不明言落花,而痛恨那吹落花的东风。真是大开大闭,驰骋纵横。末两句急下,无可如何,不了了之,求自得之乐。是"任流光过却,犹喜洞天自乐"。自我解脱,这世界只有求仙成道最好,实寓隐逸之思罢了。

这首词,在章法上确实直叙中有波澜,而又都有迹相可寻,真是"结构精奇,金针度尽"(周济《宋四家词选》)。友人罗忼烈教授称:"此词当是暮年避地睦州时记事之作。……然其时花石纲扰民愈甚。……'叹西园、已是花深无地,东风何事又恶'。弦外之音,或刺民穷财尽而犹横征暴敛也。"(《周邦彦清真词笺·瑞鹤仙附记》) 这对我们认识这首词的思想意义是有很大帮助的。周邦彦词,惯用比兴手法,香草美人,均有所指。其胸次高、书卷多,有感而发,发而必中。

夜飞鹊

河桥送人处,凉夜何其。斜月远坠余晖,铜盘烛泪已流尽,霏霏凉露沾衣。相将散离会,探风前津鼓,树杪参旗。花骢会意,纵扬鞭、亦自行迟。

迢递路回清野,人语渐无闻,空带愁归。何意重红满地,遗钿不见,斜径都迷。兔葵燕麦,向残阳、欲与人齐。但徘徊班草,唏嘘酹酒,极望天西。

这首词调,创自清真。写离别情景,故能随意驰骋,而又与音调协合,具声乐美。

词系写别情,上片写昨夜送客情况,是追叙。下片写送客归来,是铺叙,各臻妙境。词一起点地点时,"凉夜何其",用《诗经·小雅·庭燎》之"夜如何其"之句,

"其"为助词,无实意。极显朴厚深沉。"斜月"三句写凉夜景色,美而凄切,"霏霏凉露沾衣",一"衣"字暗含有人送别、将别。"相将"句承上启下,更点明了是离会了。"探风前津鼓,树杪参旗","探"字极为生动贴切,由于是夜间送客,难分难舍,延磨时光,这时天渐亮了不得不行,不得不别。一"探"字知道了渡口更鼓声随风飘来,而仰望天空,树梢上犹悬着猎户星座(罗忼烈教授注"参旗"为今猎户星座,兹从罗说)。这时间是由夜入晚。一结以"花骢会意,纵扬鞭、亦自行迟",不言人之惜别,而写马识人意,故意被鞭策而迟迟其行,真是神来之笔。马犹如此,人何以堪,是力透纸背的写法。结束了上片,余韵无穷。下片写送客归来,当然是从送客的地点——河桥归来。这里是以"迢递"开头,一连三句。河桥送客非远处,何以"迢递"言之,则来时虽送别,但有伴而来,叮咛嘱咐,自然不觉得就到了离别之处,现在客已走了,独自归来,"人语渐无闻,空带愁",这哪能不觉得路远呢?写人之别后感觉,入微而又深厚。归途中,"何意"三句,美极、怅极。这一句,有的本子作为"何意重经前地",我们采用"何意重红满地",认为后者包括前者,"重红满地",写花落满地，自然"遗钿不见，斜径都迷"。"何意"也寓重经前地的意义，而又发挥想象，直贯下来，"兔葵燕麦，向残阳欲与人齐"，也是"何意"的另一所见。这两句，一向为人所赞赏，如梁启超云："兔葵燕麦二语，与柳屯田之晓风残月，可称送别词中双绝，皆融情入景也。"（《艺蘅馆词选》）实际上柳句是行人所经，"兔葵"句，则是送行者归来之所见，仍有所不同，唯均景中寓情，所以脍炙人口。"残阳"从送别归来惆怅迷惘的时间看，又是一天将了，人的相思无有尽时。词的结尾，再加深描绘情景，一"但"字领起，也急转急收，抚今思昔，只好"徘徊班草，唏嘘酹酒，极望天西"。班草，是布草坐地。酹酒，是尊酒强欢。这是从江淹《别赋》之"左右兮魂动，亲宾兮泪滋。可班荆兮赠恨，唯尊酒兮叙悲"化出，但更简练而多情。"望极天西"是徘徊、唏嘘的继续，不使用感情色彩的字面，只是平平说出，实际上是怅望无穷。

这首词，是"自将行至远送，又自去后写怀望之情，层次井井而意绵密，词采秾深，时出雄厚之句，耐人咀嚼"（黄蓼园《蓼园词选》）。

借物寓言 妙合无垠

陆游《鹊桥仙·夜闻杜鹃》赏析

陆永品

推荐词

陆游最善于"借物寓言",《卜算子·咏梅》即是他这类作品的脍炙人口的名篇,词作借横遭风雨摧残和群芳妒忌的梅花自喻,以表现自己坚持理想和孤芳自赏、不与世俗同流合污的高尚情操。这首《鹊桥仙·夜闻杜鹃》亦是"借物寓言"的杰作。

茅檐人静，篷窗灯昏，春晚连江风雨。林莺巢燕总无声，但月夜常啼杜鹃。

催成清泪，惊残孤梦，又拣深枝飞去。故山犹自不堪听①，况半世飘然羁旅？

宋孝宗乾道八年（1172）初，陆游在南郑（在今陕西省）做四川宣抚使王炎的幕僚，积极参加抗金战争，战绩显著。正当前线节节胜利，即将收复长安之际，王炎调往都城临安枢密院，陆游也被调任成都府路安抚司参议官，离开抗战前线。此作是他到成都之后所写，是"借物寓言"之作。

陆游最善于"借物寓言"，《卜算子·咏梅》即是他这类作品的脍炙人口的名篇，词作借横遭风雨摧残和群芳妒忌的梅花自喻，以表现自己坚持理想和孤芳自赏、不与世俗

---

① 故山，即家乡。

同流合污的高尚情操。这首《鹊桥仙·夜闻杜鹃》亦是"借物寓言"的杰作，寄寓作者调离南郑到成都后的一种寂寞孤独、英雄无用武之地的身世之感。这两首词，可谓殊途同归，各有妙趣。

此作开头三句，是摹写春晚寂静、昏暗、风雨凄迷的景象。其中只用"人静"、"灯昏"、"连江风雨"的白描词句，即把这种气氛和意境，淋漓尽致地表现出来了。词中描写这种春晚寂静、昏暗、风雨凄迷的气氛和意境，并非无的放矢，它是为词中的主角杜鹃的出场所做的铺垫。这是词作上片的第一个层次。上片的第二个层次是"林莺"两句。这两句又递进一层，写霎时之间天气起了变化，风止雨霁，众鸟无声，万籁俱静，一轮明月遥挂中天，此时此刻，词中的主角杜鹃，它伴着凄厉的叫声，粉墨登上树林这个别具特色的舞台。词作的上片就写了这些。这说明了什么呢？不难看出，词人是在采用烘云托月的手法，首先渲染寂静、昏暗、风雨凄迷的气氛，然后再唤出杜鹃，突出它的一声紧似一声的悲切叫声。显而易见，在夜深人静、万籁俱静的时候，人们听到杜鹃的悲切啼叫，自然是会胆战心惊、毛骨悚然的。这就是上片所达到的艺术效果。

换头三句,紧接上片"月夜常啼杜鹃"一句一气写来,继续描写杜鹃的精彩表演。表面上看,这三句是写杜鹃拼命的啼叫,把词人的睡梦惊醒之后,又向树林深处飞去。其实这里有着深邃的含意。这里描写的那种动荡、凄清、幽深的意境,所蕴含的弦外之音,是写杜鹃乎?是写词人乎?亦不难看出,这二者兼而有之,而且水乳相溶、妙合无垠,可谓是"借物寓言"的绝妙之笔!不过究其实质,它的宗旨还在于写词人。我们从"清泪"、"孤梦"、"又拣深枝飞去"的词句中,即能看出它正是词人的飘零身世和凄凉心境的曲折而含蓄的表露。

最后两句尤其是"半世飘然羁旅"一句,已经非常明确地点出这首词"借物寓言"的主题,表现词人岁月蹉跎、英雄老却、事业无成的无限感慨和悲叹。词人来到南郑,所急切渴望的,就是"欲倾天上河汉水,净洗关中胡虏尘"(《夏夜大醉,醒后有感》)。所以他曾立下誓言:"丈夫不虚生世间,本意灭虏救河山。"(《楼上醉书》)南宋罗大经说陆游的诗"多壮丽语,言征伐恢复事"(《鹤林玉露》),说明他是看到了陆游的宏伟抱负的。然而,正当陆游金戈铁马在前线参加抗金战斗,即将收复长安时,却被调离前线，来到成都，过着投闲弃置、英雄无用之地的生活，这怎么能不使他心灰意冷、感慨万千、悲愤交集呢？这首词描绘的沉闷、凄迷的气氛，正是词人孤独、凄凉、失望的心境的写照，字里行间都流露着词人的悲痛和叹息之声。正如词人另一首直抒胸臆的诗作所写那样："闲将白发照清沟，太息年光逝不留。勋业无期著书晚，此生与世判悠悠。"（《太息》）真是声声泪，字字血，是作者血与泪的凝结。

全词的特点是"借物寓言"，以表现词人的心境，这是不言而喻的了。但词作在渲染气氛上，亦与众颇不相同。其不同即在它不仅只是外在的渲染，而是通过词人内向的细微的心理感觉，层层深化，滚滚流向笔端的。因而就使词作的主题更加含蓄蕴藉，耐人寻味。

值得指出的是，古代有人评论最后两句词时，说是作者"去国怀乡，触绪纷来，读之令人于邑"（《历代诗余》引《词统》语）。把此作说成是思乡之作，显然失于细心研讨，没有窥视到作品的真谛。

文中之小品 文中之精品

姜夔词序的审美鉴赏

吴功正

作者介绍

吴功正,1943年生,江苏如皋人。作家、文艺评论家。1967年毕业于南京师范大学中文系。1982年12月调至江苏省社会科学院任研究员、博士生导师。

推荐词

姜夔是个喜欢为自己的词写序的人,几乎每首词都有序,而且序还写得比较讲究。这些序言广为涉及歌词写作的许多问题,诸如词谱、词式、写作缘起等等。其中有不少序文,可以独立成篇,具备了完整的审美生命,是不可多得的美文,可作单独的审美鉴赏。这是过去许多读者没有留意的。

姜夔的文学审美创作以词名世，然而，他还有一项重要的审美创造，这便是词序。姜夔词几乎首首有序，广为涉及歌词写作的许多问题，诸如词谱、词式、写作缘起等等。其中有不少序文，可以独立成篇，具备了完整的审美生命，是不可多得的美文，可作单独的审美鉴赏。《扬州慢》是姜夔词篇的代表作，其序云：

> 淳熙丙申至日，予过维扬。夜雪初霁，荠麦弥望。入其城则四顾萧条，寒水自碧。暮色渐起，戍角悲吟。予怀怆然，感慨今昔，因自度此曲。千岩老人以为有黍离之悲也。

城外夜降大雪，雪后放晴，四野一片荠麦，这是维扬地区的特有景象，然而，雪后清寒则形成凄冷氛围。进入扬州城后，举目四望，一片萧条景象。"寒水"又现一"寒"

字,"碧"色加浓了寒意。作者又进一步加以渲染,暮色苍茫,从景象上着眼;"戍角悲吟",则从声态上切入。客体的悲凉景象引发了主体的"怆然"情怀,悲景与凄情出现了整合和融化。

《一萼红》序云:

> 丙午人日,予客长沙别驾之观政堂。堂下曲沼,沼西负古垣,有芦橘幽篁,一径深曲;穿径而南,官梅数十株,如椒、如菽,或红破白露,枝影扶疏。著屐苍苔细石间,野兴横生,亟命驾登定王台,乱湘流入麓山。湘云低昂,湘波容与,兴尽悲来,醉吟成调。

在移步换形中移动视线和进行审美描绘:由沼而垣而芦橘幽篁而曲径,显示了变化感。然后路转径回,视线落到梅花上,这是作者所要描绘的景象。"如椒、如菽"的比喻,新奇、独到,在写梅中绝少见到这样的比喻。"红破白露"是绘花朵,"枝影扶疏"是描枝干,作者的描绘确是抓到了主要之点。以上是无我之境,即纯然绘景;以下便是有我之境,"著屐苍苔细石间",正面写到词人的赏景行为。其行为本身就有着词人的主体情趣,这便是"野兴横生"。

兴之所至，便登定王台，见到"乱湘流入麓山"的景象。这"乱"字极为准确、传神，写出水流之多、水势之态。这时见到湘江上云彩或低或高飘动，湘江水波容与回旋，又引发了别一番情感。

姜夔词序中对越中山水、湘地景致，情有独钟，遂多有描述。《角招》序云：

> 甲寅春，予与俞商卿燕游西湖，观梅于孤山之西村，玉雪照映，吹香薄人。已而商卿归吴兴，予独来，则山横春烟，新柳被水，游人容与飞花中，怅然有怀，作此寄之。商卿善歌声，稍以儒雅缘饰；予每自度曲，吟洞箫，商卿辄歌而和之，极有山林缥缈之思。

姜夔所写西湖美景有孤山梅花，有钱塘早春，虽稍作勾画，却景象照人。《庆宫春》序云：

> 绍熙辛亥除夕，予别石湖归吴兴，雪后夜过垂虹……后五年冬，复与俞商卿、张平甫、铦朴翁自封禺同载诣梁溪，道经吴松，山寒天迥，云浪四合。中夕相呼步垂虹，星斗下垂，错杂渔火，朔吹凛凛，厄

酒不能支。

这是另一幅景象：天寒地冻的越中景象。在山寒地迥、云浪四合的总体环境中，是寒夜之景的描绘，真切动人。星斗下垂的景象、渔火错杂的点缀、寒风吹动的渲染，都是对"寒"的出色描绘。"卮酒不能支"，则从主体感受上突出了寒意。

姜夔词序中，荆湘景致也是如画似绘。《清波引》序云："予久客古沔（按：指湖北汉阳），沧浪之烟雨，鹦鹉之草树，头陀、黄鹤之伟观，郎官、大别之幽处，无一日不在心目间。"他对自然山水景观充满着热爱、欣赏和喜悦的审美情感。山水无一日不在他的心目中，他的心目中无一日没有山水。这样，他就写出了山水的美，他的词序便成为美文。《念奴娇》序云：

> 予客武陵，湖北宪治在焉。古城野水，乔木参天，予与二三友荡舟其间，薄荷花而饮，意象幽闲，不类人境。秋水且涸，荷叶出地寻丈，因列坐其下，上不见日，清风徐来，绿云自动，间于疏处窥见游人画船，亦一乐也。䚿来吴兴，数得相伴荷花中。又夜泛西湖，光

景奇绝，故以此句写之。

作者写的是荷，三处荷：武陵荷、吴兴荷、西湖荷。由荷，由作者对荷的情感所产生的线索联结前述他最欣赏、流连的越中之景和荆湘之景。他在荆南荆湖北路提点刑狱的官衙所在地，古城、野水、乔木相映，词人常与友人荡舟水上，靠近荷花饮酒，心态极为幽闲，似乎超出人境。秋水干涸时，荷叶如盖，挺拔而起，如同树荫一般，游者坐在下面，上不见天日。清风徐来，绿云般的荷叶来回摆动。偶尔还从荷叶的间隙处看到游人的画船，作者感到十分惬意，表现出了审美的愉悦之情。到了吴兴（今浙江湖州）之后，又多次徜徉游赏于荷花之中。至于夜间泛舟西湖，所见景象更为奇绝。虽然三幅荷景，空间悬隔，但各有笔墨侧重。武陵荷景是重点所写，吴兴荷景稍带笔墨，夜泛西湖则另有一番光景，因而给人以不同的审美感受。姜夔词序展现了一幅文人雅士图。《湘月》序云：

长溪杨声伯典长沙楫棹，居濒湘江，窗间所见，如燕公、郭熙画图，卧起幽适。丙午七月既望，声伯约予与赵景鲁、景望、萧和父、裕父、时父、恭父，大舟浮湘，放乎中流，山水空寒，烟月交映，凄然其为秋也。坐客皆小冠祢服，或弹琴，或浩歌，或自酌，或援笔搜句。

此是一批文士雅客月夜泛游湘江图，大有苏轼《赤壁赋》的情状和情调。他们在湘水中流的情态各异，作者用"或"作了描述。"皆"是相同的，"或"是相异的，遂于同中见异。山水烟月交映、人物各尽其致，从中透现出宋代士大夫文人所特有的生活和审美情趣，亦见姜夔的清空、骚雅之风。

于是，词序便成为姜夔心态的重要载体，体现于如下两个方面：

其一是野兴、逸致。《鹧鸪天》序云：

> 予与张平甫自南昌同游西山玉隆宫，止宿而返，盖乙卯三月十四日也。是日即平甫初度，因买酒茅舍，并坐古枫下。古枫，旌阳在时物也。旌阳尝以草屦悬其上，土人谓屦为屐，因名曰挂屐枫。苍山四围，平野尽绿，隔涧野花红白，照影可喜，使人采撷，以藤纠缠著枫上。少焉，月出大于黄金盆，逸兴横生，遂成痛饮，

午夜乃寝。

这里有民俗，有风景，有由此而引起的喜悦，所激发的"逸兴"。《浣溪沙》序云：

> 予女须家沔之山阳，左白湖，右云梦。春水方生，漫数千里，冬寒沙露，衰草入云。丙午之秋，予与安甥或荡舟采菱，或举火罝兔，或观鱼下。山行野吟，自适其适。

文中写出四季的不同景致，特别写到"丙午之秋"他和外甥的游赏活动，亦用"或"表现不同的游赏内容和方式。这些又都表现了"自适其适"的随遇而安、随适而得的舒展适意之情。

其二是悲感、凄情。例如前引《扬州慢·序》的"黍离之悲"，《清波引·序》的"岁晚凄然"，《浣溪沙·序》的"凭虚怅望"，《翠楼吟·序》"伤今之离索"，《淡黄柳·序》、《凄凉犯·序》"巷陌凄凉"、"荒烟野草"，怀念旧情人的凄然之情，《角招·序》的朋友失落之情，亦即《鹧鸪天·序》中所感叹的"此游之不可再"的悲情，

《齐天乐·序》闻蟋蟀而"顿起"的"幽思"。

姜夔词序审美上的特色不仅传达出不同类别的情感,而且观照和表现出不同情感转换的心路历程。《一萼红·序》本来"野兴横生",但看到"湘云低昂,湘波容与",便不禁"兴尽悲来",野兴转化为悲情。《清波引·序》本来"胜友二三,极意吟赏",但"揭来湘浦,岁晚凄然"。《角招·序》原先的"山林缥缈之思"转化为"今予离忧,商卿一行作吏,殆无复此乐"的伤感。这就表现出了情感的流变性质和复杂形态。

总之,姜夔的词序具有美文的基本特征:美的意象、美的文辞、美的话语、美的情感——凄然的或是野逸的。它是文中之小品,体现了山水游记小品的发展前景;它是文中之精品,晶莹剔透、圆润玲珑。我们从晚明散文小品中寻绎到了它的审美渊源。就文体美学而言,以词序形式写景,成山水小品文,和六朝时出现的书信体山水小品文一样,富于创意性,因而具有显著的文体美学史地位。

旷远高明　低回宛转

吴文英《八声甘州》赏析

周汝昌

作者介绍

周汝昌(1918—2012),天津咸水沽镇人。中国艺术研究院终身研究员,是我国著名红学家、古典诗词研究家。

推荐词

高秋自古为时序之堪舒望眼,亦自古为文士之悲慨难置。旷远高明,又复低回宛转,则此篇之词境,亦奇境也。而世人以组绣雕镂之工视梦窗,梦窗又焉能辩?

渺空烟、四远是何年,青天坠长星?幻苍崖云树,名娃金屋,残霸宫城。箭泾酸风射眼,腻水染花腥。时靸双鸳响,廊叶秋声。

宫里吴王沉醉,倩五湖倦客,独钓醒醒。问苍波无语,华发奈山青。水涵空、阑干高处,送乱鸦斜日落渔汀。连呼酒,上琴台去,秋与云平。

梦窗词人,南宋奇才,一生只曾是幕僚门客,其经纶抱负,一寄之于词曲,此已可哀,然即以词言,世人亦多以组绣雕镂之工下视梦窗,不能识其惊才绝艳,更无论其卓荦奇特之气,文人运厄,往往如斯,能不令人为之长叹!

本篇原有小题,曰"陪庾幕诸公游灵岩"。庾幕是指提举常平仓的官衙中的幕友西宾,词人自家便是幕宾之一员。灵岩山,在苏州西面,颇有名胜,而以吴主夫差的遗迹为负盛名。

此词全篇以一"幻"字为眼目,而借吴越争霸的往事以写其满眼兴亡、一腔悲慨之感。幻,有数层含义:幻,故奇而不平;幻,故虚以衬实;幻,故艳而不俗;幻,故悲而能壮。此幻字,在第一韵后,随即点出。全篇由此字生发,笔如波谲云诡,令人莫测神思;复如游龙夭矫,以常情俗致而绳其文采者,瞠目而称怪矣。

此词开端句法,选注家多点断为"渺空烟四远,是何年、青天坠长星?"此乃拘于现代"语法"观念,而不解吾华汉文音律之浅见也。词为音乐文学,当时一篇脱手,立付歌坛,故以原谱音律节奏为最要之"句逗",然长调长句中,又有一二处文义断连顿挫之点,原可适与律同,亦不妨小小变通旋斡,而非机械得如同读断"散文""白话"一般。此种例句,俯拾而是。至于本篇开端启拍之长句,又不止于上述一义,其间妙理,更须指意。盖以世俗之"常识"而推,时、空二间,必待区分,不可混语。故"四远"为"渺空烟"之事,必属上连;而"何年"乃"坠长星"之事,允宜下缀也。殊不知在词人梦窗意念理路中,时之与空,本不须分,可以互喻换写,可以错综交织。如此处梦窗先则纵目空烟杳渺,环望无垠——此"四远"也,空间也,然而却又同时驰想:与如彼之遥远难名的空间相伴者,正是一种荒古难名的时间。此恰如今日天文学上以"光年"计距离,其空距即时距,二者一也,本不可分也。是以目见无边之空,即悟无始之古——于是乃设问云:此茫茫何处,渺渺何年,不知如何遂出此灵岩?莫非坠自青天之一巨星乎(此正似现代人所谓"巨大的陨石"了)?而由此坠星,遂幻出种种景象与事相,幻者,幻化而生之谓,灵岩山上,乃幻化出苍崖古木,以及云霭烟霞……乃更幻化出美人的"藏娇"之金屋,霸主的盘踞之宫城。主题至此托出,却从容自苍崖云树迤逦而递及之。笔似十分暇豫矣,然而主题一经引出,即便乘势而下,笔笔勾勒,笔笔皴染,亦即笔笔逼进,生出层层"幻"境,现于吾人之目前。

以下便以"采香泾"再展想象的历史之画图:采香泾乃吴王宫女采集香料之处,一水其直如箭,故又名箭泾,泾亦读去声,作"径",形误。宫中脂粉,流出宫外,以至溪流皆为之"腻",语意出自杜牧之《阿房宫赋》:"渭流涨腻,弃脂水也。"此系脱化古人,不足为奇,足以为奇者,箭泾而续之以酸风射眼(用李长吉"东关酸风射眸子"),

腻水而系之以染花腥,遂将古史前尘,与目中实境(酸风,秋日凉冷之风也)幻而为一,不知其古耶今耶?抑古即今,今亦古耶?感慨系之。"花腥"二字尤奇,盖渭吴宫美女,脂粉成河,流出宫墙,使所浇溉之山花不独染着脂粉之香气,亦且带有人体之"腥"味。下此"腥"者,为复是美?为复是恶?诚恐一时难辨。而尔时词人鼻观中所闻,一似此种腥香特有之气味,犹为灵岩花木散发不尽!

再下,又以"响屧廊"之典故增一层皴染。相传吴王筑此廊,令足底木空声彻,西施着木屧行经廊上,辄生妙响。词人身置廊间,妙响已杳,而廊前木叶,酸风吹之,飒飒然,别是一番滋味——当日之"双鸳"(美人所着鸳屧),此时之木叶,不知何者为真,何者为幻?抑真者亦幻,幻者即真耶?又不禁感慨系之矣!

幻笔无端,幻境丛叠,而上片至此一束。

过片便另换一番笔致,似议论而仍归感慨。其意若曰:吴越争雄,越王勾践为欲复仇,使美人之计,遣范蠡进西施于夫差,夫差惑之,其国遂亡,越仇得复。然而孰为范氏功成的真正原因?曰:吴王之沉醉是。倘彼能不耽沉醉,范氏焉得功成而遁归五湖,钓游以乐吴之覆亡乎?故非勾践范蠡之能，实夫差甘愿乐为之地耳！醒醒（平声如"星"），与"沉醉"对映。——为昏迷不国者下一当头棒喝。良可悲也。

古既往矣，今复何如？究谁使之？欲问苍波（太湖即五湖之一），而苍波无语。终谁答之？水似无情，山又何若？曰：山亦笑人——山之青永永，人之发斑斑矣。往者不可谏，来者犹可追欤？抑古往今来，山青水苍，人事自不改其覆辙乎？此疑又终莫能释。

望久，望久，沉思，沉思，倚危阑，眺澄景，见苍波巨浸，涵溶碧落——灵岩山旁有涵空洞，下瞰太湖，词人暗用之，一直到归鸦争树，斜照沉汀，一切幻境沉思，悉还现实，不禁憬然、恨然，百端交集。"送乱鸦斜日落渔汀"，真是好极。此方是一篇之警策，仝幅之精神。一"送"字，尤为神笔！然而送有何好？学人当自求之，非讲说所能"包办"一切也。

至此，从"五湖"起，写"苍波"，写"山青"（山者，水之对也），写"渔汀"，写"涵空"（空亦水之对也），笔笔皆在水上萦注，而校勘家竟改"问苍波"为"问苍天"，真是颠倒是非，不辨妍媸之至。"天"字与上片开端"青天"犯复，犹自可也，"问天"陈言落套，乃梦窗词笔所最不肯取之大忌,如何点金成铁?问苍波,何等味厚,何等意永,含咏不尽,岂容窜易为常言套语,甚矣此道之不易言也。

又有一义须明:乱鸦斜日,谓之为写实,是矣;然谓之为比兴,又觉相宜。大抵高手遣词,皆手法超妙,含义丰盈;"将活龙打做死蛇弄",所失多矣。

一结更归振爽。琴台,亦在灵岩,本地风光。连呼酒,一派豪气如见。秋与云平,更为奇绝!杜牧之曾云南山秋气,两相争高;今梦窗更曰秋与云平,宛如会心相祝!在词人意中,"秋"亦是一"实体",亦可以"移动坐标"、亦可以"计量",故云一登琴台最高处,乃觉适才之阑干,不足为高,及更上层楼,直近云霄,而"秋"与云乃在同等"高度"。以今语译之,"云有多高,秋就有多高!"高秋自古为时序之堪舒望眼,亦自古为文士之悲慨难置。旷远高明,又复低回宛转,则此篇之词境,亦奇境也。而世人以组绣雕镂之工视梦窗,梦窗又焉能辩?悲夫!

疏快而空灵　明朗而机巧

梦窗词五首审美赏析

吴功正

推荐词

近代词论家多以姜词清空、吴词密丽,为二家词风特色。况周颐《蕙风词语》卷二又云:"近人学梦窗,辄从密处入手。梦窗密处,能令无数丽字,一一生动飞舞,如万花为春。"吴文英有"词中李商隐"的美誉。本文通过吴文英的五首词作,比较全面地反映出吴词风格特征,使读者对吴词有本质的了解。

吴文英（约1200—约1260）字君特，号梦窗，四明（今浙江宁波）人。有《梦窗词》甲乙丙丁四稿。

宾清都·连理海棠

绣幄鸳鸯柱，红情密、腻云低护秦树。芳根兼倚，花梢钿合，锦屏人妒。东风睡足交枝，正梦枕瑶钗燕股。障滟蜡、满照欢丛，嫠蟾冷落羞度。

人间万感幽单，华清惯浴，春盎风露。连鬟并暖，同心共结，何承恩处。凭谁为歌《长恨》？暗殿锁、秋灯夜雨。叙旧期、不负春盟，红朝翠暮。

这是一首咏物词，借咏连理海棠，寄托高远。词人在上片刷色浓艳地描绘了连理海棠的形象。"绣幄鸳鸯柱，红情密、腻云低护秦树。"秦树，指秦中双株海棠。词人描述时，始终扣合"连理"的特征，暗喻两情的联结。"红情"、"腻云"，状海棠花之娇媚艳丽。然后从花根写到花梢，仍然不离"连理"的特征：芳根兼倚，花梢钿合。兼倚，即互相倚；钿合，言花梢纵横交错，如上下两扇的钿盒密合无隙。这些描述都是突出海棠连理的密切和不可分割。在此基础上，词人再加渲染、描述："东风睡足交枝，正梦枕瑶钗燕股。"交枝，即枝柯相交，韩愈有句："珊瑚玉树交枝柯"，显其密切。燕股，钗有双股，形若燕尾，故名。这里以枝柯交叉，以情人间的欢梦，强调连理的相依相关。接着的"障滟蜡、满照欢丛"，采用了刷色烘染的笔法。"滟蜡"即溶溶蜡光。在蜡光映透照射下，更显得光华四溢。然后用"嫠蟾"（月亮，嫦娥寡居故称"嫠蟾"）的"冷落羞度"加以反照。

上片集中描绘海棠形象，从根、梢、枝、花，反复设色，间用烘衬，意密藻艳，刻形尽露。过片处陡然一转，"人间万感幽单"，振起全篇精神，描述唐玄宗和杨玉环的爱情悲剧，流露出词人的感慨。那华清池的赐浴，"春盎风露"，何等恩宠。"连鬟并暖，同心共结"的同义反复渲染，又表现了李杨间的何等恩爱。紧接着，"凭谁为歌《长恨》？"兜头一个反诘句，借用白居易的《长恨歌》，情绪大幅度变幻，指斥君王恩浅，背盟负义，所谓夜殿密约，统统化为乌有。而只有连理海棠"不负春盟，红朝翠暮"。词人在连理海棠身上，有着自身的情感寄托。

朱孝臧盛赞这首词："濡染大笔何淋漓"（朱评《梦窗词》），陈洵《海绡说词》亦赞："此词寄托高远，其用笔运意，奇幻空灵；离合反正，精力弥满。"作为一首咏物词，词人用墨既切合对象，又不胶着过度。词人是借咏物以抒怀，以连理海棠的交枝密合暗讽君妃爱情的浅薄，所以才能在词的意境上"寄托高远"。咏物词贵在不即不离，词中所描述的形象、所采用的比喻，均有不少暗合之处。如词篇的题目"连理海棠"，唐明皇就曾称杨贵妃"海棠春睡"；词中有"钿合"喻花梢密合无隙，唐明皇就曾以钿盒赠杨贵妃为信物。明逗暗连，使得全词的意象密度甚大，又宛转关合，寓意四出，既合对象，又有寄托，堪为梦窗风格之代表作。

澡兰香·淮安重午

盘丝系腕，巧篆垂簪，玉隐绀纱睡觉。银瓶露井，彩箑云窗，往事少年依约。为当时、曾写榴裙，伤心红绡褪萼。黍梦光阴渐老,汀洲烟箬。

莫唱江南古调,怨抑难招,楚江沉魄。熏风燕乳,暗雨梅黄,午镜澡兰帘幕。念秦楼、也拟人归,应剪菖蒲自酌。但怅望、一缕新蟾,随人天角。

陈洵《海绡说词》指出:"此怀归之赋也。"时在外乡,又值端阳,自然会引起词人的怀归之情。一般的思乡之作,总是写远在他乡的游子对家乡的思念之情,情绪信号发出的主体是诗人词人,往往构成主体—家乡的直线形式。但也有别具一格的创造,如唐诗人王维著名的《九月九日忆山东兄弟》不言自己想家人,反言家人想自己。己所不归反不足道及,家人因缺少一员却倍觉遗憾。这在审美心理上叫作设身处地的体验、设想,因而别开生面。梦窗的这首《澡兰香·淮安重午》兼用上述的两种审美方式。词分两阕,但没有截然分成两种方式来表达,而是交替进行,在时空结构的组合上也是令人刮目相看的。

词题为"淮安重午",淮安,今属江苏;重午,即端午。夏历五月初五日。由节日而勾起思乡之情,体现了我们民族的心理特点。然而,梦窗的思乡心理又具有他的独特个性,这就是最引起他思念和回忆的,不是端午的龙舟,而是玉人宴舞。他是那样神驰向往、耿耿于怀,这正体现了梦窗心态的感性特征和情绪色彩。先著《词洁》评述这首词:"亦是午日情事,但笔端幽艳,如古锦烂然。"确是的评。幽艳的感性、烂然的色彩,形成了这首词的风格基调,当然就反映了梦窗的审美心理特征。

中华民族的节日有自身的特点,中秋节重在晚间,端阳重在午间。因此,本词扣住午间特点作富于感性色彩的描述。

"盘丝"三句描述重午玉人的装束和睡态。词一开头就规定了描述的基本方向,具有艳丽的感官功能性质。玉人腕上系着五色的丝绒,簪上插着精巧的纸花。词人的用墨是重艳的,以腕、头所饰来概括整体装束,而这种描述又含有色彩,一下子就作用于读者的感官。"玉隐绀纱睡觉",玉,指玉人。绀纱,指天青色的纱帐。这一帐中玉人午睡的静态情景并没有冠于词首,而是首先用五色丝绒和精巧纸花构成色彩形象,给予读者鲜明的感性印象后,才推出此句。此句与前两句相较,墨色稍淡,意象亦有不同。不言"玉人"一词,而以"玉"借代,显然也是着眼于色彩感觉。"玉"的晶莹乳色的特征,与"绀纱"的天青色略带半透明感,形成色彩的配置和调节。而"隐"字形成词的半朦胧状态,使词色润而不燥、蕴而不露，富于某种空灵感。"睡觉"一词极为通俗，显示出重午时节的午睡特点，又完成了玉人装束、睡态的描述，出现了一幅仕女午休的幽艳图画。起首三句是词人回思重午的第一重意象。

"银瓶"两句，描述了当年重午的第二重意象：歌舞饮宴之盛。银瓶，酒瓶。杜甫《少年行》："指点银瓶索酒尝。"彩箑，彩扇，代指歌舞。"银瓶露井，彩箑云窗"，两句写足盛况。彩扇翻飞、歌舞婆娑，仍然具有感性作用力和色彩感。"往事少年依约"，一笔兜住前五句，乃先染后点之手法。先作色彩、情态、景象的描述，然后点出此乃少年旧事，是今朝重午对往昔重午的动情回顾和追忆。两重意象之间又有绀纱午休和云窗歌舞的静动对比，增强了情状描述的节奏感，丰富了表现内容。

一句束上，点示此词的主要意绪；一句启下，引起进一步的回顾："为当时、曾写榴裙"。这是最能引起词人感性心理的往事。词人借用《宋书》羊欣穿白练裙午睡、王献之书其裙而去事，取其事而改其字，"练"为"榴"，切合重午景象，勾连前句"玉隐绀纱睡觉"事。融人事入风景，洋溢出某种情趣。紧接一句"伤心红绡褪萼"，情绪猛然一沉、一转。"伤心"一词以直接的情感语言加强了内心凄楚的浓度。词人为之心伤的是"红绡褪萼"。在"褪萼"的形象描述中包含着人事日非的感喟。当词人直接发露其感伤主义情绪后,"黍梦光阴渐老,汀洲烟箬"紧紧承上,叹光阴迅疾,遂致人事皆非。"黍梦"指黄粱梦短。"老"字也下得新颖奇特,词人由思乡忆旧引入对时光流年的感伤,并以"汀洲烟箬"的苍凉迷蒙的意象,深化了词的情感内涵,笼罩着一层忧伤的精神氛围。

陈洵认为此词"后片纯是空中设景"。词人改变了前片的审美方式,以心度心,设想家人盼己归来。"莫唱江南古调,怨抑难招,楚江沉魄",屈原沉江为端阳之事,所以词人虽设想家人,想落天外,却又切题切境。"怨抑"的直接情绪词,"楚江沉魄"的意象,以古事而言今情,都使情调更趋萧飒悲咽。"熏风燕乳,暗雨梅黄,午镜澡兰帘幕。"这三句是用多种不同的意象,经设想而构成家中重午的组合意象。整个色彩不以明丽见长,而取"暗""黄",亦有情绪的浸染。它是多种单个景、物描述,形成连缀,带有梦窗结构词境的手法特点。澡兰,以兰汤沐浴,也是端午习俗。"念秦楼、也拟人归",秦楼,用秦穆公女弄玉与萧史相爱，吹箫引凤事。这里借秦楼指所爱者的居处。这一句立后片之主旨，"念"为词人所念，而"拟"则为"秦楼"人所拟，这是直接的设想，设想出对方的思虑，其落脚点又在于自己，形成了词人和家人心理的双向流程。设想家人盼己节日而归，但自己竟至未归，于是由心理的设想化入情景的设想："应剪菖蒲自酌"，大得"遍插茱萸少一人"的情味。"菖蒲"指酒，仍扣合重午；"自酌"则非对饮。这不仅仅是家人过节的情景描述和设想，而且是从对方出发，反及己身的体验。似乎不是自己在盼归去，而是家人在盼归来。词人设想家人因己未归而独饮"自酌"的孑立身影和遗憾心意，把人生经验作了绝妙的审美体验。

经过对家人重午情景和情思设想的盘桓后，词笔抽到主体上来："但怅望、一缕新蟾，随人天角。"空间结构作了大幅度转移和调节。这种"钩转本位"（杨铁夫《梦窗词选笺释》引）的空间变化，适足体现出梦窗"腾天潜渊"（周济《四家词选序论》）、转合自如的艺术笔力。词人满怀着惆怅的情思，伫望着初五的一钩新月"随人天角"。词人一路写来，到结拍处才点出自己于何时何境作望乡行为，结合了全词的情思，归结到主体身上，收笔至为清峭。"一缕"

的纤巧新颖用词，"新蟾"所涵茹的淡幽情思，"随人天角"的怅然之意，有无穷之思绪、远神细细传来。

吴梅《蔡嵩云〈乐府指迷笺释〉序》云："吴（梦窗）词潜气内转，上下映带，有天梯石栈之妙。"所谓"天梯石栈"，就是起落转接，虽大开大阖，但承折自如，有潜气内转，即审美情思的贯通。全词凡三大折，由重午怀归，转入设想家人望归，再转入望月思乡，但都有着词人幽婉情思的灌注和对全篇的渗透。陈洵的《海绡说词》对本词的结构特点大为叹赏："击首则尾应，击尾则首应，击中间则首尾皆应，阵势奇变极矣。"开篇凭空描出玉人装束、睡态，第六句揽住前五句，并拓出"为当时"的动情回忆。下片由己及人，设身处地，再回到主体的望月思乡，内在勾连十分紧密。虽然意象时有跳跃，但脉络清晰，可以寻绎。陈洵尤其指出该词"金针度人，全在数虚字"的特点。下片多用虚字："莫唱"、"也拟"、"应"、"自"、"但"等，形成意象与意象之间的呼应联结。同时，虚字的虚拟、揣测的语意、词气特征也较好地发挥和加强了全词幽婉空灵的美学风味。另外，全词所撷取的景象，或是家中的"午镜澡兰帘幕"、"菖蒲自酌"等，或是词人的"怅望一缕新蟾"，或是借言古事的"楚江沉魄",都明扣暗合着重午的特点。这样,从情思的灌注上,从虚字的运用上,从景象的选取上,都规范了全词首尾圆活、前后映带的审美结构特征。

《四库全书提要》云:"词家之有文英,如诗家之有李商隐也。"戈载的《七家词选》具体说道:"犹之玉溪生之诗,藻采组织,而神韵流转,旨趣永长。"其实从审美的感性心态上说明,似乎更能道出问题的实质,也更见深度。按照勃兰兑斯把文学史视为心理史、灵魂史的观点,晚唐李商隐的审美心理体现了中国古代文学、美学心灵史的一个重要变迁,心态尖新细窄,更善于体验、回味、咀嚼日常生活现象和日常的情绪经验。吴文英对通常的节日思归之情,体察得如此细腻、尖新,如此动情,设身处地,双向感应,这种心态才是典型的词人心态,这才是梦窗词"犹之玉溪生之诗"的最本质含义。

风入松

听风听雨过清明,愁草瘗花铭。楼前绿暗分携路,一丝柳、一寸柔情。料峭春寒中酒,交加晓梦啼莺。

西园日日扫林亭,依旧赏新晴。黄蜂频扑秋千索,有当时纤手香凝。惆怅双鸳不到,幽阶一夜苔生。

陈洵《海绡说词》说:"《渡江云》题曰:《西湖清明》是邂逅之始;此则别后第一个清明也。"提供了理解这首词的线索。《风入松》是梦窗"十载西湖"的缠绵爱情生活的一个剪影。"听风听雨过清明","风雨"的分割,"听"竟重复两次,形成独特的听觉形象。"风""雨"给人以牢愁情绪,遂在听觉形象背后隐隐推出抒情主体,词的意脉给人"愁草瘗花铭"一句。"愁"字的直接显露,定下全篇基调,笼罩着感伤主义的情绪。庾信有《瘗花铭》,梦窗借用来表达花谢、愁春归的情感。然而,伤春乃是伤别,于是接着便写:"楼前绿暗分携路。""分携"带出了去岁分手的时间,"楼前绿暗路",带出了今朝追思的空间。空间、地点、环境愈是不变,就愈是显示出词人触景伤怀的愁思。紧接着的"一丝柳、一寸柔情",更细微地表露了触景生情的深长。梦窗别开生面地用尺寸来计量情感。"一丝柳"中蕴藏着"一寸柔情",那么万千摇曳的柳丝则有着万千柔情荡漾了。愁情如此,春寒如此,"料峭春寒中酒"。醉酒,是陶醉,亦是解脱,可是,"交加晓梦啼莺",杂沓的莺啼打碎、惊破了晓梦。梦境被打破,回到现实,人事日非,更添愁思。

如果说,词的上片的情感概括为一个"愁"字,下片则是一个"痴"字。诚如陈洵所言:"纯是痴望神理。"(《海绡说词》)"西园日日扫林亭,依旧赏新晴。"词人不是在离别后不去西园,而是偏偏要去西园,这一反常的举止正体现出情感之痴。他日日去西园看到了什么呢?"黄蜂频扑秋千索,有当时纤手香凝。"谭献云:"'黄蜂'二句,是痴语,是深语。"(《谭评词辩》)这是词人的幻觉所幻化出的幻境。从"当时"离别以来,中间多少"旧日"流逝,秋千索上仍香泽如初。这种异想天开的幻觉显示出情之痴、情之深。然而,一旦回到了现实中间,幻景顷刻间被打破:"惆怅双鸳不到",情绪更见痴深。"幽阶一夜苔生",脱化于庾肩吾《咏长信宫中草》:"全由履迹少,并欲上阶生。"李白《长干行》:"门前迟行迹,一一生绿苔。"但梦窗进行了改造。"苔生"是"一夜"之间形成的,不无夸张之意。唯其如此,才益见情痴情深。

谭献《词综偶评》曰:"此是梦窗极经意词,有五季遗响。"陈廷焯《白雨斋词话》认为此词"情深而语极纯雅,词中高境也"。词人把离情别绪表现得别具一格。明知伊人已去,却"日日扫林亭",翘盼着她的到来;明知伊人不至,竟"依旧赏新晴";明知人去秋千空,竟感到"手香"如初;"双鸳不到",犹望其到。这些描述戛戛独造,创造出"痴"的美感心理形式,不愧是"词中高境"。

八声甘州·陪庾幕诸公游灵岩

渺空烟四远,是何年、青天坠长星?幻苍崖云树,名娃金屋,残霸宫城。箭径酸风射眼,腻水染花腥。时靸双鸳响,廊叶秋声。

宫里吴王沉醉,倩五湖倦客,独钓醒醒。问苍波无语,华发奈山青。水涵空、阑干高处,送乱鸦、斜日落渔汀。连呼酒,上琴台去,秋与云平。

这是一首游览而生怀古之情的词篇。时梦窗三十余岁,在苏州为仓台幕僚(即庾幕)。灵岩,山名,在苏州西三十里,其上有吴王夫差的遗迹。

起句劈空而来,词人骇视四极,展现了烟空阔远的无限大的空域,然后,笔锋一转,伸向无限长的时域,语气惊异地发问,是何时青天坠落了长长的星座,化为这灵岩山?

想象奇特,发语警策。词人根据词首的想象线索,继续展开幻化的思路,大星坠地幻化出自然世界的灵岩山的"苍崖云树"与种种古迹。然后提及与灵岩山相关联的历史故事,吴王为"名娃"西施建造了"金屋"馆娃宫。煊赫一时的吴王不过是后起的"残霸",而他的荒淫生活在词中被点示,隐含着词人的讽刺之意。"箭径酸风射眼,腻水染花腥。时靸双鸳响,廊叶秋声。"这几句承前作具体描述。"箭径"即灵岩山前的"采香径",吴王令宫人采香之地,径直如箭,故名。"酸风"借李贺《金铜仙人辞汉歌》:"东关酸风射眸子",言箭径冷风射来,使人眼酸。被脂粉染着的腻水,使夹岸的花卉也沾染了一股腥味。"腥"字用得极为新颖,可见出腻水之浓,也在微词妙选中透现出词人的感情色彩。灵岩山有响屟廊,相传西施穿着响屟(木屐)绕廊而行,发出响声。当年"时靸双鸳响"的情景已不复存在,于今只有"廊叶秋声"的萧萧瑟瑟。这两句俯仰今昔,挽合古今,极为自然地渲染了浓重的怀古情调。

上片在经过古迹的描述后转入下片的古事评论。宫里吴王沉醉酒色,不理国事;独有"五湖倦客"范蠡,头脑清醒,在辅佐越王成就灭吴大业后,洞察勾践嫉贤心肠,功成身退，浪迹五湖。在吴王沉溺歌舞美色之中，吴国被越国吞并，"残霸"遂成过眼烟云。词人游灵岩凭吊古迹，发思古之幽情，乃是为了现在。梦窗身处南宋末际，民族矛盾空前尖锐，外敌侵扰华夏，而南宋君臣昏庸，"西湖歌舞几时休"，"直把杭州作汴州"，与沉湎酒色的吴王无异。国事不堪，词人满腹忧愤，问苍波，苍波无语，徒唤奈何！山青依旧而华发增生，这里包含着几多愤慨、几多忧愁！这些内心的情感凝结为远眺近望："水涵空、阑干高处，送乱鸦、斜日落渔汀。"浩浩渺渺的太湖包含着万里碧空，气象阔大，目送着乱飞的群鸦在斜日夕阳的余照中落在鱼汀之上。面前浩阔的湖光景色，词人郁结的孤愤暂时获得解脱。"连呼酒，上琴台去"，和庾幕诸公登临琴台，飞觞传杯。"秋与云平"，秋气与秋云比高，词人的情怀亦在秋高气爽中得到舒展。

全词起句盘空，结句旷放。由登临灵岩山，目睹水容山态，而发思古伤世之怀。上片远处落墨，奇思放想，由粗疏渐及细腻，结句挽起古今。下片由对吴王沉醉的愤斥，隐含对时政的联想。愤慨充满至仰问苍天、自叹白发而趋饱和。旋即在游目骋怀中，舒展了心绪。以登高饮酒的行为，显示出情怀的旷放。词中情绪起落变化,起于怀古伤时的愤懑,落于目睹湖光山色的舒展,以转为结,终于秋色与秋云的比高,发为"奇情壮采"(麦孺博:《艺蘅馆词选》)。

唐多令

何处合成愁?离人心上秋。纵芭蕉、不雨也飕飕。都道晚凉天气好,有明月、怕登楼。

年事梦中休。花空烟水流。燕辞归、客尚淹留。垂柳不萦裙带住,漫长是、系行舟。

首句凭空发问,紧接着以拆字格"离人心上秋"作答。心与秋合为愁。用语至巧,词意轻灵。秋气含伤幽情绪,更是"离人"心绪,巧而不空,它加强了愁的特定内涵,点示出乃是离人之愁。"离人""心""秋"的巧妙组合,统摄词的上片的内容。正因为是"心上"之"秋",并非全是自然之秋。因此纵然没有雨点敲打,芭蕉也会飕飕作响。这"愁"是"心"上的"秋"所"合成",就形成了词人反常的心理状态。"都道晚凉天气好"的"都"字,把秋夜美写足:明月当空,天气凉爽。词意推进到"有明月",稍稍提顿,再加转折:"怕登楼"。词人为何不合常理地"怕登楼"呢?乃是因为"心上秋"的愁情所致。心愁无法得到排遣,那么,登上秋夜的高楼,睹景伤怀,自然界的"秋"再触发"心上秋",岂不愁上加愁吗?上片以"心上秋"来统领、贯串,写得别开生面、摇曳多姿。

换头处"年事梦中休",和情人过去的相处岁月,如今终化为一梦,如同花落水流。这里包含着词人多么深挚的往事眷顾和依恋,对于岁月一去不返,怀着深深的叹惋。"燕辞归、客尚淹留。"以燕子的几番来去,显示词人客居他乡的时间之久。时间加重了"淹留"的愁思容量。同时,燕子能随节候辞归,词人却欲归不得。这里的燕、人对比,更显示了词人内心的惆怅。词人是多么盼望摆脱这"淹留"的处境,像燕子一样自由辞归,和情人一起离开。造成自己"淹留"异地,和情人天各一方的原因是什么呢?词人的妙笔突然生花,异想天开地把这一切归咎于"垂柳不萦裙带住"。"裙带"是情人的借代,垂柳没有把别去的伊人萦系住,使得她远远"辞归"。而漫悠地系住的,却是"行舟"。这"行舟"是词人日夜企盼"辞归"的交通工具,"垂柳"却把它系住,使不得归。结拍两句,互成对举,词人微微地迁怒于垂柳,含有抱怨之意,生动而别致地表达了他内心深处伤离的情感意绪。

张炎在《词源》中称"此词疏快,不质实"。确实,这首《唐多令》和梦窗词密意繁的主导词风相比较,显示出另一种格调,它疏快而略带空灵、明朗而包含机巧,拆字格的妙用,对垂柳的轻怨,都显示了这一特色。王士禛尽管对梦窗词稍有微词,但他对该词通俗明快的特色却是肯定的:"'何处合成愁?离人心上秋。'滑稽之隽,与龙辅《闺怨》诗:'得郎一人来,便可成仙去'同是《子夜》变体。"(《花草蒙拾》)

情思蕴藉 风调婉约

读宋人小令五首

王英志

作者介绍

王英志,1944年1月出生,毕业于北京大学中文系。苏州大学博士研究生导师,编审。出版著作有《灵境诗心——中国古代山水诗史》(清代编)、《清人诗论研究》、《中国古典诗歌艺术新探》、《古典美学传统与诗论》、《性灵派研究》、《袁枚评传》、《袁枚全集》、《李清照集》等约二十种。

推荐词

今信手拈来宋人小令五首。作者既有大词人,亦有小词人;词作既有人所熟知的名作,亦有尚未受宠的"无名篇"。"无名篇"因少有人鉴赏,读后可以予人新鲜之感;名作固然被一再玩味,但诗无达诂,各人体会不同,仍可读出自己的意味来。

读宋人小令，往往如读唐人绝句，觉别有一番意味。小令乃词之"正宗"，绝大多数情思蕴藉，风调婉约，耐人寻绎，又便于记诵，自有非长调可比拟之处。今信手拈来宋人小令五首。作者既有大词人，亦有小词人；词作既有人所熟知的名作，亦有尚未受宠的"无名篇"。"无名篇"因少有人鉴赏，读后可以予人新鲜之感；名作固然被一再玩味，但诗无达诂，各人体会不同，仍可读出自己的意味来。

木兰花

宋祁

　　东城渐觉风光好，縠皱波纹迎客棹。绿杨烟外晓寒轻，红杏枝头春意闹。

　　浮生长恨欢娱少，肯爱千金轻一笑？为君持酒劝斜阳,且向花间留晚照。

宋祁(998—1061)字子京,安州安陆(今属湖北)人。曾任尚书工部员外郎等职。作者因填这首小令而获得"红杏尚书"的雅号,可见此词尤其是名句"红杏枝头春意闹"之脍炙人口,非同一般。

上片写词人游赏春景。这是一个春色怡人的清晨,词人偕同一位朋友乘一叶扁舟,在一条春江上滑行。春江泛起波纹,细如"縠绉"(一种绉纱类丝织品),好似在欢迎来此春游的"客棹"。小船渐入佳境,发现东城的风光越来越绚丽迷人,心头充满了轻松、喜悦之情。词人之所以言"东城"而不言"西城",盖东城乃太阳升起处,且春风自东而来,故先得春天之气息也。上片开头两句当作如上解,但为了突出上片"东城渐觉风光好"的词旨,而颠倒了顺序。东城之"风光好"在何处,是上片笔墨之所在。"风光好"可写之景甚多,词人不可能亦无须面面俱到,他只选择了两个典型的春天意象:"绿杨"与"红杏"。"绿杨烟外晓寒轻,红杏枝头春意闹。"这两句形式上对仗工整,内容上相反相成,合成一个完美的艺术境界。前句写出春意清新静谧的一面,后句突出春意蓬勃活跃的一面。那清晨微寒的薄雾中柳枝绿如碧玉，显得轻柔，那杏林枝头的杏花红似火焰，显得闹猛。"绿"、"红"相距，"轻"、"闹"相衬，可谓写尽春意的优美与壮美。"晓寒"曰"轻"，"春意"言"闹"，都是采用"通感"或"感觉挪移"的手法，即如钱锺书先生所言："颜色似乎会有温度，声音似乎会有形象，冷暖似乎会有重量"（《通感》），达到新人耳目的效果。特别是后句尤佳，王国维所谓"着一'闹'字而境界全出"（《人间词话》），即把红杏的繁盛、春意盎然的境界充分、形象地描写出来了。此时词人与朋友当已弃舟登岸、徜徉于绿柳、红杏之间，无疑已为好"风光"而陶然了。

如此良辰美景，使词人赏心悦目，乐而忘返。下片乃极抒其留恋不舍之情。过片"浮生长恨欢娱少"，即景生情，抒发人生感慨。虽然词人在仕途上颇为顺利，但作为一个正直的官员与学者其精力全用于政事与读书上，难得有闲享乐，故觉得人生乐趣不多。为了强调此意乃用夸张之笔云："肯爱千金轻一笑？"《艺文类聚》引汉崔骃《七依》："回顾百万，一笑千金。"此句化用此意，并非写其冶游，而是形容自己于"长恨欢娱少"之时，即使一掷千金换取片刻欢愉也舍得，极言其对"欢娱"之向往。既然如此，那么今朝得闲游春，又逢难得的美景，怎么能轻言放弃呢？所以写出"为君持酒劝斜阳，且向花间留晚照"的妙语实是顺理成章。此处的"君"当是与词人一起乘船春游的朋友。"持酒劝斜阳"写得有趣，既反映了词人的风趣，亦显示出惜时的心情。他把斜阳当作一个朋友，以酒相劝其切莫西沉，且在"春意闹"的杏花丛中逗留片刻，让我们共同饮酒赏花，再欢娱一响吧！上片以"晓"起，下片以"晚"收。可见词人已整整漫游了一天，却犹觉未尽兴，更显示"浮生"之"欢娱少"也。

这首词意境清新，又富有情趣，颇得力于其语言修辞与锤字炼句的功夫。无论是"縠绉波纹"的比喻，还是"晓寒轻"、"春意闹"的通感，"劝斜阳"的拟人，都显示出语言工丽却不绮靡的美，从而引人进入词的春天境界中去，与词人共享那新鲜的好"风光"。

蝶恋花·春暮

李冠

遥夜亭皋闲信步，才过清明，渐觉伤春暮。数点雨声风约住，朦胧淡月云来去。

桃杏依稀香暗度。谁在秋千，笑里轻轻语？一寸相思千万绪，人间没个安排处。

李冠（生卒年不详，约1019年前后在世）字世英，历城（今山东济南）人。这首小令抒写作者于春夜漫步时的所见所感，情思委婉有致，语言淡雅自然，读来颇富韵味。它不似一般小令以上片写景，下片抒情，二者截然分开；而是以上片前半与下片后半抒情，上片后半与下片前半写景。其写景内容虽分属上下片，其实是贯通一气的；抒情内容虽然隔开，却辞断意连。词之分片不过是格律的需要，全词中间部分之所以插入写景文字、把抒情文字分隔，因为写景内蕴的是闲适轻松的感情，而直接抒发的则是"伤春"与愁思。这样的结构安排，旨在写出感情流动变化的层次。

词一开头就耐人寻味："遥夜亭皋闲信步。"词人于漫漫长夜，为何不安然就寝，要来到这清幽的水边旷野漫步呢？"才过清明，渐觉伤春暮。"两句直搋胸臆，似乎作了回答：时令才过清明，就感伤春光流逝，所以抓紧时间出来赏春，"秉烛夜游"了。开头三句为词第一层次，抒发伤春、惜春之情，接下三句为第二层次，具体写一路信步，观赏春宵美景。词人调动了审美听觉、审美视觉、审美嗅觉，对春夜之景作立体的审美观照,亦暗示词人一时已忘记"伤春暮"之哀,沉浸在春夜大自然的优美境界中。他出来时天正下雨,但忽然听到"数点雨声"被风"约住"(即止住,"声"被"约住"乃化无形为有形,生动有致),心绪亦随之开朗。于是,他看到天空出现一弯淡月,因为浮云来去流荡,被遮掩得朦胧神秘,他的思绪大概已转向月中嫦娥、玉兔了。再前行,则依稀嗅到前面传来的桃杏花的暗香,令人神清气爽。尽管开头说"伤春暮",但他在此良宵分明全方位地感受到春的迷人、醉人。可见开头时所谓"伤春暮"乃不实之词,不过是虚晃一枪。他之所以感伤的真正秘密尚未道出。当他一边"闲信步",一边陶醉在大自然梦幻般的境界之中时,突然被"谁在秋千,笑里轻轻语"惊醒,于是词意又出现了转折,进入第三层次。春夜打秋千而又发出轻轻笑语者自然是青春女子,她们无忧无虑,天真活泼。但是词人"多情却被无情恼"(苏轼《蝶恋花》),女子的笑语声一下子刺痛他心灵深处的创伤。刚才漫步于春宵美景中赏心悦目的情致,顿时烟消云散,词人又重新陷入词开头"遥夜亭皋闲信步"时的伤感心境中,而且变本加厉了。他终于不再掩饰,直言道出其所以于春夜辗转反侧、夜不能寐,而外出漫游的"秘密":"一寸相思千万绪,人间没个安排处。""一寸相思"即李商隐《无题四首》其二"一寸相思一寸灰"之意,原句是写女子对爱情幻灭的悲哀,词人借用写其万千思绪,也正与爱情上的痛苦、失意相关。他以前一定有过一个心上人,渴望能结成连理,白头偕老。但事与愿违,她或者已他嫁,或者已亡故(词中"清明"乃所谓"鬼节",词人之"伤春暮"多半与此有关),总之悲剧的结局成为词人心中的隐痛。但他不能忘怀那女子,思念之悲郁积于心,无法排遣,即"人间没个安排处"。而今天"才过清明",这种感情的负担更显沉重,所以才遥夜漫游借以打发。此游尽管有过短暂的"忘怀",但最终反而引起更强烈的伤感,这是词人始料未及的。词写到此即突然刹住。我们仿佛看到在朦胧的月影下,词人此刻欲归不甘,欲行不能的尴尬处境,体会到他心中如春潮般涌起的相思之悲,实在令人同情。

少年游·润州作 代人寄远

苏轼

去年相送,余杭门外,飞雪似杨花。今年春尽,杨花似雪，犹不见还家。

对酒卷帘邀明月，风露透窗纱。恰似姮娥怜双燕，分明照、画梁斜。

苏轼（1037—1101）字子瞻，号东坡居士，四川眉山人。此词又题为"润州作"。但细味词意，乃借思妇怀念征人的口吻，来抒写词人思归之情，故词题冠以"代人寄远"更切合。此词正如王文浩《苏诗总案》卷十一所云："甲寅（熙宁七年，1073）四月，有感雪中行役作。公（苏轼）以去年十一月发临平，及是春尽，犹行役未归，故托为此词。"熙宁四年（1070）词人因不满新政而乞外调，任杭州通判。此后两年，词人远离朝廷党争，徜徉于西湖山光水色之间，又享受到家庭的天伦之乐，于是人间天堂杭州成了词人的第二故乡。但熙宁六年（1072）冬因赈济灾民，词人被派往润州（治所在今江苏镇江）等地，直至次年春四月仍羁留未归，不禁产生思归之意而填此词。但词并不直言，采取"代人寄远"的方法，即设身处地从妻子思夫的角度来写。苏词向来以豪放著称，但其婉约之作仍占大半，特别是小令基本未离词婉约之"正轨"。此词即是一例。

全词上下片皆以写景为主,景中寓情。上片写景以"雪"的意象为主,下片写景以"月"的意象为主。上片六句一分为二,组成相对应的结构,分别写不同时空环境中"雪"的意象,借以折射出妻子对丈夫的真挚感情。"去年"的"飞雪",更联想起"去年相送"时的情景,使彼时与此时相勾通,激起妻子对丈夫离家已久之慨叹,产生"犹不见还家"的悲思。下片承接"犹不见还家"之意,具体描写此际时空环境中妻子的心境:时当夜晚,立在窗前,备思夫君。中心意象则是"明月"。妻子因丈夫久出不还,而感孤寂难耐,因此才有"对酒卷帘邀明月"之举,想以"明月"为友,倾吐情愫;也许还想向明月询问丈夫行役的情况。此句化用李白《月下独酌》"花间一壶酒,独酌无相亲。举杯邀明月,对影成三人"之诗意。但妻子于"卷帘"后只感觉到春夜风露袭人,"明月"并未理睬她:"恰似姮娥怜双燕,分明照、画梁斜。""姮娥"指月。一般来说,"词最忌用代字"(《人间词话》)。但此处用"姮娥"代月,则月被拟人化而具有了感情。她的光辉此刻正斜照着栖息于画梁上的"双燕",表示出爱怜之意,而置孤寂的思妇于不顾。下片通过此刻时空环境中的同一意象"明月"对

"双燕"与"单人"亲疏态度之对照,衬托出妻子形影相吊之凄怨,其对"犹不见还家"的丈夫的思念当更强烈矣。

此词表层词意是写妻子思夫,不可解释为丈夫思妻。但归根结底是抒写作者思归之情,这是词的深层含义。作者采用的是类似杜甫《月夜》从对面写来的手法,体贴深切,委婉曲折,具有言外之旨、味外之味。

虞美人·寄公度

舒亶

芙蓉落尽天涵水,日暮沧波起。背飞双燕贴云寒,独向小楼东畔倚栏看。

浮生只合尊前老,雪满长安道。故人早晚上高台,赠我江南春色、一枝梅?

舒亶(1041—1103)字信道,号懒堂,慈溪(今属浙江)人。作者原本是仕途上积极进取的人,宋神宗时官至御史中丞,对政敌多所举劾,以致朝野为之侧目。但亦一度以罪废罢,心情转为消沉。从词的情调来看,这首小令大约即作于这个时期。因为人居异乡又逢失意之际,特别怀乡思友,使其孤寂、忧郁的心灵得到慰藉。

上片写景，下片抒怀，是词的主要结构形态。此词亦不例外。一般词即景抒情，景与情处于同一时间。但为何此词上片写秋景，下片抒怀中却出现"雪"景、时间"错格"呢？或以为是时间迁移所致，则此词似乎于秋、冬两次所写而合成，殊不可解。我以为下片之"雪"景实乃虚景，是一种隐喻意象。此词上下片本是一个"同时"的整体意境，并无时间上的割裂。

建安七子之冠王粲曾作《登楼赋》，抒写登楼所见所感，寄寓其失意思乡之情。此词上片写词人"独向小楼东畔倚栏看"，其心境正与王粲相仿。词人情思的核心即在"独"字，不仅有"独在异乡为异客"的孤寂，更有仕途失意的郁闷。上片勾勒出秋天萧瑟清寂的景象，正是这种感情的对象化。词人登楼平望见到："芙蓉落尽天涵水，日暮沧波起。"荷花早已凋零，昔日风采消失殆尽，江水因之而显得空寂冷清，映涵着寥廓的秋空。西风掠过，沧波荡漾，而如血残阳又为这冷寂的江水涂抹上一层苍凉的色调。词人仰望则见到："背飞双燕贴云寒。""双燕"意象用在词中往往是对人之孤独的一种映衬，如晏几道《临江仙》名句："落花人独立，微雨燕双飞。"而此词是写秋燕因"云寒"

南归，更含思乡之情。因为词人不如飞燕，他独自羁旅北国，一时无法回到他的江南故乡明州慈溪，只好"倚栏看"而已。他的心一定已随着双燕飞向了故园，惆怅之意尽在画面中。

　　上片写因客居异乡而生的孤独之意，蕴含在秋天的萧索景象内；下片深入一层乃着眼于抒写因宦海浮沉而生的抑郁失意，是借助于虚构的意象来暗示的。过片"浮生"指虚度人生，无所作为，这是词人仕途受挫的一种悲叹。说只该在解忧的酒杯前消磨时日，是一种愤辞，或者说是一种反语。词人之所以如此消沉，是因为"雪满长安道"。"长安"借指京城，"雪满"非词人所见的实景，乃是想象之景，比喻京城仕途不通，而且阴冷，这当与词人被贬斥的遭际相关。但此意不敢直言，只能以隐喻手法出之。落难之时，词人最需要的是来自故乡友人的温馨抚慰，这也是作者填此词"寄公度"的用心。因此词人终于向"故人"即友人"公度"发出遥远的呼唤："故人早晚上高台，赠我江南春色、一枝梅？""早晚"即多早晚、几时之意，乃唐宋方言俗语，所谓"京中俗语谓何时日多早晚"（姚元之《竹叶亭杂记》卷七），如李白《长干行》"早晚下三巴，预将书报家"，就是写少妇不知丈夫几时能把归书传送到家里的怀念之情。赠"一枝梅"系用《御览》引《荆州记》典故:"陆凯与范晔交善,自江南寄梅花一枝,诣长安与晔,并赠诗曰:折花逢驿使,寄与陇头人。江南无所有,聊赠一枝春。"这"一枝梅"不仅是故乡江南春色的象征,更是温馨友情的象征。在诗人看来,它可以使长安道的冰雪消融,使自己内心的郁闷得到抚慰。词人多么渴望远方的"故人"早日赠其"一枝梅"啊!"早晚"之间,正流露出一种望眼欲穿的期待心情,并予人余味不尽之感。宋人曾季狸曾称舒亶"工小词",并赞其一首《菩萨蛮》写得"甚有思致"(《艇斋诗话》)。此词亦堪称一首"甚有思致"的"小词"。

减字木兰花

朱敦儒

刘郎已老,不管桃花依旧笑。要听琵琶,重院莺啼觅谢家。

曲终人醉,多似浔阳江上泪。万里东风,国破山河落照红。

朱敦儒(1081—1159)字希真,号岩壑,洛阳人。此词作于中原沦丧,康王南渡之后,抒写的是"忧时念乱,忠愤之致"(王鹏运《樵歌跋》)。下片显示朱敦儒中期词作趋于意境苍凉、风格悲壮之变革,但上片词却写得疏淡典雅。此词的题材并不新鲜,不过是寻歌赏曲一类俗艳之事。但是因为其中寄寓着"忠愤"之情,因此能动人心弦,堪称事俗而意新。

上片写寻歌听曲,但没有采用常见的绮艳之笔叙写,而是借助典故道出,别具意韵。开头"刘郎已老,不管桃花依旧笑",就连用两个典故。"刘郎"典出唐人刘禹锡《重游玄都观》诗:"前度刘郎今又来。"唐元和十年(815),刘禹锡以贬谪之所朗州被召回长安,曾见到"玄都观里桃千树"(见《元和十年自朗州至京,戏赠看花诸君子》)之盛况。后又遭贬,十四年后才重游玄都观,时已年近花甲,所谓"刘郎已老"。此处词人借以自喻,表示自己已经暮年。但刘郎重游玄都观时发现"桃花净尽菜花开"(《重游玄都观》),前次的"桃千树""荡然无复一树"(同上小序)。此词称"不管桃花依旧笑"与此意相关,有人世沧桑之感;但又反用了唐人崔护《题都城南庄》"桃花依旧笑春风"的典故，词人之意是不管桃花是否还存在。此乃比喻其对国事时局等身外之事不再关心。这反映了词人南渡后内心的无限悲伤，乃发极端之语。他自称"要听琵琶"，似乎要沉溺歌舞美酒之中来欢娱晚年，因此"重院莺啼觅谢家"。"重院"，指深院，"谢家"，以东晋才女谢道韫家借称女子家，如张泌《寄人》云："别梦依依到谢家，小廊回合曲阑斜。"此处系对歌妓家之美称，别具典雅之致。

下片过头"曲终人醉"，前面省略了于"谢家""听琵琶"的具体情景，直接跳脱到词人听罢琵琶，并且醉意朦胧之时。词人此刻感受到的不是欢娱，而是感伤，以致老泪纵横，"多似浔阳江上泪"。这句又用了唐人白居易《琵琶行》之典：诗人白居易于浔阳江上听罢琵琶女演奏而"泣下""青衫湿"。白居易之所以洒泪浔阳江上，是因为产生了"同是天涯沦落人"的感慨。词人之洒泪，大概与"琵琶"曲的悲凉意蕴有关，但并不在于个人"沦落"与荣辱，而是心系国难时危，是爱国激情的倾泻。结尾"万里东风，国破山河落照红"，正是这种感情的具象。这两句暗寓杜甫《春望》之意："国破山河在，城春草木深。""万里东风"谓"春"，"国破"原指安禄山叛乱，京城长安等地失陷,此指金兵侵略京师,洛阳与中原沦丧,"山河落照红"又化用"山河在"之意而生新,即残存的山河虽在,但被涂抹上夕阳惨红的色彩,一幅血色黄昏的苍凉境界,格调悲壮,催人泪下。至此,词人的爱国忠愤之气,已喷薄纸上矣!再回味开头"不管桃花依旧笑",益见其系感情沉着之反语。其实词人时时忧虑民族存亡,关心社稷安危,何尝因年老而万事不管?全词沉郁而有顿挫、跌宕之致。

这首小令短短八句,倒有四五处用典故。词中用典过多,一般来说并不值得称道。但此词用典虽多,却也无獭祭之弊。因为有几个特点:一是多用熟典,因此词意仍明白畅达;二是用典不拘泥于原意,而是活用,故给人新鲜之感;三是达到以少胜多的效果,由于典故本身具有历史的内涵,如果切合现实,则在有限的篇幅里包容更丰富的意蕴,又显得含蓄典雅。

声驱千骑疾　气卷万山来

周密《观潮》赏析

李如鸾

作者介绍

李如鸾(1931—2006),古典诗词鉴赏家。

推荐词

《观潮》四段文字都以观潮的"观"字作为意脉,但又没有一处离开"潮"字。第一段是明写江潮,后三段是暗写江潮:水军操练是选定潮盛的日期;吴儿泅水是"出没于鲸波万仞中","鲸波万仞",当然潮水很大;游人之众也是意在衬托水势之盛。从这些地方都可见出作者构思的精巧和行文的缜密。

周密（1232—1298），南宋词人，字公谨，号草窗、苹洲、四水潜夫等，祖籍济南，他的曾祖随高宗南渡，后为湖州吴兴（今浙江吴兴）人。南宋末年，曾任义乌令等职；南宋灭亡后，不再做官。他填的词，讲求格律，风格与同时期的吴文英（梦窗）相近，两人并称"二窗"。周密能作诗，也善书法绘画。著作有《草窗韵语》、《武林旧事》、《齐东野语》等，此外，还编有《绝妙好词》。

《观潮》一文选自《武林旧事》。《武林旧事》是一部笔记，全书共十卷，是元灭宋后周密追忆南宋都城临安的往事而作。临安称武林，就是现在的杭州，这部书对民间说唱艺人和乐工的姓名，以及手工业、物产情况等，记载得很详细，南宋一些文人的遗篇剩句，也赖以保存下来，是具有一定的文学和史学价值的。

"观潮",是原有的题目,指观看钱塘江大潮。"钱塘观潮",自古以来就认为是一种盛事,很多文人墨客都歌咏过这个题材,留下了不少名篇佳句。远在两千年前,西汉枚乘的《七发》就有关于"八月之望""观潮乎广陵之曲江"的描述。曲江即指浙江。其他如赵嘏的"十万军声半夜潮",白居易的"郡亭枕上看潮头",潘阆的"长忆观潮,满郭人争江上望",苏轼的"八月十八潮,壮观天下无",都指的是钱塘观潮。在这些同一内容的诗文中,周密的《观潮》是十分有名的。

这篇散文共有二百五十余字,分为四段。

第一段,重点地描绘了钱塘江潮雄伟壮美的景象。开篇一句:"浙江之潮,天下伟观也。""浙江",即钱塘江。"伟观",雄伟壮美的景象。这一句用议论的笔墨扣住题意,直控全文,寥寥九个字,既点明是何处之潮,又写出了潮水的雄浑气象。特别是其中的"天下伟观"四个字,下得很有分量。这一句起得非常得势,这就自然地生发出下面的描写潮水之状的文字。接下去,"自既望以至十八日为最盛"一句,起着自然承转上下文的作用,揭示给读者,下文便要写"最盛"时的潮水状态了。作者选取潮水最盛的时候来写，取材是典型的，有代表性的。作者正面描写潮水，由远及近，逐步写来，很有层次。先写远景："方其远出海门，仅如银线。"用"银线"设喻，新颖恰当，形象逼真，给人以实感。再写近景："既而渐近，则玉城雪岭际天而来，大声如雷霆，震撼激射，吞天沃日，势极雄豪。"着重表现的是潮水的颜色、声音和气势：以"玉城雪岭"作比，写潮头的颜色，与上文的"银线"一词相呼应；用"雷霆"比况，写潮水的声音；用"震撼激射，吞天沃日"八个字，表现潮水的气势。后面再以"势极雄豪"一句有力地截住上文，并照应前面的"天下伟观"一语。作者以敏锐的观察力，驱遣生花的妙笔，连用比拟、夸张等修辞手法，从色、声、势三个方面准确地把握了潮水的特征，笔酣墨饱、悠肆淋漓地再现了钱塘江潮的伟观。这不禁使人想起清初诗人施闰章"声驱千骑疾，气卷万山来"（《钱塘观潮》）的佳句。"声驱千骑疾"是形容钱塘江潮的声音，"气卷万山来"是表现钱塘江潮的气势。可谓异曲同工，只不过一是散文，一是诗罢了。本段最后又引用了南宋诗人杨诚斋《浙江观潮》一诗中的句子，恰到好处地补证了文章的描述，不仅加强了作品的艺术表现力，还能给读者留下美好遐想的余地。

第二段，描述了趁江潮最盛的时候水军演习的场景。开头一句"每岁，京尹出浙江亭校阅水军"，简要地揭示出全段的内容，用语概括精练。下面便转入具体的描写：文章用"艨艟数百，分列两岸"八个字，先交代军事演习的规模和雄壮的场面；接着写战船操演各种阵势的情况，也仅仅用了一句话，"既而尽奔腾分合五陈之势"。"奔腾分合"是说战船忽而竞发，忽而腾起，忽而星散，忽而云集，文辞洗练准确；特别是在"奔腾分合"四个字的前面冠上一个"尽"字，这个尽字是极尽变化之能事的尽，这就更充实了所描述的内容，使演习的场面表现得更加生动。然后一转笔锋，从写战船的演习过渡到写水兵的操练："并有乘骑、弄旗、标枪、舞刀于水面者，如履平地。"文章连用"乘骑"、"弄旗"、"标枪"、"舞刀"四个结构相同、节奏明快的动宾词组列举水兵的多种动作，令人眼花缭乱，目不暇接。后面再跟上"如履平地"的比喻句，从中可见出他们武艺的高强。接下去写实战演习："倏尔黄烟四起，人物略不相睹，水爆轰震，声如崩山。"战斗气氛十分紧张，激战在火热地进行。这是第一层。"烟消波静，则一舸无迹，仅有敌船为火所焚，随波而逝"，情景突变，战斗结束，这是第二层。

整个演习过程，写得干净利落，这与两个时间副词的使用是分不开的：先用"既而"一词，表现事态发展的连续性，说明间隔的时间并不长；再用"倏尔"一词，表明情势发生了急剧的变化。这些地方，都可见出作者运用语言之精、之准。这场战斗写得有动有静，有声有色，含蓄地表现出水兵健儿驶船的高超本领、作战的卓越技能和将领的指挥有度、操练得法。

第三段，写吴地健儿精彩的水技表演。全段主要在"善泅"二字上做文章。"披发文身"，是写他们的外形打扮；"争先鼓勇，溯迎而上，出没于鲸波万仞中"，是写他们的矫健和勇敢；"腾身百变"，是写他们泅水技术的超绝；"而旗尾略不沾湿"，则是旁衬他们的善泅，寥寥数十字，对吴地这种民间习俗作了极为生动的描述。北宋词人潘阆《酒泉子》一词中有"弄潮儿向涛头立，手把红旗旗不湿"的句子，歌咏的也是善泅的吴儿，正好可以与这段文字参看。

第四段，写观潮的盛况。先正面写游人之众，为了给读者以具体的印象，文章是从"珠翠罗绮溢目"和"车马塞途"两个角度写的，而且"江干上下十余里间"都是如此，游人之众可想而知。行文至此，作者意犹未尽，再侧面写物价的昂贵和看棚中的无一席之地。从而更衬出游人之众。而写游人之众正是为了表现江潮之盛,这就紧紧扣住题意,做到了不蔓不枝。

《观潮》艺术地再现了驰名中外的钱塘江潮宏伟壮阔的景象,除具有一定美学意义、使读者受到美的陶冶和教育外,还能激发读者热爱祖国壮丽山川的感情,能增强读者的民族自信心和自豪感。

本文在写作上也是独具特色的。全文四段,每段描绘一个场面,每个场面又如同电影中连续性的特写镜头的组合。第一段写钱塘江潮的壮观,先写远望所见,再写近观所得。其间用"方"和"既而"两个时间副词相衔接。意境是壮阔的。第二段写水军操演:先写"艨艟数百,分列两岸",这是静景;再用"既而"一词承接,写战船的布列阵势和水军技能的表演,这是动景;然后用"倏尔"一词转入对实战演习和战斗结束的描述,也是动景。几个场面动静相生,情趣盎然。第三段写吴儿善泅,则又是一种轻松而热烈的气氛。第四段写游人之盛,画面呈现出繁闹喧腾的氛围。

四段文字都以观潮的"观"字作为意脉,但又没有一处离开"潮"字。第一段是明写江潮,后三段是暗写江潮:水军操练是选定潮盛的日期;吴儿泅水是"出没于鲸波万仞中","鲸波万仞",当然潮水很大;游人之众也是意在衬托水势之盛。从这些地方都可见出作者构思的精巧和行文的缜密。

原　文

观　潮

　　浙江之潮,天下伟观也。自既望以至十八日为最盛。方其远出海门,仅如银线;既而渐近,则玉城雪岭际天而来,大声如雷霆,震撼激射,吞天沃日,势极雄豪。杨诚斋诗云"海涌银为郭,江横玉系腰"者是也。

　　每岁,京尹出浙江亭校阅水军。艨艟数百分列两岸;既而尽奔腾分合五阵之势,并有乘骑、弄旗、标枪、舞刀于水面者,如履平地。倏尔黄烟四起,人物略不相睹,水爆轰震,声如崩山;烟消波静,则一舸无迹,仅有敌船为火所焚,随波而逝。

　　吴儿善泅者数百,皆披发文身,手持十幅大彩旗,争先鼓勇,溯迎而上,出没于鲸波万仞中,腾身百变,而旗尾略不沾湿!以此夸能。

江干上下十余里间,珠翠罗绮溢目,车马塞途。饮食百物皆倍穹常时,而僦赁看幕,虽席地不容闲也。

先天下之忧而忧　后天下之乐而乐

范仲淹《岳阳楼记》讲析

袁行霈

推荐词

滕子京在请范仲淹写《岳阳楼记》的那封信里说:"山水非有楼观登览者不为显,楼观非有文字称记者不为久。"岳阳楼已因这篇绝妙的记文,成为人们向往的一个胜地;《岳阳楼记》也像洞庭的山水那样,永远给人以美好的记忆。

沿湘江顺流而下，经长沙再向前，一片烟波浩渺的大水映入眼帘，那就是"水天一色，风月无边"的洞庭湖了。唐代诗人孟浩然在一首题为"临洞庭"的诗里写道："气蒸云梦泽，波撼岳阳城。"生动地表现了洞庭湖浩瀚的气势，成为千古绝唱。诗中所说的岳阳，西临洞庭，北扼长江。自古以来就是南北交通的咽喉之地。从洞庭湖上向岳阳远眺，最引人注目的是屹立于湖畔的一座三层的城楼，被蓝天白云衬托得十分壮观。那就是著名的岳阳楼。

岳阳楼的前身，是三国时吴国都督鲁肃的阅兵台。唐玄宗开元四年，中书令张说谪守阳州，在阅兵台旧址建了一座楼阁，取名岳阳楼。李白、杜甫、白居易、张孝祥、陆游等著名诗人都曾在这里留下脍炙人口的诗作。到北宋庆历四年，公元1044年的春天，滕子京被贬谪到岳州巴陵郡做知府，第二年春重修岳阳楼，六月写信给贬官在邓州的好朋友范仲淹,并附有《洞庭晚秋图》一幅,请他写一篇文章记述这件事。到庆历六年九月,范仲淹便写了这篇著名的《岳阳楼记》。

《岳阳楼记》全文只有368字,分五段。

第一段,说明作记的缘由:

> 庆历四年春,滕子京谪守巴陵郡。越明年,政通人和,百废俱兴。乃重修岳阳楼,增其旧制,刻唐贤今人诗赋于其上。属予作文以记之。

这番交代十分必要,因为范仲淹既非岳阳人,又不在岳阳做官,可能根本就没来过岳阳,一个和岳阳没有关系的人忽然为岳阳楼作记,这是必须说明缘由的。作者先提出自己的好朋友滕子京,说他被贬官到岳阳后,经过一年的时间,就做到了"政通人和,百废俱兴"。重修并扩建了岳阳楼,在楼上刻了唐代先贤和今人的诗赋,又嘱托我作一篇文章记述这件事。这段文字简明扼要,把必须交代的背景,在文章开头集中地加以交代,后面就可以驰骋想象自由挥洒笔墨了。

第二段,不对岳阳楼本身作描写,而是由岳阳楼的大观过渡到登楼览物的心情：

> 予观夫巴陵胜状，在洞庭一湖。衔远山，吞长江，浩浩汤汤，横无际涯；朝晖夕阴，气象万千。此则岳阳楼之大观也，前人之述备矣。然则北通巫峡，南极潇湘，迁客骚人，多会于此，览物之情，得无异乎？

这段文字的内容是写景，口气却是议论。一上来就提出自己的看法：巴陵的美景集中在洞庭湖上，它衔远山、吞长江，汹涌着，流动着，无边无际。这几句是从空间上形容湖面的广阔和水势的浩渺。接下来两句"朝晖夕阴，气象万千"，则又从不同时间洞庭湖的不同景色，表现它气象万千的变化。早晨阳光灿烂，把洞庭湖照得如同明镜一般，正如唐朝人张碧的诗里所说的"漫漫万顷铺琉璃"。晚上云雾低垂，把洞庭湖笼罩在一片昏暗之中，正如宋朝人李祁在一首词里所写的："雾雨沉云梦，烟波渺洞庭。"以上几句抓住不同时刻洞庭湖的不同景色，把它的万千气象很生动地渲染了出来，然后小结一句说："此则岳阳楼之大观也，前人之述备矣。"既然前人描述已经完备，而且有诗赋刻在岳阳楼上，范仲淹便不再重复。人详我略，人略我详，转而写登楼览物之情:"然则北通巫峡,南极潇湘,迁客骚人,多会于此,览物之情,得无异乎?"迁客,指降职贬往外地的官吏。屈原曾作《离骚》,所以后世也称诗人为骚人。既然洞庭湖北通巫峡,南极潇湘,湖边的岳阳楼便为迁客、骚人常常会集的地方。当他们登楼观赏洞庭湖的景物时,心情能不有所差异吗?这几句是全文的枢纽,很自然地引出以下两段。上面对洞庭的描写是客观的,以下则是设想迁客骚人观洞庭时的主观感受;上面的文字很简约,以下则洋洋洒洒,淋漓尽致。

第三段写览物而悲者:

> 若夫霪雨霏霏,连月不开;阴风怒号,浊浪排空;日星隐曜,山岳潜形;商旅不行,樯倾楫摧;薄暮冥冥,虎啸猿啼。登斯楼也,则有去国怀乡,忧谗畏讥,满目萧然,感极而悲者矣。

这一段的大意是说:假若是在阴雨连绵的季节,一连几个月不放晴;天空阴风怒号,湖上浊浪排空;太阳和星星隐藏了它们的光辉,山岳也隐蔽了它们的形体,商旅不敢出行,船只全被损坏,当黄昏时分一切都笼罩在昏暗之中,只有那虎啸猿啼之声不断传入耳来。这时登上岳阳楼，满目萧然，触景伤情，更会感到离开京城的哀伤和怀念家乡的忧愁，并且会忧心忡忡，畏惧小人的毁谤和讥刺，感伤到极点而悲恸不止了。

第四段写览物而喜者：

> 至若春和景明，波澜不惊；上下天光，一碧万顷；沙鸥翔集，锦鳞游泳；岸芷汀兰，郁郁青青。而或长烟一空，皓月千里；浮光跃金，静影沉璧；渔歌互答，此乐何极！登斯楼也，则有心旷神怡，宠辱皆忘，把酒临风，其喜洋洋者矣。

这一段的大意是说：遇到春天温和的日子，明媚的阳光照射在平静的湖面上，没有一丝波澜。天色衬着湖光，湖光映着天色，上下是一片碧绿。天上的沙鸥飞飞停停，水里的鱼儿游来游去。岸边的花草散发出浓郁的芳香，沁人心脾。在夜间还可以看到湖上的烟云一扫而空，皎洁的月光普照千里；月光与水波一起荡漾，闪烁着金光，月亮的倒影沉浸在水底，宛如一块碧玉。渔歌的对唱，洋溢着无边的欢乐。这时候登上岳阳楼，一定会心旷神怡，把一切荣誉和耻辱都忘掉了。举杯畅饮,临风开怀,只会感到无比的欣慰和欢喜。

这两段采取对比的写法。一阴一晴,一悲一喜,两相对照。情随景生,情景交融,有诗一般的意境。由这两段描写,引出最后的第五段,点明了文章的主旨。在这一段里对前两段所写的两种览物之情,一概加以否定,表现了一种更高的思想境界:

> 嗟夫!予尝求古仁人之心,或异二者之为。何哉?不以物喜,不以己悲。居庙堂之高,则忧其民;处江湖之远,则忧其君。是进亦忧,退亦忧。然则何时而乐耶?其必曰:"先天下之忧而忧,后天下之乐而乐"乎!噫!微斯人,吾谁与归。
>
> 时六年九月十五日

嗟夫,是感叹词。作者十分感慨地说,我曾经探求过古代那些具有高尚道德的人的心,与上述两种心情有所不同。他们的悲喜不受客观环境和景物的影响,也不因个人得失而变化。当高居庙堂之上做官的时候,就为人民而忧虑,唯恐人民有饥寒;当退居江湖之间远离朝政的时候,就为国君而忧虑,唯恐国君有阙失。这么来说,他们无论进退都在忧虑了,那么什么时候才快乐呢?他们必定这样回答:在天下人还没有感到忧虑的时候就忧虑了,在天下人都已快乐之后才快乐呢。作者感慨万千地说:倘若没有这种人,我追随谁去呢!表示了对于这种人的向往与敬慕。文章最后一句"时六年九月十五日",是交代写作这篇文章的时间。

《岳阳楼记》的作者范仲淹,生于公元898年,卒于公元1052年。字希文,吴县人。吴县就是今天的苏州。他出身贫苦,两岁时死了父亲。青年时借住在一座寺庙里读书,常常吃不饱饭,仍然坚持昼夜苦读,五年间未曾脱衣睡觉。中进士以后多次向皇帝上书,提出许多革除弊政的建议,遭到保守势力的打击一再贬官。后来负责西北边防,防御西夏入侵,很有成绩。一度调回朝廷担任枢密副使、参知政事的职务,可是在保守势力的攻击与排挤下,于宋仁宗庆历五年又被迫离开朝廷。写《岳阳楼记》时正在邓州做知州。

《岳阳楼记》的著名,首先是因为它的思想境界崇高。和它同时的另一位著名的文学家欧阳修在为他写的碑文中说,他从小就有志于天下,常自诵曰:"士当先天下之忧而忧,后天下之乐而乐也。"可见《岳阳楼记》末尾所说的"先天下之忧而忧,后天下之乐而乐",是范仲淹一生行为的准则。孟子说:"达则兼济天下,穷则独善其身。"这已成为封建时代许多士大夫的信条。范仲淹写这篇文章的时候正贬官在外,"处江湖之远",本来可以采取独善其身的态度,落得清闲快乐。可是他不肯这样,仍然以天下为己任,用"先天下之忧而忧,后天下之乐而乐"这两句话来勉励自己和朋友,这是难能可贵的。

一个人要做到先忧,必须有胆、有识、有志,固然不容易;而一个先忧之士当他建立了功绩之后还能后乐,才更加可贵。我们的许多革命前辈,正是因此赢得了人民的尊敬。当然,范仲淹所说的"先天下之忧而忧,后天下之乐而乐",有他具体的政治内容,他的忠君思想是时代和阶级的局限。但这两句话所体现的精神,那种吃苦在前、享乐在后的品质,在今天无疑仍有教育意义。

就艺术而论,《岳阳楼记》也是一篇绝妙的文章。下面提出几点来讲一讲:

第一,岳阳楼之大观,前人已经说尽了,再重复那些老话还有什么意思呢?遇到这种情况有两种方法。一个方法是作翻案文章,别人说好,我偏说不好。另一个方法是避熟就生,另辟蹊径,别人说烂了的话我不说,换一个新的角度，找一个新的题目，另说自己的一套。范仲淹就是采取了后一种方法。文章的题目是"岳阳楼记"，却巧妙地避开楼不写，而去写洞庭湖，写登楼的迁客骚人看到洞庭湖的不同景色时产生的不同感情，以衬托最后一段所谓"古仁人之心"。范仲淹的别出心裁，不能不让人佩服。

第二，记事、写景、抒情和议论交融在一篇文章中，记事简明，写景铺张，抒情真切，议论精辟。议论的部分字数不多，但有统帅全文的作用，所以有人说这是一篇独特的议论文。《岳阳楼记》的议论技巧，确实有值得我们借鉴的地方。

第三，这篇文章的语言也很有特色。它虽然是一篇散文，却穿插了许多四言的对偶句，如："日星隐曜，山岳潜形。""沙鸥翔集，锦鳞游泳。""长烟一空，皓月千里；浮光跃金，静影沉璧。"这些骈句为文章增添了色彩。作者锤炼字句的功夫也很深，如"衔远山，吞长江"这两句的"衔"字、"吞"字，恰切地表现了洞庭湖浩瀚的气势。"不以物喜，不以己悲"，简洁的八个字，像格言那样富有启示性。"先天下之忧而忧，后天下之乐而乐"，把丰富的意义熔铸到短短的两句诗中，字字有千钧之力。

滕子京在请范仲淹写《岳阳楼记》的那封信里说:"山水非有楼观登览者不为显,楼观非有文字称记者不为久。"确实是这样,岳阳楼已因这篇绝妙的记文,成为人们向往的一个胜地;《岳阳楼记》也像洞庭的山水那样,永远给人以美好的记忆。

渺然有千里江湖之想

说欧阳修的《养鱼记》

吴小如

推荐词

我认为作者写此文的真正用意,在于通过大鱼枯涸在岸、小鱼自足于水的生活现实对自己出处进退做出了切身反省。自己究竟是满足于现状,在池塘中自得其乐的"小鱼"呢,还是正被人置于池外,终不免因枯涸而死的"大鱼"?

这是一篇杂文，当然属于小品。所谓"杂文"，原指作品内容驳杂，于文体不易归类，故以"杂"名之。而所谓小品文，其内容实亦属于"杂"之一类。如尺牍、题跋、随笔、日记等短文，皆在小品范畴之内，而其内容也都是无所不包的"杂拌儿"。由此可见，小品文者，第一是形式短小，第二则为内容庞杂。至于今天多称讽刺小品为杂文，此盖肇端于鲁迅的大量作品。其实讽刺小品只是杂文的一种，有些抒情小品，内容又何尝不杂！如果文中抒情与讽刺兼而有之，那恐怕更是标准的"杂"文了。

这篇《养鱼记》，可以说是抒情与讽刺兼而有之的杂文。题曰"养鱼"，而文章的一半篇幅都用在对鱼池的描绘上。先从位置写起，说明这小池"直对非非堂"。再写鱼池形成的原因，那是由于有一块未种花草的空地，便用来挖成一个不方不圆不大不小的土坑，然后注入了清澄的井水，使之成为池塘。池塘虽小，却是足供作者休息和散步的好地方。凭了作者艺术的素养和丰富的想象，竟然在这小小的池边获得了精神寄托，"渺然有江湖千里之想"，并且"足以舒忧隘而娱穷独"，这确是朴实无华的抒情之笔。

至于这小池之所以能引起作者的兴趣，则由于它具备以下的优点：一、它虽由人工挖浚，却能"不方不圆"，"全其自然"，得天真之趣；二、池水"汪洋"而"清明"，有风时微波成漪，无风时平静澄澈，无论星月还是须眉，都能映在池中，毫芒毕现（文中所说的"潜形于毫芒"，兼有池水清澈，使自己须眉都映入其中，看得一清二楚的意思）。所以作者在此偃息或散步，乃有一种"自足"之感；即使心有"忧隘"（有忧愁而想不开的事），处境"穷独"（孤寂无聊之谓），也尽得舒展而足以自娱了。可见前半篇那一段绘景状物之文，都是为抒情的目的服务的。其实那个小池塘也未必真如作者笔下所描述的那么美好，但从作者在描述时所流露的情趣来体察，便知道作者在这小天地中确实具有"审容膝之易安"的乐趣而怡然自得了。

读者自然要问，为什么文章的后半篇作者要借养鱼一事来发牢骚，并且借题发挥加以讽刺呢？这就要从欧阳修的生平及其整个著作中去寻求答案了。欧阳修并非一位随遇而安、知足常乐的凡庸之辈，这一点毋庸细表；而欧在写此文时还不到三十岁，其壮志豪情也还未受到任何挫折。不过他本人在洛阳这几年中，似乎并不以当时的社会地位和政治待遇为满足，所以他才有"忧隘"、"穷独"之感。用句古话说，欧阳修是绝对不甘心以做"池中物"而终其身的。于是文章才有后半篇。作者借童子只养小鱼，而把大鱼丢在岸上任其枯涸发了一通牢骚，这种借题发挥原是写讽刺小品的应有之笔。关键在于这同前半篇究竟有什么联系。从表面看，鱼是有幸有不幸的。大鱼"不得其所"而小鱼"有若自足"，当然太不公平了。而这一不公平的局面却是由"童子"之"嚚昏而无识"造成的。作者对童子的斥责正是对当时社会上主宰命运和人为地制造不公平事件的人的批判。但我认为作者写此文的真正用意，却在于通过大鱼枯涸在岸、小鱼自足于水的生活现实对自己出处进退做出了切身反省。自己究竟是满足于现状，在池塘中自得其乐的"小鱼"呢，还是正被人置于池外，终不免因枯涸而死的"大鱼"？这样，前半篇的抒情部分实际上成了自我讽刺，所谓"渺然有千里江湖之想"不过是一种主观的憧憬，是一场自我安慰或自我陶醉的虚幻之梦。而作者当时所处的留守推官的职位，实际仅仅是一泓小小池水，一个不大不小不方不圆的坑塘而已。而像欧阳修这样的"大鱼"，即使能游入池中，在这斗斛之水的容量之下，也没有多少闪转腾跃摇头摆尾的余地。枯涸而死固然委屈了大鱼，放入池中难道就"得其所"了吗？然则这篇文章的讽刺内容实包括讽世和自嘲两个方面，因为作者早已清醒地认识到自己当时的生活面和政治环境还是处在"忧隘"与"穷独"之中，同那枯涸在池边的大鱼实际上是相去无几的。作者所谓"感之而作"，其所"感"的内涵正在于此。而以抒情的笔触作为自我嘲讽的手段，则是欧阳修这篇杂文的创新独到之处，必须表而出之。

↘ 原　文

养鱼记

折檐之前有隙地，方四五丈，直对非非堂，修竹环绕荫映，未尝植物，因洿以为池。不方不圆，任其地形；不甃不筑，全其自然。纵锸以浚之，汲井以盈之。湛乎汪洋，晶乎清明，微风而波，无波而平。若星若月，精彩下入。予偃息其上，潜形于毫芒；循漪沿岸，渺然有江湖千里之想。斯足以舒忧隘而娱穷独也。

乃求渔者之罟，市数十鱼，童子养之乎其中。童子以为斗斛之水不能广其容，盖活其小者而弃其大者。怪而问之，且以是对。嗟乎！其童子无乃嚚昏而无识矣乎！予观巨鱼枯涸在旁不得其所，而群小鱼游戏乎浅狭之间，有若自足焉，感之而作养鱼记。

欧阳修为什么不像范仲淹那样忧愁?

读《醉翁亭记》

孙绍振

作者介绍

孙绍振,1936年生,1960年毕业于北京大学中文系,先后在北京大学中文系、华侨大学中文系、福建师范大学中文系任教。有专著《文学创作论》《论变异》《美的结构》《当代文学的艺术探险》《审美价值结构和情感逻辑》《怎样写小说》《孙绍振如是说》《你会幽默吗?》《挑剔文坛》等出版。

推荐词

"醉翁之意"在现实中是很难实现的,故范仲淹要等到后天下人之乐而乐。欧阳修只要进入超越现实的、想象的、理想的与民同乐的境界,这种 "醉翁之意"是很容易实现的,只要"得之心,寓之酒",让自己有一点醉意就成了。这里的醉,有两重意思。第一重,是醉醺醺,不计较现实与想象的分别;第二重,是陶醉,摆脱现实的政治压力,进入理想化的境界,享受精神的高度自由。

宋庆历五年（1045），范仲淹领导的新政失败，被贬河南邓州。积极参与新政的欧阳修，"慨言上书"，一度下狱，后被贬为滁州知州。本文作于他到滁州任上的第二年（1046）。他此时的心情和范仲淹应该同样是忧心忡忡的。范仲淹在《岳阳楼记》中提出"不以物喜，不以己悲"，"进亦忧，退亦忧"，"先天下之忧而忧，后天下之乐而乐"，实际上就是以忧愁代替了一切正常的心境，排斥了欢乐。而欧阳修却没有像范仲淹那样"进亦忧，退亦忧"，他在《晚泊岳阳》中这样写：

　　卧闻岳阳城里钟，系舟岳阳城下树。正见空江明月来，云水苍茫失江路。夜深江月弄清辉，水上人歌月下归。一阕声长听不尽，轻舟短楫去如飞。

虽然有"云水苍茫"的"失路"之感，但是欧阳修还是听到了"清辉"中的歌声,听得很入迷,仍然享受着"轻舟""如飞"的感觉。从这里,可以看到欧阳修和范仲淹在个性上的差异。到了《醉翁亭记》中,这种差异就更明显了。欧阳修大笔浓墨,渲染了一派欢乐的景象,不但是自己欢乐,而且与民同乐。这是不是说欧阳修没有心忧天下的大气魄呢?带着这个问题,我们来全面分析《醉翁亭记》。

第一句,"环滁皆山也"。一望而知,好处是开门见山。但这种境界,就是在讲究史家简洁笔法的欧阳修手中,也不是轻而易举地达到的,而是经历了反复。据《朱子语类辑略》卷八载:"欧公文亦是修改到妙处,顷有人买得他《醉翁亭记》稿,初说滁州四面有山,凡数十字。末后改定,只曰:'环滁皆山也',五字而已。"

开门见山而后,径直写山水之美。先是写西南的琅琊山:"蔚然而深秀",接着写水(酿泉):"水声潺潺而泻出于两峰之间。"山水都有了,跟着写亭之美:"翼然临于泉上。"三者应该说都比较简洁。"翼然",把本来是名词的"翼"化为副词。虽然早在陶渊明就有过"有风自南,翼彼新苗"(《时运》),但陶氏是把"翼"化为动词,而这里则是化为副词,用来形容飞檐,很有神韵。除此以外,并没有刻意的修辞痕迹。但是这几个短句却构成十分别致的感觉。别致感从何而来呢？有人把这一段翻译成现代汉语，我们引用来做一比较：

> 滁州的四周都是山。它的西南角的几座山峰，树林山谷特别的美。看上去树木茂盛、幽深秀丽的，就是琅琊山。沿着山路走了六七里路，渐渐听见潺潺的水声，从两个山峰之间流出来的，就是所谓的酿泉。山势曲直，路也跟着弯转，于是就可以看见在山泉的上方有个像鸟的翅膀张开着一样的亭子。这就是醉翁亭了。造亭子的是谁呢？是山上的和尚智仙；给它取名字的是谁呢？是太守用自己的别号来称呼这亭子的。太守和宾客们在这里饮酒，喝一点点就醉了，而且年纪又最大，因此给自己起了个号叫醉翁。醉翁的心思不在于饮酒，而在于山山水水之间。这山水的乐趣，是领会在心中，寄托在酒里的。

从词语的意义来说，应该说翻译大致是确切的。但是读起来，其意蕴却可以说损失殆尽。这除了古今词汇联想意义的误差之外，还有一个原因，就是译文把原文中很有特色的句法和语气全部阉割了。原文的第一句,表面上看来,仅仅是开门见山;实质上,还在于为全文奠定了一个语气的基调。如果要作吟诵,不能径情直遂地读成:环滁皆山也。而应该是:

环滁……皆山也……

只有这样,才能和全文的句子的语调统一起来。如第一段:

望之蔚然而深秀者,琅琊也。
水声潺潺而泻出两峰之间者,酿泉也。
有亭翼然临于泉上者,醉翁亭也。
作亭者谁?山之僧曰智仙也。
名之者谁,太守自谓也。
太守……饮少辄醉,而年又最高,故自号醉翁也。
醉翁之意不在酒,在乎山水之间也。
山水之乐,得之心而寓之酒也。

从句法来说,一连八九个句子,都是同样结构(……者,……也)的判断句,都是前半句和后半句的语气二分式。这本是修辞之忌。景物描写以丰富为上,不但词语要多彩,而且句法上也要多变,这几乎是基本的、潜在的规范。句法单调和词语乏采同样是大忌。而欧阳修在这里,却出奇制胜,营造了以一种不仅仅在语义上,而且在语气上一贯到底的语境。这种前后二分式为什么值得这么重复,又能在重复中没有重复的弊端呢?关键在于,这种前后二分式的句子,不是一般的连续式,而带着一种提问和回答式的意味:

"望之蔚然而深秀者",先看到景色之美,然后才回答,"琅琊也"。

"水声潺潺而泻出两峰之间者",先是听到了声音,然后才解释:"酿泉也。"

"有亭翼然临于泉上者",先有奇异的视觉意象,然后才回答:"醉翁亭也。"

这种句法结构所提示的,先是心理上的惊异、发现,后是领会。这是一个过程。这个过程的特点在于,第一,先有所感,次有所解;先有感觉的耸动,后有理念的阐释。第二,这种句法的重重复复,还提示了景观的目不暇接和思绪的源源不断。如果不用这样提示回答的二分式句法,而用一般描写的句法,也就是连续式的句法,就得先把景观的名称亮出来：

> 琅琊山，蔚然而深秀；
>
> 酿泉，水声潺潺而泻出。
>
> 醉翁亭，其亭翼然而临泉上。

这就没有心理的提示、惊异、发现和理解的过程，可真是有点流水账了，太呆板了。欧阳修这篇文章的句法之奇妙，还得力于每句结尾，都用一个"也"字。这本是一个虚词，没有太多具体的意义，但在这里却非常重要，重要到必须使用在整篇文章从头到尾的每一句中。这是因为"也"字句，表示先是观察之，继而形成肯定的心态和语气。这个"也"式的语气，早在文章第一句，就定下了调子。如前面的引文把它翻译成：

> 看上去树木茂盛、幽深秀丽的，就是琅琊山。渐渐听见潺潺的水声，从两个山峰之间流出来的，就是所谓的酿泉。山泉的上方有个像鸟的翅膀张开着一样的亭子，这就是醉翁亭了。

意思是差不多的，但读起来为什么特别煞风景呢？因为其中肯定的、明快的语气消失了。有这个语气和没这个语气,有很大的不同。这不但是个语气,而且有完成句子的作用。比如:《中庸》:义者,宜也。"也"用在句末,表示形成判断的肯定语气。此外,它还有一点接近于现代汉语的"啊"、"呀"。不同的是,在现代汉语中没有"啊","呀",句子还是完整的;而在古代汉语中,没有这个"也"字,就不能形成判断的肯定语气,情感色彩就消失了。比如:"仁者,爱人。"这是一个理性的、或者说是中性的语气,如果加上一个"也"字:"仁者,爱人也。"加上这个语气词,肯定的情感,就比较自信,比较确信了。《诗大序》曰:"情动于中而形于言。言之不足,故嗟叹之。嗟叹之不足,故永歌之。永歌之不足,不知手之舞之足之蹈之也。"如果把最后这个"也"字省略掉,语气中的那种情绪上确信的程度就差了许多。又如《左传》,齐侯伐楚,楚王曰:"君处北海,寡人处南海,唯是风马牛不相及也。"如果把句尾上的"也"字去掉,变成"……唯是风马牛不相及",不但语气消失了,而且情绪也淡然了。同样,我们已经读过的袁枚《黄生借书说》中"少时之岁月为可惜也",如果把最后的"也"字删除,变成"少时之岁月为可惜",语气就干巴了。不少赏析文章都注意到本文从头到尾用了那么多"也"字,但几乎没有人注意到这个"也"字在语气和情绪上的作用,一般都误以为语气词本身并没有意义。殊不知语气词虽然没有词汇意义,但是其情绪意义却是具有抒情的生命的。特别是当"也"字不是孤立地出现,而是成套地组成一种结构的时候,其功能是大大超出其数量之和的。

当然,重复使用"也"字,也是有风险的,这种风险就是导致单调:句法的单调导致语气和情绪的单调。但是,这种情况在《醉翁亭记》中没有发生,相反,是情绪的积累递增。因为句法和语气反复,被句法的微调所消解了。文章并没有停留在绝对统一的句法上,而是在统一的句式中,不断穿插着微小的变化。例如,"其西南诸峰,林壑尤美","太守与客来饮于此,饮少辄醉,而年又最高",都打破了并列的"者……也"型的句子结构。这种微妙的变化,还只是形式上的。更主要的变化,是内涵上的。在同样是"者……也"型句子结构的排列中,情思在演进,在深化:开头是远视,大全景(琅琊),接着是近观的中景(酿泉),再下来,是身临其境的近景(醉翁亭)。如果这样的层次还是客观景色的描述的话,接下来就转入了主体的判断和说明：先是亭名的由来（太守自谓），再是为何如此命名（太守饮少而辄醉，年事最高）。这样的句子，表面上看来是说明，但是其中渗透着某种特殊的情趣。情趣何来？因为这里说明的是自己，本来是第一人称的表白，却用了第三人称的说明。设想，如果不是这样，而是用第一人称来写自己如何为亭子命名，甚至可以带点抒情的语气，而情感和趣味则大为不同。而现在这样，先是像局外人似地说到有这么一个太守，明明喝得很少，却又很容易醉。明明年纪不太大（才四十岁左右），却是自称为"翁"。这个自称"醉翁"的太守来到这里喝酒，却宣称"醉翁之意不在酒，在乎山水之间也"。其中的情趣，至少有几个方面：其一，号称醉翁，却不以酒为意；其二，不在意酒，正反衬出在意山水令人陶醉。这就不是在说明，而是在抒情了。文章到这里，手法已经递升了三个层次：第一个是开头的描写，第二个是说明，第三个是抒情。这里的情趣，全在作者有意留下的矛盾：既然意不在酒，为什么又自称"醉翁"，还把亭子叫作"醉翁亭"呢？这不是无理吗？是的，的确无理。理和情就是一对矛盾。纯粹讲理就是无情；而不讲理，就可能在抒情。但是，欧阳修在后一句对抒情又做了说明："山水之乐，得之心而寓之酒也。"心里对于山水是有情的，不过是寄托在酒上而已。这是一个智性的说明，使得抒情的无理又渗透着有理。这已经是文章的第四个层次了。

文章的开头，目的不过是为了提出最为关键的山水之乐。这种乐的实质是什么呢？接下去的几段文章就是对于山水之乐的一步步的展开。

首先，当然是自然景观之美：从日出到云归，从阴晦到晴朗，从野芳发的春季，到佳木秀的夏日，再到风霜高洁的秋天，到水落石出的冬令，四时之景不同，而欢乐却是相同的（这和范仲淹的《岳阳楼记》中的阴晴不同情感不同有多么明显的区别）。山水之乐在于四时自然景观的美好，这是中国山水游记的传统主题，早在郦道元的《三峡》中，已经达到了相当的高度。欧阳修这么几句话，文字很精练，但从根本上来说，并没有什么新的发现，充其量不过是为他下面的新发现提供了山水画幅的背景而已。下面这一段，就超越了自然景观，进入了人文景观，逐渐展开欧阳修的新境界了。

山水之乐更高的境界，不仅在于自然之美，而且在于人之乐。往来不绝的人们，不管是负者、行者，弯腰曲背者，临溪而渔者，酿泉为酒者，一概都很欢乐。欢乐在哪里？没有负担。没有什么负担？没有物质负担，生活没有压力。这实在有点像陶渊明的桃花源理想境界。但如果完全等同于桃花源，欧阳修还有什么特殊的创造？欧阳修山水之乐的境界，在于各方人士和太守一起欢宴。欧阳修反反复复提醒读者"太守"与游人之别，一共提了九次。但是和文字的一再提醒相反，在饮宴时，却强调没有等级的分别：打了鱼，酿了酒，收了蔬菜，就可以拿到太守的宴席上来共享。欧阳修所营造的欢乐的特点是，人们在这里，不但物质上是平等的，而且精神上也没有等级，因而特别写了一句，宴饮之乐，没有丝竹之声，无须高雅的音乐，只有游戏时自发的喧哗。最能说明欢乐的性质的，是反复自称太守的人，没有太守的架子，不在乎人们的喧哗，更不在乎自己的姿态，不拘形迹，不拘礼法，在自己醉醺醺、歪歪倒倒的时候享受欢乐。和太守在一起，人们进入了一个没有世俗等级的世界，宾客们忘却等级，太守享受着宾客们的欢乐而忘却等级，人与人达到了高度的和谐。这一切正是欧阳修不同于陶渊明的桃花源的地方。这不是空想的、去了一次就不可能再找到的世界，而是他自己营造的。

这还仅仅是欧阳修境界特点的第一个方面。欧阳修的境界和陶渊明不相同的第二个方面是，不但人与人是欢乐的，而且山林和禽鸟，也就是大自然也是欢乐的。如果仅仅限于此，这种欢乐还是比较世俗的。

欧阳修营造的欢乐，不但是现实的，而且是有哲学意味的：

> 禽鸟知山林之乐，而不知人之乐；人知从太守之乐，而不知太守乐其乐也。

人们和太守一起欢乐，禽鸟和山林一样欢乐。在欢乐这一点上，人与人、人与自然的欢乐是统一的；但是，人们的欢乐和太守的欢乐，太守的欢乐和禽鸟山林的欢乐又是不同的，不相通的。这里很明显，有庄子与惠子游于濠梁之上"子非鱼"的典故的味道。尽管如此，不同的欢乐却又在另一种意义上和谐地相通：在这欢乐的境界中，最为核心的当然是太守。人们沉浸在自己的欢乐之中，太守也沉浸在自己的欢乐之中，人们并不知道太守的快乐只是为人们的快乐而快乐。这里的"乐之乐"，和范仲淹的"乐而乐"，在句法模式的相近上也许是巧合，但也可能是欧阳修借此与他的朋友范仲淹对话：要"后天下之乐而乐"，那可要等到什么时候啊？只要眼前与民同乐，也就很精彩了：

醉能同其乐，醒能述以文者，太守也。

前面说"乐之乐"，后面说"乐其乐"，与民同乐其乐，乐些什么呢？集中到一点上，就是乐民之乐。这种境界是一种"醉"的境界。"醉"之乐就是超越现实，忘却等级、忘却礼法之乐。而等到醒了，怎么样呢？是不是浮生若梦呢？不是。而是用文章把它记载下来，当作一种理想。

太守谓谁？庐陵欧阳修也。

到文章最后，也就是到了理想境界，一直藏在第三人称背后的"太守"，一直化装成"苍颜白发"、"颓然"于众人之间的自我，终于亮相了。不但亮相，而且把自己的名字都完整地写了出来。这个人居然是只有四十岁的欧阳修，还要把自己的籍贯都写出来，以显示其真实。在这个名字之后，加上一个"也"，在这最后一个肯定的判断句中，这个"也"字所蕴含的自豪、自得、自在、自由之情之趣，实在是令人惊叹。

到这里，我们可以回过头来，回答开头的问题。什么是"醉翁之意"？为什么醉翁之意不在酒，在乎山水之间？这是因为山水之间，没有人世的等级，没有人世的礼法。为什么要把醉翁之意和"酒"联系在一起呢？因为酒，有一种"醉"的功能，有这个"醉"，才能超越现实。"醉翁之意"在现实中是很难实现的，故范仲淹要等到后天下人之乐而乐。欧阳修只要进入超越现实的、想象的、理想的与民同乐的境界，这种"醉翁之意"是很容易实现的，只要"得之心，寓之酒"，让自己有一点醉意就成了。这里的醉，有两重意思。第一重，是醉醺醺，不计较现实与想象的分别；第二重，是陶醉，摆脱现实的政治压力，进入理想化的境界，享受精神的高度自由。

绘声绘色 入化出神

读苏轼《石钟山记》

韩兆琦

作者介绍

韩兆琦，1933年生，天津市静海人。1959年毕业于北京师范大学中文系，随后入复旦大学师从蒋天枢先生专治"前四史"，为史学大师陈寅恪先生再传弟子，1962年复旦大学研究生毕业。北京师范大学中文系教授、博士生导师，古典文学教研室主任。

推荐词

这是一篇游记，但它和一般游记不同，因为它的议论成分太重了，重得甚至于使有些读者忽视了其中的精彩描写，而只突出地记取了文章所阐发的理趣。这是苏轼的成功。因为他写这篇文章的目的主要不在于记叙石钟山的山水风光，而在于谈他自己这次"游"石钟山，或者更准确一点，叫作"考察"石钟山的心得体会。

石钟山是我国著名的旅游胜地，位于今江西省九江的鄱阳湖与长江的汇合口处。宋神宗七年（1084）四月，苏轼由黄州团练副使移官汝州任团练副使。汝州的州治在今河南省临汝，位置在黄州的大西北，苏轼去临汝本来走不着石钟山。但由于他想顺江东下，想等到转入淮水后再溯流西上；又刚好他的儿子苏迈这时被任命为饶州德兴（今江西讼兴）县尉，他也想绕道和他儿子同行一段路，父子到湖口时再分手。因此他这次移官汝州之行才有可能经过这古今闻名的石钟山，也才有可能给我们留下这妙笔生花而又机趣动人的《石钟山记》。

这是一篇游记，但它和一般游记不同，因为它的议论成分太重了，重得甚至于使有些读者忽视了其中的精彩描写，而只突出地记取了文章所阐发的理趣。这是苏轼的成功。因为他写这篇文章的目的主要不在于记叙石钟山的山水风光，而是在于谈他自己这次"游"石钟山,或者更准确一点,叫作"考察"石钟山的心得体会。所以我认为叙述、描写是这篇的躯体,而议论才是它的灵魂。这个关系首先应该弄清楚。

文章一开头就摆出了有关石钟山这个名称的两种来源:北魏郦道元认为是由于这座山"下临深潭,微风鼓浪,山石相搏,声如洪钟"。这个说法一直被人怀疑,因为按常规而论,即使"以钟磬置水中,虽大风浪不能鸣也,而况石乎!"唐朝的李渤考察实地,得到了两块石头,"扣而聆之。南声函胡,北音清越,桴止响腾,余韵徐歇",以为山名得之于此。作者对此不相信,他说:"石之铿然有声者,所在皆是也,而此独以钟名,何哉?"于是他决心亲临其境,一定要查它个水落石出。经过一番努力之后,果然弄清楚了:郦道元的说法是对的,但由于他说得太简单,所以不能使人理解;至于李渤的说法,那就简直是胡闹了。最后他引申出结论说:"事不目见耳闻,而臆断其有无,可乎?"这是一条普遍的真理,耐人寻味,可以使人举一反三。这石钟山的命名究系为何,是件小而又小的事情,只要肯驾上小船去实地考察一下,体验一下就能解决。可是由于"士大夫终不肯以小舟夜泊绝壁之下,故莫能知;而渔工水师虽知而不能言。"于是就以讹传讹,一误再误,使这个问题长期得不到正确圆满的答案。这就使得读者自然地联想到:小事是这样,大事又何尝不是这样呢?

以上是这篇文章要发的主要议论,他强调了调查研究的重要性,他说"事不目见耳闻",就不能凭空"臆断其有无",这是至理名言。毛主席在《实践论》中也说过:"无论何人要认识什么事物,除了同那个事物接触,即生活于(实践于)那个事物的环境中,是没有法子解决的。"无论大事小事,公事私事都是如此。由于这个道理在《石钟山记》中是通过生动的艺术形式表现出来的,所以它给人留下的印象分外深。

其次,这篇文章还告诉我们,不论是谁要想获得一点真知,就必须付出一定的代价。不调查研究是不行的;怕麻烦,图省事,潦潦草草地做点调查也是不行的。李渤何尝没作实地调查呢?结果落了个大笑柄。做学问,探求真理,就如同登山察海,必须有一种坚忍不拔、敢于吃苦、敢于冒风险的精神,否则是不会有成就的。我们看看苏氏父子是怎样地去探测石钟山的吧:"至莫夜月明,独与迈乘小舟至绝壁下,大石侧立千尺,如猛兽奇鬼森然欲搏人。而山上栖鹘闻人声亦惊起,磔磔云霄间;又有若老人咳且笑于山谷中者。或曰:此鹳鹤也。余方心动欲还,而大声发于水上,噌吰若钟鼓不绝。舟人大恐。"这是何等惊心动魄的场面!这难道是一般人敢去的地方吗?马克思说:"在科学的入口处,正像在地狱的入口处一样,必须提出这样的要求:这里必须根绝一切犹豫,这里任何怯懦都无济于事。"苏氏父子正是这样排除了犹豫,战胜了怯懦,继续前进的,"徐而察之,则山下皆石穴罅,不知其浅深,微波入焉,涵澹澎湃而为此也。舟回至两山间,将入港口,有大石当中流,可坐百人,空中而多窍,与风水相吞吐,有窾坎镗鞳之声,与向之噌吰相应,如乐作焉。因笑谓迈曰:'汝识之乎?噌吰者,周景王之无射也;窾坎镗鞳者,魏庄子之歌钟也。古之人不余欺也。'"于是真相大白,旧疑冰释,笑逐颜开。这是多么令人陶醉、令人心旷神怡的一种乐趣啊!王安石在《游褒禅山记》中说过:"世之奇伟瑰怪非常之观,常在于险远,而人之所罕至焉,故非有志者不能至也。"马克思说:"只有在那崎岖小路上不畏艰险奋勇攀登的人,才有希望达到光辉的顶点。"《石钟山记》要告诉我们的也正是这种思想。

苏轼是一个生性旷达的人,豪迈浪漫,一贯喜欢寻奇探胜，往往爱做别人所做不到的事情。《前赤壁赋》写他半夜三更"纵一苇之所如，凌万顷之茫然"，最后竟至"相与枕藉乎舟中，不知东方之既白"。《后赤壁赋》写他半夜爬山，"履巉岩，披蒙茸，踞虎豹，登虬龙"，又在山上"划然长啸"，以至于使得"草木震动，山鸣谷应，风起水涌"。这些地方都与《石钟山记》所写的情景相似。当他被贬斥到琼州（今海南岛），中途飘摇在惊涛骇浪之上的时候，他说"九死南荒终不悔，此游奇绝冠平生"。凡此种种，都能够使我们认识苏轼的气质和人格，都可以和《石钟山记》相参证。

这篇文章的艺术特点首先在于它的议论活泼，结构紧凑。它的开头是并列地提出了郦道元和李渤的两种关于石钟山名称来源的说法。不经心的读者乍一看，或许会以为是作者对这种说法都怀疑、都不满的，其实不是。对于第一种说法，作者说"人常疑之"，他要批驳的是这里的"人"，是怀疑论者；对于第二种说法，作者说"余尤疑之"，在这里他要批驳的是这个"之"，也就是这种说法本身。而这持第二种说法的人其实也是怀疑第一种说法的那些"人"中的一部分。所不同的是其他人只是凭着"常理"推断，而他们则是又提出了自己的"证据"。对于前者,只要我们摆出事实就可以让他们心服;对于后者,则还需要攻破他们的"证据"。为此,作者在文章的第二段中写道:"至湖口,因得观所谓石钟者。寺僧使小童持斧斤于乱石间择其一二扣之,硿硿焉。"这有点近似于逻辑学上的归谬法,他把李渤这种说法的荒谬性进一步夸大,使之漫画化了。寺僧随便打发一个小孩子,随便于乱石间找出一两块来敲敲,说明石钟山的名称就是由此而来,还有比这个更荒唐的事吗?但是造成这种笑柄的责任主要不在那些愚蠢的寺僧,而是在那曾经作过江州刺史,写过《辨石钟山》文章的李渤。是他首先作俑,而后闹得谬种流传,以至于发展到了像今天这样的可笑的地步。这段驳论是很有风趣,同时也是很有讽刺效果的。接着,作者用一段的篇幅来惊心动魄地描写夜探石钟山,他一箭双雕,既解除了人们几百年来的疑惑,又进一步地证实了李渤之流的妄言。文章的最后一段仍是用双承的写法,与开头紧相呼应。所谓"事不目见耳闻而臆断其有无",是针对许多人不做实地调查而凭空怀疑郦道元的说法而讲的。郦道元的说法本来不错,为什么几百年来受到人们的怀疑呢?这一方面是因为他"言之不详";而另一方面则是因为士大夫们往往是一些懒鬼，因为他们"终不肯以小舟夜泊绝壁之下"，所以真相就被湮没无闻了。也正是在这种懵懵懂懂的情况下，才半路杀出来一个李渤，才使他竟可笑地"以斧斤考击而求之，自以为得其实"的。苏轼在经过亲自调查的基础上最后得出结论说："郦道元之所见闻殆与余同"；并明确标出自己写作《石钟山记》的目的是："盖叹郦道元之简，而笑李渤之陋也。"从而使整个文章达到了丝丝入扣，一气浑成。

这篇文章的另一个奇妙之处是绘声绘色，入化出神。文章说："至暮夜月明，独与迈乘小舟至绝壁下。"石钟山的景象，白天也是一样的，顶多是由于不太安静声音效果差一些。为什么一定要选个"暮夜月明"的时刻去呢？记得有位作家说过："夜幕障蔽了人们的眼睛，它可以使最平常的东西也变得神秘起来"，最平常的东西尚且如此，更何况这本来就使人感到神秘莫测的石钟山呢？船近绝壁时发现声响，文章又生曲折，它把这种声响分成了两层：先是说"山下皆石穴罅，不知其浅深，微波入焉，涵澹澎湃"，从而发出一种"噌吰如钟鼓不绝"的声音；而后又说"舟回至两山间，将入港口，有大石当中流，可坐百人，空中而多窍，与风水相吞吐"，从这里又发出一种"窾坎镗鞳之声"。这两种声音彼此应和,"如乐作焉"。这时作者"笑谓迈曰",这个"笑"字与前面的"余方心动欲还"以及"舟人大恐"云云密切照应,使人感到了一种胜利之后的无比轻松和愉快。至于说"噌吰者,周景王之无射也;窾坎镗鞳者,魏庄子之歌钟也"云云,这不过是作者的一种故弄玄虚。周景王的无射与魏庄子的歌钟究竟是什么样子,苏轼也未必一定见过。不过经他这么一说,就更使人浮想联翩,使石钟山所发的这种大自然的声响显得更为灵异,更为神秘了。这是一种从正面描写到一定程度,再用虚笔来点染效果的一种极其省力而又显得极其具体、真实的办法。有此一笔,就使李渤的那种"于乱石间择其一二"以考击之的情景显得更为可笑;而郦道元的那种真知灼见和作者那种不畏艰难险阻,力排众议,夜探石钟山的行动,也就显得更有价值,更令人赞叹了。

↘ 原　文

石钟山记

《水经》云:"彭蠡之口有石钟山焉。"郦元以为下临深潭,微风鼓浪,水石相搏,声如洪钟。是说也,人常疑之。今以钟磬置水中,虽大风浪不能鸣也,而况石乎!至唐李渤始访其遗踪,得双石于潭上。扣而聆之,南声函胡,北音清越,桴止响腾,余韵徐歇。自以为得之矣。然是说也,余尤疑之。石之铿然有声者,所在皆是也,而此独以钟名,何哉?

元丰七年六月丁丑,余自齐安舟行适临汝,而长子迈将赴饶之德兴尉,送之至湖口,因得观所谓石钟者。寺僧使小童持斧,于乱石间择其一二扣之,硿硿焉。余固笑而不信也。至莫夜月明,独与迈乘小舟,至绝壁下。大石侧立千尺,如猛兽奇鬼,森然欲搏人;而山上栖鹘,闻人声亦惊起,磔磔云霄间;又有若老人咳且笑于山谷中者,或曰此鹳鹤也。余方心动欲还,而大声发于水上,噌吰如钟鼓不绝。舟人大恐。徐而察之,则山下皆石穴罅,不知其浅深,微波入焉,涵澹澎湃而为此也。舟回至两山间,将入港口,有大石当中流,可坐百人,空中而多窍,与风水相吞吐,有窾坎镗鞳之声,与向之噌吰者相应,如乐作焉。因笑谓迈曰:"汝识之乎?噌吰者,周景王之无射也;窾坎镗鞳者,魏庄子之歌钟也。古之人不余欺也!"

事不目见耳闻,而臆断其有无,可乎?郦元之所见闻,殆与余同，而言之不详；士大夫终不肯以小舟夜泊绝壁之下，故莫能知；而渔工水师虽知而不能言。此世所以不传也。而陋者乃以斧斤考击而求之，自以为得其实。余是以记之，盖叹郦元之简，而笑李渤之陋也。

词意恳挚　出语不凡

说陆游《祭朱元晦侍讲文》

吴小如

推荐词

朱熹的死,使陆游不仅少了一位爱国的知音,也失去了一位学问事业方面的同道。这不能不引起这位老诗人的哀悼悲痛。可是诗人把悼惜痛的感情凝汇成有血有泪的祭文,却只有35个字。这不仅是作者在语言上有烹炼功夫,更主要的还说明诗人确有控驭感情、浓缩思绪的强大的凝聚力量。

近年来学术界对朱熹的评价已有不小的改变。作为客观唯心主义理学家,作为儒家礼教和封建制度的忠实维持者,朱熹可批判处不少;但他对《诗经》、《楚辞》、《周易》、《三礼》以及《四子书》的整理和研究,对宋代当时政治文化方面的建树,特别是在南宋特定的历史环境下宣扬爱国思想,以及他对南方大量读书人所进行的爱国教育,还是有比较重大贡献的。他毕竟是南宋时代一位相当了不起的思想家、教育家。尽人皆知,陆游是南宋杰出的爱国诗人。他对朱熹,既有深厚友谊,又有纯挚感情。朱熹的死,使陆游不仅少了一位爱国的知音,也失去了一位学问事业方面的同道。这不能不引起这位老诗人的哀悼悲痛。可是诗人把惋悼惜痛的感情凝汇成有血有泪的祭文,却只有35个字。这不仅是作者在语言上有烹炼功夫,更主要的还说明诗人确有控驭感情、浓缩思绪的强大的凝聚力量。同时也说明，作者在一定程度上也敢于打破了一般写祭文的模式和框架。

通常写祭文大都押韵。这一篇却是例外。篇中虽有对仗工整的文句，但它也并非骈文。它的文体确很特殊，可仍具有传统风貌。用如此精练的语言来表达无穷尽的深情厚谊，使读者但觉其沉痛而忘其风格遒劲，只叹其悲凉而不计其修辞工巧，这说明陆游融诗入文，确有创造性。首二句是对句，但每句自身又各含有一对工整妥帖的对仗短语，"捐百身"对"起九原"，"倾长河"对"注东海"，用典而不泥于典，造语自然朴实而内涵深刻丰富。第一句写客观上抱憾无穷，第二句写主观上悲痛欲绝。由于自己年老，想亲去吊祭而因路途太远又无法奔驰，因此翻转来反而希望朱熹死而有灵，能到他这儿来享用祭礼。这样说自然嫌不够恭敬庄重，却以"公殁不亡"一句把这个不足给弥补了。《老子》云："死而不亡者寿。"人只要精神不死，功业长存，虽死亦为长寿。这就是今天常说的"永垂不朽"。"公殁不亡"原带有颂美的意思，而这里却饱含浓烈的感情色彩，故不同于一般浮泛常语。而且这样写，也把陆、朱两人彼此相知之深、友情之笃以不着痕迹的笔触表达出来了。

总之,这确是一篇精粹无比的带有创造性的短幅祭文,作为小品,亦甚具新意。读者自会感到它的词意恳挚、出语不凡的。

原 文

祭朱元晦①侍讲文

某有捐百身起九原之心②,有倾长河注东海③之泪,路修齿耋,神往形留。公殁不亡尚其来飨。

---

① 朱熹(1130—1200),字元晦。
② 捐百身:化用《诗经·秦风·黄鸟》"苟可赎兮,人百其身"语意,是说宁可自己死一百次也不愿损失像朱熹这样的人。九原,春秋时晋国大夫的墓地,见《礼记·檀弓下》。起九原:意思说希望朱熹复生。
③ 倾长河注东海:语出《世说新语·言语》,记顾恺之拜桓温墓,"泪如倾河注海"。

绝妙的讽刺小品

说朱熹《记孙觌事》

霍松林

作者介绍

霍松林,1921年生,甘肃天水人。毕业于南京中央大学中文系。陕西师范大学文学研究所所长,教授、博士生导师。

推荐词

我国散文有其悠久历史和优良传统,名家辈出,名作如林。以理学著名、而不以文学著名的朱熹,也能写出这样精练,这样既有思想深度、又有文学意味的散文作品来,更何况那些出名的"古文家"呢?

朱熹的《记孙觌事》，是一篇绝妙的小品文。寥寥二百字，活画出卖国贼的嘴脸。

在谈这篇短文之前，不妨先看看孙觌的为人与行事。

孙觌工诗文，尤其于四六，与汪藻、洪迈、周必大齐名，著有《鸿庆居士集》。《宋史》中没有他的传，《四库全书总目》卷一五七撮取南宋人的记述，对其人其事作了如下评介：

> 孙觌，字仲益，晋陵人。徽宗末，蔡攸荐为侍御史。靖康初，蔡氏势败，乃率御史极劾之。金人围汴。李纲罢御营使，太学生伏阙请留，觌复劾纲要君，又言诸生将再伏阙。朝廷以其言不实，斥守和州。既而纲去国，复召觌为御史。专附和议，进至翰林学士。汴都破后，觌受金人女乐，为钦宗草表上金主，极意献媚。建炎初，贬峡州，再贬岭外。黄潜善、汪伯彦复引之，使

掌诰命。后又以赃罪斥，提举鸿庆宫，故其文称"鸿庆居士集"。孝宗时，洪迈修国史，谓靖康时人独觌在，请诏下觌，使书所见闻靖康时事上之。觌遂于所不快者，如李纲等，率加诬辞。迈遽信之，载于《钦宗实录》。其后朱子与人言及，每以为恨。谓小人不可使执笔。故陈振孙《书录解题》曰："觌生于元丰辛酉，卒于乾道己丑，年八十九，可谓耆宿矣；而其生平出处，则至不足道。"岳珂《桯史》亦曰："孙仲益《鸿庆集》大半志铭，盖谀墓之常，不足诧。独《武功大夫李公碑》乃俨然一档耳，亟称其高风绝识，自以不获见之为大恨，言必称公，殊不为怍。"赵与峕《宾退录》，复摘其作《莫开墓志》极论屈体求金之是、倡言复仇之非，又摘其作《韩忠武墓志》极诋岳飞，作《万俟卨墓志》极表其杀飞一事："为颠倒悖缪。则觌之怙恶不悛，当时已人人鄙之矣。……"

这里通过一系列秽迹恶行的叙述，说明了孙觌其人的"怙恶不悛"；但人物形象并不鲜明。因为这本来不是文艺性的作品。著者的目的，只在于列举有关事实，不在于刻画人物形象。

朱熹的《记孙觌事》，其写法与此大不相同。

第一，前面的那段文字列举了许多事实，朱熹的这篇短文却只选取一例事实。全文不到二百字，如果列举许多事实，就会变成流水账，谈不上传神写照。

第二，这篇短文所记的事实，前文也记了，它是这样记的：

> 汴都破后，觌受金人女乐，为钦宗草表上金主，极意献媚。

朱熹同样记这件事，却不是简单地给人物加上"极意献媚"的评语就算完事，而是通过记事表现他的精神世界。

所记之事很简单，而用笔却有如剥笋，层层深入，直剥到孙觌的灵魂深处。以下试作逐层分析：

> 靖康之难，钦宗幸虏营；虏人欲得某文。

靖康，宋钦宗的年号。难，祸难，指汴京沦陷，徽、钦二宗被掳。"幸"，指皇帝出行至某地。"某文"，那么一种文章。朱熹追记本朝皇帝投降的事，不愿意说被俘虏，而说"幸房营";不忍说写"降表",而说写"某文"。这三句是第一层。单刀直入,以两句写汴京沦陷、钦宗被掳,以一句写金人欲得降表,以便促使宋朝正在抗金的军民望风投降,从而把北宋的灭亡集中到金人威逼钦宗上降表上。

> 钦宗不得已,为诏从臣孙觌为之;阴冀觌不奉诏,得以为解。

这是第二层。由金人勒索降表转到钦宗诏孙觌,进入"记孙觌事"的主题。钦宗命孙觌写降表,出于"不得已";口头上要孙觌写,内心里却希望孙觌坚持气节,毅然拒绝。汴京沦陷之时,宋朝的巨子及太学生等威武不屈,以死相抗者不乏其人,钦宗的希望是有根据的。作者以"阴冀觌不奉诏"一句写钦宗的心理活动,从而把关系国家存亡的大事摆在孙觌面前,也把读者的注意力引到孙觌身上,看他在关键时刻,将采取什么行动。关键时刻的行动,最足以表现人物的品质。

> 而觌不复辞,一挥立就。过为贬损,以媚虏人;而词甚精丽,如宿成者。

这一层，已剥出孙觌灵魂中最卑污的东西。"而"是转折词，承钦宗"阴冀觌不奉诏，得以为解"而转。他不是"不奉诏"，而是"不复辞"，颇有当仁不让、舍我其谁的气概。他不是下笔艰难，而是"一挥立就"，颇有文思泉涌、兴会淋漓的神情。读者不禁要猜想：他也许并非写降表，而是草檄文、抒忠愤、斥仇敌吧！这样的猜想是合乎情理的，然而猜错了。他不仅写的是降表，而且比一般的降表更不像样子："过为贬损，以媚虏人"！这封降表，被收入《大金吊伐录》卷下，里面有这样的句子："背恩致讨，远烦汗马之劳；请命求哀，敢废牵羊之礼？"以宋朝的臣子而写出这样辱国媚敌的文字，够无耻的了！行文至此，已揭露得十分深刻；但作者意犹未尽，继"一挥立就"之后又"赞"了一句："词甚精丽。""一挥立就"，言其不假思索；"词甚精丽"，言其精雕细刻。既"一挥而就"，又"词甚精丽"，就引出了关键性的一句："如宿成者"，意思是：那降表好像早就写好了一样。用了个"如"字，话没说死，却更耐人寻味。看样子，这家伙早就瞅准了这笔媚敌求亲的买卖，事前打好了腹稿。

孙觌写降表，"过为贬损，以媚虏人"，效果如何呢？以下就写效果："虏人大喜，至以大宗城卤获妇饷之。""大宗城"，语出《诗经·大雅·板》"大宗维翰"、"小宗维城"。大宗，强族；宗子，同姓。"大宗城"在这里指金统治者的同姓权贵。"虏人"见降表"大喜"，"喜"得以至于把同姓权贵抢来的妇女赏给他。那么，他是否当着钦宗的面领赏了呢？"觌亦不辞"，他公然领了赏！他领的赏不是别的什么，而是敌人抢来的妇女啊！这一层只三句，作者从敌人喜而给赏和孙觌欣然领赏两方面对这个无耻之徒作了进一步揭露。

孙觌写降表，其原因、经过、效果，都写了，还有什么可写呢？读下文，看到作者还写了更重要的东西：

（孙觌）其后每语人曰："人不胜天久矣；古今祸乱，莫非天之所为，而一时之士，欲以人力胜之，是以多败事而少成功，而身以不免焉。孟子所谓'顺天者存，逆天者亡'者，盖谓此也。"

第一句中的"其后"特意指出这是在写降表之后，"每"就是"经常"。孙觌经常向别人宣传他写降表的理论根据，其要点是：金人入侵，中原人民处于水深火热之中，这是"天之所为"。一切民族英雄、爱国人民浴血抗战，都是"逆天"，"逆天者亡"，咎由自取。他自己写降表、媚敌求荣，则是"顺天"，"顺天者存"，还得了赏赐。这一套卖国理论、汉奸逻辑，稍有正义感的人连听都不愿听。而孙觌这家伙，不但好意思讲出来，还经常地、振振有词地向别人宣扬，真不知人间还有什么羞耻事！

写降表的理论根据，通过孙觌的"每语人"也写完了，还写什么呢？还写别人听到他的宣传之后的反应：

> 或戏之曰："然则，子之在虏营也，'顺天'为已甚矣！其寿而康也，宜哉！"

这位听了孙觌投降理论的人把那投降理论运用于孙觌写降表的实践，刺了他一下："既然如此，那么，你在敌营中写降表，'顺天'的确顺得太过分了，你如今这样长寿、又这样安康，这真是很应该的啊！"

作者接着写了两句："觌惭无以应。闻者快之。"就结束了全文。作者从惩罚民族败类的创作目的出发，是要写出"闻者快之"才愿意搁笔的；而"觌惭无以应"，则是"闻者快之"的前提。然而从孙觌其人的本质看，他在听到人家说他"寿而康也,宜哉"之后,很可能洋洋得意地重复说:"宜哉!宜哉!"

这篇短文有几个特点值得注意。孙觌的丑行秽迹很多,都可记;作者只记其写降表,突出一斑而全豹可见。此其一。先以"靖康之难"四字勾出历史环境,然后写"虏人"勒索降表而钦宗不愿,从而把国家存亡的焦点集中到是否写降表上,让孙觌其人经受考验。此其二。用"一挥立就"、"词甚精丽"等句写孙觌辱国媚敌的行动已不堪入目,又用"如宿成者"以诛其心。此其三。"虏人大喜"给赏,这是写了的。钦宗的反应如何,没有明写,但已从"不得已"、"阴冀其不奉诏"、"过为贬损"等句中作了暗示。从"虏人"与钦宗的不同反应中暴露孙觌写表、领赏的丑态,此其四。写孙觌当众宣扬其卖国理论而恬不知耻,以见此人良心丧尽,什么坏事都干得出来,写降表并非偶然。此其五。以听众的辛辣讽刺和"闻者快之"结束全文,伸张了民族正义,歌颂了民族气节,此其六。

我国散文有其悠久历史和优良传统,名家辈出,名作如林。以理学著名、而不以文学著名的朱熹,也能写出这样精练,这样既有思想深度、又有文学意味的散文作品来,更何况那些出名的"古文家"呢?我国的散文宝库,是值得发掘的,我国的散文传统,是值得继承和发扬的。

↘原 文

记孙觌事

靖康之难,钦宗幸虏营。虏人欲得某文。钦宗不得已,为诏从臣孙觌为之;阴冀觌不奉诏,得以为解。而觌不复辞,一挥立就。过为贬损,以媚虏人;而词甚精丽,如宿成者。虏人大喜,至以大宗城卤获妇饷之。觌亦不辞。其后每语人曰:"人不胜天久矣;古今祸乱,莫非天之所为。而一时之士,欲以人力胜之。是以多败事而少成功,而身以不免焉。孟子所谓'顺天者存,逆天者亡'者,盖谓此也。"或戏之曰:"然则子之在虏营也,'顺天'为已甚矣!其寿而康也,宜哉!"觌惭无以应。闻者快之。

乙巳八月二十三日,与刘晦伯语,录记此事,因书以识云。

一个有血肉的包公

杂谈《包待制陈州粜米》杂剧

李健吾

作者介绍

李健吾（1906—1982），山西运城人。1921年入国立北京师范大学附中，1925年考入清华大学。1931年赴法国留学，1933年回国，在中华教育基金会编辑委员会任职。1935年任暨南大学教授。抗日战争期间在上海从事进步戏剧运动，抗战胜利后参与筹建上海实验戏剧学校，任戏剧文学系主任。1954年起任北京大学文学研究所、中国科学院文学研究所、外国文学研究所研究员。

推荐词

《包待制陈州粜米》是一位无名氏留下的好戏，它以别开生面的喜剧色彩令人耳目一新。这是一出公案戏，准确地说是一出公案世态喜剧。以喜剧的笔调写公案戏，给包青天的"铁面"上抹上一道喜剧的色彩，这出戏可说是独树一帜的。在元杂剧中，这出戏在喜剧艺术上的高度成就，我以为可以和关汉卿的大悲剧《窦娥冤》并驾齐驱，堪称悲、喜剧大杰作。

敬爱的读者,我这里介绍咱们祖先留下的一出有趣的好戏。这就是我们不大提起的一出公案戏:《包待制陈州粜米》。"待制"是宋朝的一种官职,即"学士"之类的名位。包待制,就是家喻户晓、妇孺皆知的包公。这出戏演的是包公到陈州除害救灾的一起公案。《陈州放粮》我们经常可从别的戏中看到,好像本身并没有什么特别之处,包公在放粮的过程中似乎并没有出过什么岔子。可是一查元杂剧,一位无名氏留下的这出好戏,却以别开生面的喜剧色彩令人耳目一新。这是一出公案戏,准确地说是一出公案世态喜剧。以喜剧的笔调写公案戏,给包青天的"铁面"上抹上一道喜剧的色彩,这出戏可说是独树一帜的。在元杂剧中,这出戏在喜剧艺术上的高度成就,我以为可以和关汉卿的大悲剧《窦娥冤》并驾齐驱,堪称悲、喜剧大杰作。

从这出戏里,我们看到的包龙图完全不是现在戏曲舞台上常见的那个时刻摆出一副铁青面孔、令人望而生畏的清官形象。他不但没有官架子，甚至还有点土头土脑，完全是农民取用生活的土壤塑造出来的一个活生生的清官形象。

　　这位包大人，有刚正不阿、刻苦自持的一面，也有通情达理、幽默风趣的另一面；他的随从只有一个张千；张千埋怨老爷太清廉，跟他"出差"，官家的"招待"饭不让吃，只吃些"稀粥汤儿"，饿得连路都走不动了。他听了张千的怨言，开玩笑地说："想吃好的可以，你背着的那口剑就是我与你那一件厌饫的东西。"他的内心世界很复杂，出场就唱："我把那为官事都参透。"怎么个参透法？他接下去唱道："待不要钱呵怕违了众情，待要钱呵又不是咱本谋。只这月份钱做咱每人情不彀。""每"字今天应作"们"字，"彀"即"够"，意思是说，不捞外快，这月份钱连送人情都不够。可见，在那浑浊的社会，要当个"清官"可不是那么容易的。尽管如此，他还是坚持了廉洁无私的居官操守，结果是："和那权豪每结下些山海也似冤仇"，"剩吃了些众人毒咒"。想到这里，他似乎有些颓唐了，"退坡"情绪油然而生："到今日一笔都勾，从今后不干己事，休开口，我时索会尽人问只点头，倒大来优游。"人已活到七老八十了，何苦还自奉清廉、刚正不阿？这正是历尽宦海沉浮，想要急流勇退，当个好好先生的自塑像。

可是偏偏由不得自己做主，偏偏做不成好好先生。"小衙内"、"杨金吾"这帮贪官，奉旨在陈州粜米救灾，为饱私囊，高抬米价，掺糠加土，大秤进银，小斗卖米，并且动不动就拿出钦赐的紫金锤，弹压饥民。戏的第二折就写了一宗由贪官污吏一手造成的人命冤案：性情耿直的张憋古，对贪官"饿狼口里夺脆骨，乞儿碗底觅残羹"的鱼肉人民的恶劣行径很是不满，奋起抗争，当场就被小衙内用紫金锤打死，他终时唱："则除是包龙图那个铁面没人情"，才能给自己申冤，为陈州百姓除害。自比为宦海"漏网鱼"的包龙图，本来不想再揽这麻缠官司，可偏偏小憋古却告到他的门下。他先是"险些儿忘了这一件事"，待小憋古再次提出申诉，对贪官污吏的愤恨和对百姓苦难的同情，使他不由自主地卷入了除暴安良的激烈斗争之中。他"送货上门"地接受范仲淹的荐举，又颇具深心地领了势剑金牌，取得了先斩后奏之权，于是带着张千，立即奔赴陈州，决计"先斩了逆臣头"，"我与那陈州百姓每分忧"。至此，老包的"铁面"显露了，戏似乎要按照包青天断案的一般路子写下去了。

但出乎意料的是,作者把笔锋一转,给你来了个喜剧性的插曲。妙就妙在戏到第二折之后,一个意外之笔另辟蹊径,把读者或观众的视线,从熟悉的旧路上引上了一个新的艺术天地。真是:于寻常处出不寻常,细思量,不寻常处又寻常。这就意趣隽永,耐人寻味了。

戏到第三折,我们看到的是一出饶有趣味的喜剧。前一折戏的悲剧气氛不复存在了。而充当喜剧主角的,却是我们想象中认为不配当喜剧角色的那位包公。这位包公来到陈州,不是摆出钦差大臣的架势,鸣锣开道,威风凛凛地入城,而是打发唯一的随从张千骑着自己的马,带着势剑金牌先进城了,并且嘱咐张千不管出现什么岔子,也别轻易暴露了他的身份。他自己呢,却像个不起眼的土老头儿,缓步入城。快到接官亭时,只见一个女人从驴上摔下来,喊人帮她笼驴,包大人赶过来正好揽上了这份差事,连扶上扶下也在所不辞。巧就巧在这个女人正是同两个赃官相好的本城的名妓王粉莲。一赃官在接官亭迎候包大人,不甘寂寞,要她来陪伴作乐。一路上,她和包拯絮絮叨叨,说起了两个赃官同她的交情如何深厚;赃官们如何盘剥残害饥民;如何荒淫无耻,追欢买笑,连皇帝赐给的紫金锤也留在她家做了当头。

她还得意扬扬地邀请老头儿去她家看紫金锤哩！她错把包拯当成庄家老儿看待，包拯也出色地扮演着庄家老儿的角色，两个人一路聊来，言者无心，听者有意。就这样，包大人在一种喜剧气氛中，轻松愉快地通过"知情人"的口掌握了赃官的罪证。到了接官亭，妓女出于好心，叫送些酒肉给老头儿充饥，两个赃官吩咐送去，不料这老头儿全不识抬举，竟把官家恩赏的吃食，一股脑儿喂了妓女的驴。赃官发了怒，叫人把这老头儿吊到亭外的槐树上，等接过钦差，再作发落。而胸有成竹的包公，竟不声不吭地任其摆布，宁叫自己吃苦头，也要让赃官们作充分的表演。这些出人意料的喜剧处理，既符合戏中"这一个"包公的性格特点，也符合情节发展的必然逻辑，于是，妙趣横生的幽默感、喜剧性便自然地洋溢于舞台之上。

有了这第三折，戏活了，包公活了，包拯的形象完全不同于后来一般威仪万方、始终铁青着面孔的包公了。如今戏曲舞台上的包公，一出场总离不了跟班王朝、马汉、张龙、赵虎之流，还得外加个书僮包兴；赃官们一看见他那无情的铜铡就胆战心惊；他的神通是如此广大，以至能夜断阴来日断阳，带着神化、迷信的味道。这种神化、迷信色彩，还在他的脸上留下了一个鲜明的标志——漆黑的脸膛上画着一个月牙。其实，长得黑，有可能，可是脸上有月亮，这分明是后人将他形象化地神化的表现。元曲中的包公戏，例如关汉卿的《包待制智斩鲁斋郎》和曾瑞卿的《王月英元夜留鞋记》都不见提及王朝、马汉一群跟班。而且，包青天铲除贪官污吏，总离不了一个"智"字，并非一味地硬干。在《陈州粜米》这出戏里，包公对贪官小衙内、杨金吾的处决，同样是智慧的巧妙运用。他虽有势剑金牌在手，但凭多年的官场经验，深知在官官相卫的强梁世界里，势剑金牌并不能完全代表法律的尊严。何况，对方的手里还有个御赐的紫金锤呢！有鉴于此，他先从妓女的手里把紫金锤追回，抓住了对方作践皇权的一个有力证据，然后以快刀斩乱麻的方式，立即斩决了杨金吾，并让苦主小憨古用紫金锤把小衙内打死。待到皇上的"赦活的不赦死的"赦书一到，这纸赦书不仅没有救了赃官的命，倒保全了无权无势的受害者小憨古。在这里，包公巧妙地钻了一下皇权的空子，严肃地开了一下皇权的玩笑。这个玩笑，是对生活本身的辛辣讽嘲，是喜剧气氛赖以形成的客观基础。这一切，说明在元曲作者的笔下，并没有把包公这样的清官当作神来处理。土老头儿的形象和普通正派官吏的复杂心理以及富有人情味的言谈举止，构成了一个有血有肉、有情有趣、可敬可亲的包大人形象。这个形象，同豫剧《七品芝麻官》中的唐知县身上的那种倔劲儿、土味道是颇为近似的。

我们所爱于《陈州粜米》这出杂剧的，正是这种倔劲儿、土味道。这都是后来龙图公案剧目难得看见的。后来的古典戏曲，戏复杂了，排场大了，词曲典雅了，但是生活气息和古拙意味都少了。如今有些写喜剧的，也多忽略生活本身是它的泉源，生拼硬凑，制造笑料，给人以弄巧成拙的不自然之感。对这样的作者说来，《陈州粜米》是颇值一读的。

↘ 原　文

包待制陈州粜米杂剧（第三折）

（小衙内同杨金吾上）（小衙内诗云：）日间不做亏心事，半夜敲门不吃惊。自家刘衙内孩儿。俺二人自从到陈州开仓粜米，依着父亲改了价钱，插上糠土，克落了许多钱钞，到家怎用得了？这几日只是吃酒耍子。听知圣人差包待制来了，兄弟，这老儿不好惹，动不动先斩后奏。这一来，则怕我们露出马脚来了。我们如今去十里长亭接老包走一遭去。(诗云:)老包姓儿㤉①,荡他活的少,若是不容咱,我每则一跑。(同下)

(张千背剑上)(正末骑马做听科)(张千云:)自家张千的便是。我跟着这包待制大人,上五南路采访回来,如今又与了势剑金牌,往陈州粜米去。他在这后面,我可在前面,离的较远。你不知这个大人清廉正直,不爱民财。虽然钱物不要,你可吃些东西也好。他但是到的府州县道,下马升厅,那官人里老安排的东西,他看也不看。一日三顿,则吃那落解粥②。你便老了吃不得,我是个后生家。我两只脚伴着四个马蹄子走,马走五十里,我也跟着走五十里;马走一百里,我也走一百里。我这一顿落解粥,走不到五里地面,早肚里饥了。我如今先在前面,到的那人家里,我则说:"我是跟包待制大人的,如今往陈州粜米去,我背着的是势剑金牌,先斩后奏。你快些安排下马饭我吃。"肥草鸡儿,荼浑酒儿。我吃了那酒,吃了那肉,饱饱儿的了,休说五十里,我咬着牙直走二百里则有多哩。嗨!我也是

---

① 㤉,同怡,性情固执,刚俊,或凶狠。
② 落解粥:落解,稀薄的意思;落解粥,稀粥。

个傻弟子孩儿,又不曾吃个,怎么两片口里劈溜扑剌的;猛可里包待制大人后面听见,可怎了也?(正末云:)张千,你说什么哩?(张千做怕科,云:)孩儿每不曾说什么。(正末云:)是什么肥草鸡儿?(张千云:)爷,孩儿每不曾说什么"肥草鸡儿"。我才则走哩,遇着个人,我问他:"陈州有多少路?"他说道:"还早哩。"几曾说什么"肥草鸡儿"?(正末云:)是什么"茶浑酒儿"?(张千云:)爷,孩儿每不曾说什么"茶浑酒儿"。我走着哩,见一个人,问他:"陈州那里去?"他说道:"线也似一条直路,你则故①走。"孩儿每不曾说什么"茶浑酒儿"。(正末云:)张千,是我老了,都差听了也。我老人家也吃不的茶饭,则吃些稀粥汤儿。如今在前头有的尽你吃,尽你用,我与你那一件厌饫②的东西。(张千云:)爷,可是什么厌饫的东西?(正末云:)你试猜咱。(张千云:)爷说道:"前头有的尽你吃,尽你用。"又与我一件儿厌饫的东西,敢是苦茶儿?(正末云:)不是。(张千云:)萝卜简子儿?(正末云:)不是。(张千云:)哦,敢是落解粥儿?

---

① 则故,只顾,只管。
② 厌饫,即餍饫,饱食。

（正末云：）也不是。（张千云：）爷，都不是，可是什么？（正末云：）你脊梁上背着的是什么？（张千云：）背着的是剑。（正末云：）我着你吃那一口剑。（张千怕科，云：）爷，孩儿则吃些落解粥儿倒好。（正末云：）张千，如今那普天下有司官吏，军民百姓，听的老夫私行，也有那欢喜的，也有那烦恼的。（张千云：）爷不问，孩儿也不敢说，如今百姓每听的包待制大人到陈州粜米去，那个不顶礼①，都说："俺有做主的来了！"这般欢喜可是为何？（正末云：）张千也，你哪里知道，听我说与你咱。（唱：）

【南吕一枝花】知今那当差的民户喜，也有那干请俸的官人每怨。急切里称不了包某的心，百般的纳不下帝王宣，我如今暮景衰年，鞍马上实劳倦。如今那普天下人尽言，道"一个包龙图暗暗的私行，唬得些官吏每兢兢打战"。

【梁州第七】请俸禄五六的这万贯，杀人到三二十年，随京随府随州县。自从俺仁君治世，老汉当权，经了这几番刷卷，备细的究出根源。都只是庄农每争竞桑田，弟兄每分另家缘。俺俺俺，宋朝中大小官员；他他他，剩与你财主每

---

① 顶礼，佛教最尊敬的一种礼节，一般当做敬礼、致敬的意思。

追缴了些利钱；您您您，怎知道穷百姓苦恹恹叫屈声冤？如今的离陈州不远，便有人将咱相凌贱，你也则诈眼儿不看见，骑着马，揣着牌，自向前，休得要捋袖揎拳。

（云：）张千，离陈州近也，你骑着马，揣着牌，先进城去，不要作践人家。（张千云：）理会的。爷，我骑着马去也。（正末云：）张千，你转来，我再吩咐你。我在后面，如有人欺负我打我，你也不要来劝，紧记者。（张千云：）理会的。（张千做去科）〔正末云：）张千，你转来。（张千云：）爷，有的说，就马上说了罢。（正末云：）我吩咐的紧记者。（张千云：）爷，我先进城去也。（下）

（搽旦王粉莲赶驴上，云：）自家王粉莲的便是。在这南关里狗腿湾儿住，不会别的营生买卖，全凭着卖笑求食。俺这此处有上司差两个开仓粜米官人来，一个是杨金吾，一个是刘小衙内。他两个在俺家里使钱，我要一奉十，好生撒镘①。他是权豪势要，一应闲杂人等，再也不敢上门来。俺家尽意的奉承他，他的金银钱钞可也都使尽俺家里。数日前，将一个紫金锤当在俺家，若是他没钱取赎，等我打些钗

---

① 撒镘：镘，钱的背面，因泛指钱；撒镘，挥霍无度，像撒钱一样。

儿戒指儿,可不受用。恰才几个姊妹请我吃了几杯酒,他两个差人牵着个驴子来取我。三不知①我骑上那驴子,忽然的叫了一声,丢了个撅子,把我直跌下来,伤了我这杨柳细②,好不疼哩。又没个人扶我,自家挣得起来,驴子又走了。我赶不上,怎么得人来替我拿一拿住也好那?(正末云:)这个妇人,不像个良人家的妇女,我如今且替他笼住那头口儿,问他个详细,看是怎么?(旦儿做见正末科,云:)兀那个老儿,你与我拿住那驴儿者。(正末做拿住驴子科)(旦儿做谢科,云:)多生受你老人家也。(正末云:)姐姐,你是哪里人家?(旦儿云:)正是个庄家老儿,他还不认的我哩。我在狗腿湾儿里住。(正末云:)你家里做什么买卖?(旦儿云:)老儿,你试猜咱。(正末云:)我是猜咱。(旦儿云:)你猜。(正末云:)莫不是油磨房?(旦儿云:)不是。(正末云:)解典库?(旦儿云:)不是。(正末云:)卖布绢缎匹?(旦儿云:)也不是。(正末云:)都不是,可是什么买卖?(旦儿云:)俺家里卖皮

---

① 三不知,对一件事的开始、中间和结尾都不知道,引申为突然、不料的意思。
② 杨柳细,"杨柳细腰"的歇后语,指女子的腰。

鹌鹑儿①。老儿,你在哪里住?(正末云:)姐姐,老汉只有一个婆婆,早已亡过,孩儿又没,随处讨些饭儿吃。(旦儿云:)老儿,你跟我去,我也用的你着。你只在我家里。有的好酒好肉,尽你吃哩。(正末云:)好波,好波!我跟将姐姐去,哪里使唤老汉?(旦儿云:)好老儿,你跟我家去,我打扮你起来:与你做一领硬铮铮的上盖②,再与你做一顶新帽儿,一条茶褐绦儿,一对干净凉皮靴儿。一张凳儿,你坐着在门首,与我家照管门户,好不自在哩。(正末云:)姐姐,如今你跟前可有什么人走动?姐姐,你是说与老汉听咱。(旦儿云:)老儿,别的郎君子弟,经商客旅,都不打紧。我有两个人,都是仓官,又有权势,又有钱钞,他老子在京师现做着大大的官。他在这里粜米,是十两一石的好价钱,斗又是八升的小斗,秤是加三大秤,尽有东西。我并不曾要他的。(正末云:)姐姐不曾要他钱,也曾要他些东西么?(旦儿云:)老儿,他不曾与我什么钱,他则与了我个紫金锤,你若见了就唬杀你。(正末云:)老汉活偌大年纪,几曾看见什么紫金锤。姐姐,若与我见一见儿,

---

① 卖皮鹌鹑儿,卖淫的隐语。
② 上盖:上身的外衣。

消灾灭罪,可也好么?(旦儿云:)老儿,你若见了,好消灾灭罪,你跟我家去来,我与你看。(正末云:)我跟姐姐去。(旦儿云:)老儿,你吃饭也不曾?(正末云:)我不曾吃饭哩。(旦儿云:)老儿,你跟将我去来,只在那前面,他两个安排酒席等我哩。到的那里,酒肉尽你吃。扶我上驴儿去。(正末做扶旦儿上驴子科)(正末背云:)普天下谁不知个包待制正授南衙开封府尹之职,今日到这陈州,倒与这妇人笼驴,也可笑哩。(唱:)

【牧羊关】 当日离豹尾班①多时分;今日在狗腿湾行近远,避甚的马后驴前?我则怕按察司迎着,御史台撞见。本是个显要龙图职,怎伴着烟月鬼狐缠,可不先犯了个风流罪,落的价葫芦提罢俸钱。

(旦儿云:)老儿,你跟将我去来,我把那紫金锤与你看者。(正末云:)好好,我跟将姐姐去,则与老汉紫金锤看一看,消灾灭罪咱。(唱:)

---

① 豹尾班:皇帝的属车中有豹尾车,车上载朱漆竿,竿首缀豹尾,豹尾班就是指官职很大,可以跟在皇帝后面的行列里的意思。

【隔尾】听说罢,气的我心头颤,好着我半晌家气堵住口内言。直将那仓库里皇粮痛作践,他便也不怜,我须为百姓每可怜。似肥汉相搏,我着他只落的一声儿喘。(同旦儿下)

(小衙内、杨金吾领斗子上)(小衙内诗云:)两眼梭梭跳,必定晦气到,若有清官来,一准屋梁吊。俺两个在此接待老包,不知怎么,则是眼跳。才则喝了几碗投脑酒①,压一压胆,慢慢地等他。

(正末同旦儿上,正末云:)姐姐,兀的不是接官厅?我这里等着姐姐。(旦儿云:)来到这接官厅,老儿,你扶下我这驴儿来。你则在这里等着我,我如今到了里面,我将些酒肉来与你吃,你则与我带着这驴儿者。(做见小衙内、杨金吾科)(小衙内笑科,云:)姐姐,你来了也。(杨金吾云:)我的乖,你偌远的到这里来。(旦儿云:)该杀的短命!你怎么不来接我?一路上把我掉下驴来,险不跌杀了我。那驴子又走了,早是撞见个老儿,与我笼着驴子。嗨,我争些儿可忘了那老儿,他还不曾吃饭,先与他些酒肉吃

---

① 投脑酒,用肉、豆脯报切如细䫈炒,用极甜酒加葱椒煮食之。

咱。(杨金吾云:)兀那斗子,与我拿些酒肉与那牵驴的老儿吃。(大斗子做拿酒肉与正末科,云:)兀那牵驴的老儿,你来,与你些酒肉吃。(正末云:)说与你那仓官去,这酒肉我不吃,都与这驴子吃了。(大斗子做怒科,云:)嗯!这个村老子好无礼!(做见小衙内科,云:)官人,恰才拿将酒肉,赏那牵驴的老儿,那老儿一些不吃,都请了这驴儿也。(小衙内云:)斗子,你与我将那老儿吊在那槐树上,等我接了老包,慢慢地打他。(大斗子云:)理会的。(做吊起正末科)

(正末唱:)

【哭皇天】那刘衙内把孩儿荐,范学士怎也就将敕命宣?只今个城仓官享富贵,全不管穷百姓受熬煎,一剗的在青楼缠恋。那厮每不依钦定,私自加添,盗粜了仓米,乾没了官钱,都送与泼烟花①、泼烟花王粉莲。早被俺亲身儿撞见,可便肯将他来轻轻地放免。

【乌夜啼】为头儿先吃俺开荒剑,则他那性命不在皇天。刘衙内也,可怎生着我行方便?这公事体察完全,不是

---

① 泼烟花,犹如说贱娼妇。

流传,哪怕你天章学士有夤缘①,就待乞天恩走上金銮殿,只我个包龙图元铁面,也少不得着您名登紫禁,身丧黄泉。

(张千云:)受人之托,必当终人之事。大人的吩咐,着我先进城去,寻那杨金吾刘衙内。直到仓里寻他,寻不着一个。如今大人也不知在哪里?我且到这接官厅试看咱。(做看见小衙内、杨金吾科,云:)我正要寻他两个,原来都在这里吃酒。我过去唬他一唬,吃他几钟酒,讨些草鞋钱儿。(见科,云:)好也!你还在这里吃酒哩!如今包待制爷要来拿你两个,有的话都在我肚里。(小衙内云:)哥,你怎生方便,救我一救,我打酒请你。(张千云:)你两个真傻厮,岂不晓得求灶头不如求灶尾②?(小衙内云:)哥说的是。(张千云:)你家的事,我满耳朵儿都打听着,你则放心,我与你周旋便了。包待制是坐的包待制,我是立的包待制,都在我身上。(正末云:)你好个"立的包待制",张千也!(唱:)

---

① 夤缘,本是草藤依附山岳上长的意思,用以比喻攀附权贵,以求得本身地位的提升。这里是和权贵有关系的意思。
② 求灶头不如求灶尾:灶头只有火,灶尾上才有东西可吃,比喻向官求情,不如向他的下人求情有效。

【牡羊关】这厮马头前无多说,今日在驿亭中夸大言。信人生不可无权!哎!则你个祗侯王乔①诈仙也那得仙?

(张千奠酒科,云:)我若不救你两个呵,这酒就是我的命。(做见正末怕科,云:)兀的不唬杀我也!(正末唱:)唬的来面色如金纸,手脚似风颠。老鼠终无胆,猕猴怎坐禅。(张千云:)您两个傻厮,到陈州来粜米,本是钦定的五两官价,怎么改做十两?那张憋古道了几句,怎么就将他打死了?又要买酒请张千吃,又扭吊了牵驴子的老儿。如今包待制私行,从东门进城也,你还不去迎接哩。(小衙内云:)怎了,怎了?既是包待制进了城,咱两个便迎接去来。(同杨金吾、斗子下)(张千做解正末科)(旦儿云:)他两个都走了也,我也家去。兀那老儿,你将我那驴儿来。(张千骂旦儿科,云:)贼弟子,你死也!还要老爷替你牵驴儿哩。(正末云:)咦!休言语。姐姐,我扶上你驴儿去。(正末做扶旦儿上驴科)(旦儿云:)老儿,生受你。你若忙便罢,你若得那闲时,到我家来看紫金锤咱。(下)(正末云:)这害民贼好大胆也呵。(唱:)

---

① 王乔,古代传说中的一个神仙。

【黄钟煞尾】 不忧君怨和民怨，只爱花钱共酒钱。今日个家破人亡立时见，我将你这害民的贼鹰鹯，一个个拿到前，势剑上性命捐。莫怪咱不矜怜，你只问王家的那泼贱，也不该着我笼驴儿步行了偌地远。（同张千下）

秋雨梧桐叶落时

白朴名剧《梧桐雨》欣赏

吴新雷

作者介绍

吴新雷，1933年生，江苏省江阴县人。南京大学中文系教授、博士生导师。出版有著作《曹雪芹》、《中国戏曲史论》、《曹雪芹江南家世考》（合作）、《两宋文学史》（合作）、《中国古典戏剧故事》（合作）、《元散曲经典》（合作）等。

推荐词

作者始终不忘把爱情纠葛贯穿在政治悲剧中来写。爱情的失败是由于政治的腐败，而政治的腐败又源于荒唐的爱情，两者互为因果。由此可见，白朴的创作思想是明确的，他是通过李、杨悲欢离合的故事，谴责统治集团的淫逸乱政，总结历史兴亡和政治成败的教训。

白朴是山西籍作家。他是隩州人，隩州就是现在山西省的河曲县，位于黄河东岸。

白朴是元曲四大家之一，字仁甫，后改字太素，又号兰谷先生，生于金哀宗正大三年（1226），到元仁宗时才逝世，活了八十多岁。他家本是金朝的"世臣"，父亲白华是金宣宗贞祐三年（1215）进士，官至枢密院判官，和大诗人元好问是亲密的朋友。金哀宗天兴三年（1234），蒙古军大举南侵，金朝亡国，白朴才九岁。遭亡国之痛，对他的思想刺激很大。其密友王博文在《天籁集序》中说他："自幼经丧乱，仓皇失母，便有山川满目之叹；逮亡国，恒郁郁不乐，以故放浪形骸，期于适意。"他对元朝的政事是淡漠反感的，元世祖中统初年，中书右丞相史天泽推举他出来做官，他坚决谢绝。等到元军灭了南宋以后，他在至元十七年（1280）迁居到建康（今南京），跟宋、金两朝的遗老结交，和歌妓舞女们来往。生平填词二百多首,王博文给他编定为《天籁集》。他的散曲也做得很好;有三十六支小令和四个套数,附刻在《天籁集》卷末。他一生创作北曲杂剧十六种,现存《唐明皇秋夜梧桐雨》和《裴少俊墙头马上》两种,均见于明人臧晋叔编刊的《元曲选》中。

《梧桐雨》的内容是写唐玄宗李隆基宠幸杨贵妃,以致酿成"安史之乱"而国破人亡。关于李、杨的故事,既有史籍记载,也有民间传说。唐代诗人白居易写《长恨歌》,陈鸿作《长恨歌传》,就是兼采遗闻佚事写成的文学作品。白朴的《梧桐雨》杂剧,吸取《长恨歌》的情节而加以发展,并以"秋雨梧桐叶落时"的诗意作为标目,在主题构思和艺术描绘两方面都有创新,为清代洪昇作《长生殿》传奇所取法。

剧本以唐玄宗为主角,白朴在处理这个形象时带有同情和谴责两种复杂的成分,剧中固然是写了玄宗对杨妃的热爱之情,但并没有加以歌颂或美化,而是有揭露、有讽刺。试从作品的构思和人物形象来分析:

在序幕"楔子"中,首先触及的并不是李、杨的爱情,而是当时重要的"边政":番将安禄山丧师辱国,被押送京城听候裁决。在处理这一政治事件时,李、杨正式出场。一开始作者就揭露了唐玄宗从寿王邸中夺取杨妃的丑事,"自太真入宫,朝歌暮宴",因此疏于国政。安禄山失机当斩,而他却昧于禄山"唯有赤心"的一句谎话而赦免了。尤其荒唐的是,因为安禄山会跳胡旋舞,杨妃要留着解闷,他就把禄山赐给杨妃作"义子",并加封官职。结果是禄山与杨妃发生了"私事",又与杨国忠争权。这就预示了李、杨在爱情和政治两方面存在的严重危机。

在第一折里,作者展现了李、杨爱情生活的底细。杨妃得宠后,全家荣显,踌躇满志。但她所爱的并非年老昏聩的李隆基,而是长袖善舞的安禄山。请看她一段卑劣的自白:

> 近日边庭送一番将来,名安禄山,此人猾黠,能奉承人意,又能胡旋舞。圣人赐予妾为义子,出入宫掖。不期我哥哥杨国忠看出破绽,奏准天子,封他为渔阳节度使,送上边庭。妾心中怀想,不能再见,好是烦恼人也。

她到长生殿去乞巧,就是为了解此苦闷。这简略的一笔,实际上否定了美人与皇帝的所谓爱情。另一方面,玄宗自得杨妃后,尽情享乐:"珊瑚枕上两意足,翡翠市前百媚生。"七夕之夜,他在长生殿赐给杨妃金钗钿盒,以博取她的欢心。杨妃也虚情假意地大献殷勤,并要求玄宗"请示私约"、"海誓山盟",以确保她自己和全家永远得宠。作者在这里丝毫也没有美化李、杨之间的爱情,而是完全抱着鄙弃的态度来处理杨妃这个人物形象的。至于把玄宗对杨妃的情话写得愈多,正是为了更显出杨妃的虚伪。同时,剧中指出玄宗"一心只想着杨妃"的结局,是带来了"朝纲倦整"的恶果。所以到第二折便写了"渔阳叛乱"。当安禄山入侵的消息传来时,玄宗正在御园中和杨妃耽于宴乐,纵情声色,他竟责怪臣下的报告扫了他的兴:"止不过奏说边庭上造反,也合看空便,觑迟疾紧慢,等不的俺筵上笙歌散,可不气丕丕冒突天颜!"大臣们平日争权夺宠,国难当头却束手无策:"你文武两班,空列些乌靴象简,金紫罗襕,内中没个英雄汉,扫荡尘寰。"作者在这里深刻地指出了统治集团的腐败造成了异族侵略的灾难。白朴是由金入元的作家,他经历了金朝亡国和元朝民族压迫的痛苦,所以《梧桐雨》的这层寓意,正体现了剧作的时代特征。

第三折写马嵬兵变是全剧的高潮,戏剧矛盾尖锐激烈,试看这段对话:

>　　旦云：妾死不足惜，但主上之恩，不曾得报，数年恩爱，教妾怎生割舍？
>
>　　正末云：妃子，不济事了，六军心变，寡人自不能保。
>
>　　旦云：陛下，怎生救妾身一救？正末云：寡人怎生是好！

在这紧要关头，杨妃既没有为玄宗的处境着想，却假惺惺作态，希图得到庇护。而玄宗呢？也没有什么真挚的爱情可言，为了保住自己的帝王宝座，只得叫高力士"引妃子去佛堂中令其自尽，然后教军士验看"。这样，长生殿的盟约密誓便彻底破产了。本来，作者在第一折已明指杨妃的七夕乞巧是怀二心。而当时玄宗对杨妃的盟誓，看来是一往情深，但到马嵬兵变时也经不住考验。作者写他在危机四伏的境遇中既不能殉情，又不能把从前的爱坚持下去，他的虚伪面目也就暴露出来了。

第四折是写玄宗对杨妃的怀念。作者更进一步挖掘了角色的内心世界，对玄宗迷恋杨妃的精神状态作了又一次深入的描绘。玄宗晚年自蜀还京，既失去了爱情，也失掉了权柄。他未能以政治力量来庇护长生殿的誓约,也没有因牺牲爱情而保住皇帝的宝座。在权柄和爱情均无着落的情况下,他苦闷彷徨,无所寄托。白居易《长恨歌》曾借"临邛道士鸿都客"的故事来讽刺他晚年的无聊,白朴《梧桐雨》则更现实地写他的思想矛盾,细致地刻画他内心的痛楚。这是《梧桐雨》比《长恨歌》进步的地方。作者写玄宗退居西宫后,在百无聊赖中对着杨妃的画轴发愁。他向往"盖一座杨妃庙"以掩饰自己背盟的罪过,"争奈无权柄谢位辞朝"。在万般苦恼中,他只能胡思乱想。一阵阵雨打梧桐的声响,惊醒了他思念杨妃的迷梦,同时也暴露了他空虚的灵魂。

从以上的分析中可以看出,作者始终不忘把爱情纠葛贯穿在政治悲剧中来写。爱情的失败是由于政治的腐败,而政治的腐败又源于荒唐的爱情,两者互为因果。由此可见,白朴的创作思想是明确的,他是通过李、杨悲欢离合的故事,谴责统治集团的淫逸乱政,总结历史兴亡和政治成败的教训。

《梧桐雨》高度的艺术成就,为历来评家所推崇。清代李调元在《雨村曲话》中说:"元人咏马嵬事无虑数十家,白仁甫《梧桐雨》剧为最。"王国维在《人间词话》中曾说:"白仁甫《秋夜梧桐雨》剧,沉雄悲壮,为元曲冠。"

他们或从题材剪裁着眼,或从语言风格立论,都一致肯定它的艺术成就。

《梧桐雨》结构谨严,在短短的一本四折中,巧妙地安排了李、杨故事的全部情节,而且脉络清楚,首尾完整。每折之中又裁剪得法,繁而不乱,处处见出作者的组织功夫。如在开头用"楔子"交代了安禄山和杨贵妃的私情,为后面的变乱安下了伏笔。在第一折中,由杨妃的独白补叙进宫前后的情况,然后就集中叙写长生殿上的密誓。第二折写小宴惊变,第三折写马嵬埋玉,剧情紧凑,前后呼应。其中写禄山叛乱,玄宗闻警,始而议战,继则奔蜀,逼杀国忠,马践杨妃,事迹虽繁,而头绪清楚;细节虽多,而有条不紊。所有重要关目,都有交代,主次分明,无支离破碎之病。关于这一点,清人梁廷枏《曲话》中曾有评论。他把《梧桐雨》杂剧和《长生殿》传奇作了比较,认为《梧桐雨》有其高明之处。他指出:"《长生殿》惊变折,于深宫欢燕之时,突作国忠直入,草草数语,便尔启行,事虽急遽,断不至是,《梧桐雨》则中间用一李林甫得报、转奏,始而议战,战既不能而后定计幸蜀,层次井然不紊。"等到剧情发展到高潮过后,作者便在第四折从容不迫地刻画玄宗思念杨妃的迷惘状态,展开了细致的心理描写,使作品在深沉的悲剧气氛中结束。

从语言风格来说,白朴是长于情辞的作家。《梧桐雨》在文采方面富丽堂皇,这对于一本反映宫廷生活的历史剧来说,是妥帖适宜的。因为剧中由"正末"扮唐玄宗主唱,属于"末本"戏,作者运用典雅华丽的语言,为的是表现帝王与贵妃的雍容大度。所以明代朱权在《太和正音谱》中评论说:"白仁甫之词如鹏搏九霄","若大鹏之起北溟,奋翼涛乎九霄,有一举万里之志,宜冠于首"。另外,作者又善于体会《长恨歌》的诗意,把它融化在全剧的字里行间,因而使《梧桐雨》的曲辞充满了诗情画意。如第一折写唐玄宗在长生殿密誓的唱词道:

【醉中天】 我把你半鬖的肩儿凭,他把个百媚脸儿擎。正是金阙西厢叩玉扃,悄悄回廊静,靠着这招彩凤,舞青鸾,金井梧桐树影;虽无人窃听,也索悄声儿海誓山盟。

【赚丝尾】 长如一双钿盒盛,休似两股金钗另,愿世世姻缘注定。在天呵做鸳鸯常比并,在地呵做连理枝生。月澄澄,银汉无声,说尽千秋万古情。咱各办着志诚,你道谁为显证?有今夜度天河相见女牛星。

这里就汲取了《长恨歌》中"金阕西厢叩玉扃"、"钿盒金钗寄将去"、"在天愿作比翼鸟,在地愿为连理枝"等诗句,而且写得更形象化,使读者如见其人,如闻其声。

《梧桐雨》在刻画人物的内心世界方面也有特色,如第三折玄宗被迫命杨妃自尽的唱词:

【殿前欢】他是朵娇滴滴海棠花,怎做得闹荒荒亡国祸根芽?再不将曲弯弯远山眉儿画,乱松松云鬓堆鸦,怎下的碜磕磕马蹄儿脸上踏!则将细袅袅咽喉掐,早把条长搀搀素白练安排下。他那里一身受死,我痛煞煞独力难加。

的确写出了唐玄宗忍痛割爱的复杂心理,刻画其性格细致逼真。尤其出色的,是最后一幕"夜雨梧桐"的描绘。作者写玄宗对杨妃思念成梦,可是正在好梦方酣之际,却被那窗外的"梧桐雨"惊醒了。这时的玄宗,悔恨交加,懊恼不已。作者通过一连串曲辞突出了他的形象:

【叨叨令】一会价紧呵,似玉盘中万颗珍珠落,一会价响呵,似玳筵前几簇笙歌闹;一会价清呵,似翠岩头一派寒泉瀑,一会价猛呵,似绣旗下数面征鼙操。兀的不恼杀人也么哥!兀的不恼杀人也么哥!则被他诸般儿雨声相聒噪。

【倘秀才】这雨一阵阵打梧桐叶凋,一点点滴人心碎了。枉着金井银床紧围绕,只好把泼枝叶做柴烧,锯倒。

作者能把人物的心理刻画和写景抒情结合起来,词句清缓,意境苍凉,取得了悲剧的艺术效果。

《梧桐雨》对后世文学有良好的影响。明代吴世美的《惊鸿记》、屠隆的《彩毫记》,都曾参酌《梧桐雨》的骨架而加以发展。特别是清代洪昇创作《长生殿》,其中《密誓》、《惊变》、《埋玉》、《雨梦》四出戏,就是以《梧桐雨》的四折作为蓝本的,甚至连曲辞都沿袭白朴的原文。如《惊变》这场戏中的〔中吕粉蝶儿〕一曲,杂剧的原文是:

天淡云闲,列长空数行征雁;御园中夏景初残,柳添黄,荷减翠,秋莲脱瓣;坐近幽阑,喷清香玉簪花绽。

而洪昇《长生殿》全取其词,略加点窜为:

> 天淡云闲,列长空数行新雁。御园中秋色斓斑:柳添黄,苹减绿,红莲脱瓣。一抹雕阑,喷清香桂花初绽。

可见两者的继承关系,真有如"董西厢"之于"王西厢"了。

当然,《梧桐雨》也有不足之处。其缺陷是在于把政治悲剧的祸因完全归结在杨贵妃身上,而未能揭示封建王朝的阶级本质和"安史之乱"的社会根源。白朴是以否定态度来处理杨妃形象的,他只着眼于杨妃"淫乱"这一点,把她当成了"亡国祸根"。这就冲淡了政治悲剧中民族矛盾的寓意,陷入了"女祸亡国论"的俗套。另外,正因为对杨贵妃的形象是否定的,这就使唐玄宗这个形象难于处理,作者虽把他写成主角,但究竟是同情他还是谴责他,两种构思很难统一起来。这是题材本身存在的矛盾,到洪昇创作《长生殿》传奇时才得到了改进。

三个句子的迷惑 一句评语的误会

也谈《天净沙·秋思》的析评

金志仁

作者介绍

金志仁,1938年生,江苏如东人,南通大学文学院教授。

推荐词

这篇文章在《名作欣赏》发表之后,许多读者都认为是"颠覆性"的新解。

枯藤老树昏鸦，小桥流水人家，古道西风瘦马，夕阳西下，断肠人在天涯。

这首《天净沙·秋思》，为"秋思之祖"，深得人们喜爱。由于篇幅短小再加之明白如话，解读似并不困难，而且许多名家均为之作了解析。在解读时，一般都把此曲起始三句视为一个整体，九个意象分三组组成了一幅深秋景象的图画，为漂泊天涯的断肠人设置了一个典型环境，然后再以"夕阳西下"铺底设色，最后方才出现中心形象，中心形象一经出现，全曲也即戛然而止。

可实际上问题却并不这样简单，这样的解读，误解了作者巧妙的构思，把此曲的丰富内涵简单化了，深层意义表面化了。为什么这样讲呢？

首先要说明的，之所以产生这种误解，是由于受到此曲起始很富创造性的无与伦比的三个无谓句的迷惑。认为此三句既然排比并列,句式又相一致,自然会形成一个整体,成一意义层次。但实际上这起始三句所表达的情境是有明显的差异的。这三句前两句是纯粹写景,可第三句"古道西风瘦马",当"瘦马"在西风吹拂下的古道上出现时,连带出现的就有了骑瘦马或牵瘦马的人,此瘦马是受人制约的,也即此曲的主人翁应与瘦马同时出现在人们的视线下,不能分离,这就说明此时人物的活动已介入了画面。这与《西厢记·长亭送别》中的"青山隔送行,疏林不作美,淡烟暮霭相遮蔽。夕阳古道无人语,禾黍秋风听马嘶"的境况有根本上的不同。后人在解读这段曲文时说:"'青山隔送行',言生已转过山坡也;'疏林不作美',言生出疏林之外也;'淡烟暮霭相遮蔽',在烟霭中也。'夕阳古道无人语',悲已独立也;'禾黍秋风听马嘶',不见所欢,但闻马嘶也。"(转引自人民文学出版社《西厢记》注,为闵遇五语。)这说明青山、疏林、烟霭已挡住了张生的行踪,看不到了,莺莺这时呆呆地望着夕阳古道,孤零零的,隔着禾黍,顺着秋风,听到的仅是马的嘶鸣。这儿的马是郊野散牧之马,非张生骑乘之马,已关涉不到人,作者是用马的嘶鸣反衬郊野的特别宁静，以之来渲染环境气氛。这与《天净沙·秋思》的人离不开马，马离不开人，人马同时步入画面，是完全不同的两种境况。

为了说明这第三句与一二句不同并可分离开来解析，我还想起了宋词中张元干的《贺新郎》"底事昆仑倾砥柱，九地黄流乱注，聚万落千村狐兔"几句解释的争议。由于这三个句子在描写上相类似，因此有人认为此处是一气用了三个比喻："底事昆仑倾砥柱"，以昆仑山的倾倒喻北宋王朝的崩溃，"九地黄流乱注"喻金兵攻入中原，到处横行，"聚万落千村狐兔"，比喻千村万落到处被金人占领。这是以三句均用比喻的一致性来解读的。但这样的解读带来了一个问题，第二句"九地黄流乱注"与第三句"聚万落千村狐兔"意义上相重复，而且"狐兔"特别是"兔"比喻凶残的敌人是罕见的。因此这第三句"聚万落千村狐兔"只能视为实指，不能解作比喻。这句是说，由于金兵的到处横行，造成了人民逃亡死伤殆尽，千村万落成了狐兔等野兽的世界。这样一讲从意义上讲顺了合理了，体现了北宋倾圮、金兵入侵的严重后果，但从句子表达上看，前两句与后一句就不一致了，虽然它们在一个意义层次而且排比而下。由此例我们也可证《天净沙·秋思》的开头三句句式虽相同但也可因表达内容的差异而作不同的处理。

既然由以上分析中已知道第三句与第一二句不同,它有自己的独特点,这就应把它与一二句分割开来,而与下面两句"夕阳西下,断肠人在天涯"组合。也就是《天净沙·秋思》应分作两个层次:第一个层次是"枯藤老树昏鸦,小桥流水人家";第二个层次是"古道西风瘦马,夕阳西下,断肠人在天涯"。解读时我们可以这样理解:一位流落天涯的游子,在夕阳的昏黄光照下,迎着飒飒西风,正骑着(或牵着)一匹嶙峋的瘦马,风尘仆仆地在古道上踽踽独行。这时他向远处望去,只见小桥流水处有一户人家,人家屋舍旁还生长着一株枯藤缠绕的古树,老树上空正盘旋着争相归巢的乌鸦。他想:"人家有一个温馨的家,我却浪迹天涯,有家难归;那枯藤尚且缠树,那暮鸦尚能归巢,我却奔波于外没有归宿。漫漫古道伸向远方,何处是个尽头……思之想之怎不叫人回肠寸断。"由此可见,第一层次写景,系主人翁所见,第二层次写西风古道上的人物活动,是主人翁所行。第一层次是陪衬,第二层次是主体。

那么在元人所写的小令《天净沙》中,有没有这样划分层次的例证呢？为此，我查阅了陈乃乾编辑的《元人小令集》，此书收元人写的《天净沙》共有九十四首。这九十四首《天净沙》划分层次大约有四种情况，

一种是全首写景物，不须划分层次的。如：

春山暖日和风，阑干楼阁帘栊，杨柳秋千院中，啼莺舞燕，小桥流水飞红。

（白朴《四季》）

雪飞柳絮梨花，梅花玉蕊琼葩，云淡帘筛月华，玲珑堪画，一枝瘦影窗纱。

（商政叔《失题》）

一种是全首一意贯串，也不须划分层次的。如：

一从鞍马西东，几番衾枕朦胧，薄幸虽来梦中，争如无梦，那时真个相逢。

（乔吉《即事》）

倚阑月到天心，隔墙风动花阴，一刻良宵万金，宝筝闲枕，可怜少个知音。

（张可久《月夜》）

一种是：首三句一个层次，末两句一个层次。如：

青苔古木萧萧，苍云秋水迢迢，红叶山斋小小。有谁曾到，探梅人过溪桥。

(张可久《鲁卿庵中》)

灯寒夜雪孤篷，山空晓雾疏钟，花暖春风瘦筇。六桥春梦，景题留与吟翁。

(张可久《忆西湖》)

一种是前两句为一个层次，后三句为一个层次。如：

翠萍波底游鱼，碧梧井上啼乌。独立西风院宇，相思何处，芭蕉一卷诗书。

(张可久《秋感》)

敲风修竹珊珊，润花小雨斑斑。有恨心情懒懒，一声长叹，临鸾不画眉山。

(李致远《离愁》)

青山远远天台，白云隐隐箫台。回首江南倦客，西湖诗债，梅花等我归来。

(徐德可《别高峰》)

斜阳万点昏鸦,西风两岸芦花。船系浔阳酒家,多情司马,青衫梦里琵琶。

(徐德可《秋江夜泊》)

上列的第四种情况与本文中的分析相似,前两句均为写景陪衬,后三句均为人物活动主体,《天净沙》的这种结构安排在元曲中为数不少,故此处选取四例说明,为的表明这是常用结构。既然第四种情况为元人写作《天净沙》时的常用结构,那么,本文将马致远《天净沙·秋思》作如此解析,当也在情理之中,不会使人感到突然而难以接受。

这儿还应说明的:上列第三种情况,表面上与马致远《天净沙·秋思》仿佛相似,但实际上却很不相同。这是因为上列第三种情况前三句均为纯写景,特别是第三句并没有介入人物活动,故应把它们视为一个意义层次;后两句方才写人物活动(而不是点明),故又为一个意义层次。两个意义层次与马致远《天净沙·秋思》均有着明显的区别,这也说明必须把马致远《天净沙·秋思》排除在这第三种情况之外,而应归入第四种情况之中。

写到此,不由想到王国维对此曲的评价:"寥寥数语,深得唐人绝句妙境。"对王国维这句一语破的但未作阐述的话,已有多种理解,其中也有误会,我以为恐怕不能只从篇幅的长短、语言的明白晓畅或风格的委婉含蓄诸方面来理解,还应抓住此评语的关键词从"境"字去理解。要知道,王国维的这句话是在《人间词话》"马东篱天净沙"一则中讲的,《人间词话》论述的中心是王国维首次提出的"境界说"(虽然前此已有意境提法),他把不是词的元曲比作不是词的唐人绝句,在"词话"中加以论述,可见他为论证他的中心论点"境界说"所用的苦心〔类似此则的还有"境界有大小"(诗词比较)、"容若塞上之作"(诗词比较)、"言气质神韵不如言境界"(兼及诗词曲)诸则〕。因此,我们应从比较《天净沙·秋思》在造境上与唐人绝句在造境上相似点来阐述,只有这样,才有可能领会此评语的本意,而不致误会。

我们先谈唐人绝句的造境。唐人绝句善于造境,但造境时,有两种情况,一种是作者参与其中,如李白的《黄鹤楼送孟浩然之广陵》、王维的《送元二使安西》、王昌龄的《芙蓉楼送辛渐》、王之涣的《凉州词》、张继的《枫桥夜泊》等,这是大多数。但也有一部分作品,作者只选择生活中美好的境象,在诗中加以再造再现,而作者自己却隐去,并不介入,读者由如画的诗境中领略诗情,这就不仅是"不着一字,尽得风流",而更进了一步,成了"无作者介入,而尽得风流"了。如:

飒飒秋雨中,浅浅石溜泻。跳波自相溅,白鹭惊复下。

(王维《栾家濑》)

人闲桂花落,夜静春山空。月出惊山鸟,时鸣春涧中。

(王维《鸟鸣涧》)

山围故国周遭在,潮打空城寂寞回。淮水东边旧时月,夜深还过女墙来。

(刘禹锡《石头城》)

独怜幽草涧边生,上有黄鹂深树鸣。春潮带雨晚来急,野渡无人舟自横。

(韦应物《滁州西涧》。金按:仅"独怜"两字着迹,可不予考虑。)

这些诗作传神写照,生动如画,丹青妙手难为之事,这些大诗人以美妙的诗的语言描绘出来。但这一组诗,作者虽隐去了,但仅是写的物境,唐人绝句中还有一种作者虽也隐去,但却介入了人物的活动的作品,我们再看下列一组诗:

玉阶生白露,夜久侵罗袜。却下水晶帘,玲珑望秋月。

(李白《玉阶怨》)

荷叶罗裙一色裁,芙蓉向脸两边开。乱入池中看不见,闻歌始觉有人来。

(王昌龄《采莲曲》)

千山鸟飞绝,万径人踪灭。孤舟蓑笠翁,独钓寒江雪。

(柳宗元《江雪》)

日暮苍山远,天寒白屋贫。柴门闻犬吠,风雪夜归人。

(刘长卿《逢雪宿芙蓉山主人》。金按:闻者无须坐实,应着重在境的领悟。)

这四首绝句作者虽也隐去，但营造的境界已不仅是物境的显现，而且介入了人物的活动，有了主人翁，也就是说不仅写景还有叙事，前两首写景叙事糅合在一起，显得含蓄，后两首前两句写景后两句叙事，显得明朗。但境外之意又蕴含丰富。这就是胡应麟在《诗薮》中所说的："盛唐绝句兴象玲珑，句意深婉。"

介绍了这八首只作"客观"描写的唐人绝句（当然远不止这些，许多绝句名家均有这类型或近似这类型的作品），我们再拿马致远的《天净沙·秋思》与之相比，特别是与柳宗元的《江雪》、刘长卿的《逢雪宿芙蓉山主人》相比，我感到非常相似，概而述之，有三点：一、《天净沙·秋思》也隐去了作者，营造了一个非常感人的境界。境界的感人大家均深有体会，无须赘述；但说隐去了作者，可能有的解析者与读者不一定首肯，而会认为：这儿的断肠人既可指他人，也可指作者自己。但如果我们考察一下马致远的生平与他存留下来的作品，便可发现他的一生似未曾如此潦倒寒碜过，此曲中的人物形象是带有普遍意义的寒士形象，如落实为马致远本人就大大削弱了此曲的社会意义（这儿仅举一端即可说明：马致远写的潇湘八景，共有三十一首，全部隐去了作者,其中《潇湘夜雨》一曲,题旨情境与《天净沙·秋思》相类,并远不如《天净沙·秋思》强烈,即可证明)。二、《天净沙·秋思》虽点明了人物的心境("断肠"),但人物的丰富心理活动,仍只字未示,天涯游子处境如此沦落,心境如此凄惶,如结合文人在元代社会的特殊境遇,则此曲的"味外味"当不难体会。三、《天净沙·秋思》在造境时以人物活动为主以景物描写为辅的写法与上举八首唐人绝句中的后四首尤其是最后两首非常相似,这也表明它是直承唐人绝句的。合此三点也许能帮助我们理会王国维数次盛赞《天净沙·秋思》"深得唐人绝句妙境"、"绝是天籁,仿佛唐人绝句"的真谛。明乎此,还可加深我们对此曲作如此解读的领悟。

上文为解读欣赏此曲写了这么多,心中仍觉不踏实。在这儿我还想请读者看一段著名学者霍松林先生为《天净沙·秋思》所作的分析:

> 通常说这只曲子之所以写得好,在于描绘了一幅绝妙的秋景图,这当然不算错。但更确切地说,则是一幅绝妙的秋思图。这幅图,是随着抒情主人公的脚步、

视线和思绪展开的。"断肠人在天涯"一句,尽管在结尾,但实际上是贯串全局的主线。读这首曲,一开始就应该想到它,并且跟着"断肠人"在"天涯"漂泊的足迹进入画卷。(引自上海辞书出版社《元曲鉴赏词典》)

"这幅图,是随着抒情主人公的脚步、视线和思绪展开的"、"一开始就应该……跟着'断肠人'在'天涯'漂泊的足迹进入画卷。"这两句话讲得多好,多么明白中肯。霍先生的看法可以说与我的想法不谋而合。有了霍先生这番话,在收结这篇文章时,我才敢讲一句一语惊人的话:品味《天净沙·秋思》,必须正过来读,倒过来解,方得要旨。

"哈哈镜"里的刘邦

漫谈睢景臣的套曲《高祖还乡》

李延祜

作者介绍

李延祜,1936年生,山东省菏泽市人。毕业于北京大学中文系。1963年参加工作,任北京语言大学教授、中文系主任、校学术委员会委员。

推荐词

一个自以为受万民敬仰的皇帝在那里煞有介事地臭卖弄,乡民就越觉得好笑。这就产生了《皇帝的新衣》样的喜剧效果。但是睢景臣的《高祖还乡》却早于安徒生的《皇帝的新衣》五百年。

元人睢景臣的〔般涉调·哨遍〕《高祖还乡》套曲是元散曲中的珍品。它有人物，有故事，有场景，讽刺入木三分，诙谐得令人喷饭，是画中的漫画，剧中的讽刺喜剧。

钟嗣成在《录鬼簿》中评到睢景臣时说过："维扬诸公俱作《高祖还乡》套数，唯公〔哨遍〕制作新奇。诸公皆出其下。"这个论断是正确的。《高祖还乡》新就新在不落窠臼，作者没去歌颂刘邦"威加海内兮归故乡"的气派，相反，揭露了他过去流氓无赖的老底。作者在正史的字里行间发现了刘邦未发迹时的真面目，在皇帝老子最得意的时候，迎头泼了一盆冷水。奇就奇在睢景臣没有直接去写这次事件，而是通过一个熟知刘邦行止的老相识的眼睛，摄取了一个个镜头，拍下了刘邦的形象。嬉笑怒骂皆成文章，笔锋所至妙趣横生。除了刘邦之外，作者又给我们塑造了一个乡民的生动形象。

《史记》、《汉书》都明白无误地记载着：刘邦是在他的母亲"梦与神遇"之后生下的真龙天子。当他斩了挡道的白蛇——白帝子后，就决定了他这个赤帝子将来要当皇帝的命运。秦始皇发现东南有天子气，那里正是刘邦蛰居的所在。由于在他的上空总有祥云伴随，因而不管到了什么地方，他的妻子吕雉都会找到他。一句话，刘邦做皇帝是天命不可违。当然，史书上也有这样的记载：刘邦"不事家人生产、作业"，"好酒及色"，欠了不少酒债，是一个游手好闲的酒色之徒。所有这些，通过史家曲笔，倒都成了素怀大志、不拘细行的美德。连狂饮滥醉之后，也要编造出"见上帝有怪"的神话，借以宣扬天命。睢景臣没有理会那些"真龙"的记载，却从不事生产、贯酒常醉的只言片语中，以董狐之笔，夸张地活画出一个无赖皇帝来。

刘邦一统天下，荣归故里，《汉书》等正史多以颂扬之笔，记下了这次盛事。"上还过沛，留，置酒沛宫。悉召故人父老；子弟佐酒；发沛中儿得百二十人，教之歌。酒酣，上击筑，自歌曰：'大风起兮云飞扬，威加海内兮归故乡，安得猛士兮守四方！'令儿皆和习之。上乃起舞，慷慨伤怀，泣数行下。"这里写出了刘邦载歌载舞、踌躇满志、忧喜交集的心情。没有记载故人父老的反应。睢景臣却作了"补充"，他在"故人父老"中找到了一个乡民，生发开去，做出了一篇翻新文章，从另一个角度再现了刘邦衣锦荣归的"盛典"。

《高祖还乡》是从准备迎接"圣驾"开始的，全村一片忙乱，因这次事关重大，社长没让瞎王留、胡踢蹬等一帮闲汉代他通知，而是亲自出马，"排门告示"。这次公差谁也不能推托。既要交粮草，又要出人应差。有的说是"车驾"，有的说是"銮舆"，传说纷纭，总之一句话，皇帝要回乡探亲。这下子忙坏了王乡老、赵忙郎一帮子劣绅地痞。这正是他们出头露面、邀恩求宠的好机会，为了遮盖穷酸相，一个个乔装打扮起来，戴上新刷的头巾，穿上新糨的衣衫。装作大户富豪的样子，像陪葬的纸人呆呆地站在那里恭候"圣驾"。强盗装正经，自然显得非常可笑。没有玉盘金盏欢迎皇帝，只好手执瓦台盘，怀抱酒葫芦来充数，更显得不伦不类。

站在欢迎队伍最前列的除了王乡老、赵忙郎以外，还有"瞎王留引定伙乔男女，胡踢蹬吹笛擂鼓"，没有一个正派人。由主人的德行可以想见客人的品行。等到刘邦上场，乡民认出来他就是往日的刘三之后，这场欢迎仪式就成了无赖迎接流氓、小兄弟恭候大阿哥的闹剧。这样的皇帝只能由这样的人物来欢迎。他们是互为补充，相得益彰的。如此隆重的场面，由如此一帮浮浪子弟支撑门面，那装出来的气派，做出来的严肃，平添了十二分的滑稽。

接着作者把镜头由村中拉向了村头，由远及近描绘了车驾进村的情景。它像走马灯一样在我们眼前走过，乡民在一旁"介绍"，使读者有幸"检阅"了刘邦的仪仗队。开始只见"一彪人马到庄门"，还分辨不清是什么人。走近了，原来是一队打旗的。走得更近了，才看清了旗上的各种动物。旗队过去了，接着上场的是手持不知名的器物的人。最后是一伙"乔人物"、"多娇女"，在他们的簇拥下，銮舆进了村。

主角上场了。待得"那大汉下得车，众人施礼数，那大汉觑得人如无物"。这位傲慢做大的皇帝，乡民开始也是"展脚舒腰拜"的。当那大汉"挪身着手扶"的一刹那，乡民猛然抬头一望，"觑多时认得，险气破我胸脯"。多年不见，今日的刘邦当然与昔日的酒鬼刘三气概大不相同，况且乡民做梦也不敢想象刘三会发迹变泰，平步青云。"觑多时"，不敢相信自己的眼睛，刘三跟皇帝怎么也联系不起来。足见刘邦给乡亲留下了多么恶劣的印象。

等到认出确实是刘三以后，"险气破我胸脯"。这句话背后有何等丰富的潜台词：全村忙乱得鸡飞狗跳，原来迎接的就是你这个流氓，你还瞧不起人呢！早知你，我才不拜呢，你的底细我还不清楚？装什么腔作什么势……

从〔二煞〕开始就完全是对刘邦阴私的揭露。乡民在赫赫天子庄严的面孔上画了一个白鼻子。在他眼中刘三永远是刘三，不管你是皇帝万岁，还是更名改姓为"汉高祖"。他像一个法官审判一个诈骗犯一样，提醒刘邦："你身须姓刘，你妻须姓吕，把你两家儿根脚从头数"，于是一件件摆出了刘三过去的所作所为。而且点明，欠的钱粮"明标着册历，见放着文书"，铁证如山，不容抵赖。乡民认为刘三过去欠债不还，现在本性不改，还想赖账。刘三所以这样作威作福，乔装打扮，甚至改名换姓，就是因为害怕乡民认出他来，跟他算那三秤麻、几斛豆子的老账。而且他非常郑重地提出了了结旧债的建议："少我的钱，差发内旋拨还；欠我的粟，税粮中私准除。"还不起也没关系，谁还能揪住你不放？没必要把姓都卖了，名都改了。作者寓庄于谐。我们不禁为乡民的天真朴实而发出善意的微笑。同时他也撕下了皇帝尊严的外衣，让我们看到了一个像安徒生的童话《皇帝的新衣》里的一丝不挂的皇帝。

刘邦出场前，欢迎仪式的准备工作是那样热烈繁忙；浩浩荡荡的仪仗队是那样威武雄壮；泥塑的神像般的扈从是那样的严肃。这一切壮观的场面，未雨绸缪，都为刘邦的驾临渲染着气氛。可以想见主角的风采一定是天颜照人，风度非凡。然而乡民最后看到的是什么呢——从华丽的车子里跳出来的一只"癞蛤蟆"。这实在是大煞风景。前面尽力夸饰的场景与眼前的刘三是何等的不协调！这欲抑先扬的大波澜，登高跌得重的表现手段，取得了很好的喜剧效果。

为了夸耀于乡里，刘邦自认为皇家仪仗是非常庄严肃穆有派头的。可是乡民从自己的生活经验出发，以农民的眼光来看待皇帝的一切，于是事事都显得那么荒诞可笑。月旗成了白环套兔子，日旗成了红圈套乌鸦，凤凰旗成了跳舞的鸡，飞虎旗成了长翅的狗，蟠龙旗成了缠住葫芦的蛇。叉、斧涂漆、镀银不实用，多此一举！挑几个镀了金的瓜不知干什么！马镫子不搭在马背上，却挑在枪尖上，疯了！鹅毛扇这么大，这么长的把儿，怎么个用法？拉车的全是马，一头毛驴都没有，可真够阔气的。那几个娇里娇气的女人怎么一样打扮？那几个男人穿的是什么奇装异服！一切皇家大有讲究，大有来历的仪仗器物，都让乡民"农村化"了，都显得怪里怪气，不伦不类。通过乡民眼睛的"折光"，刘邦还乡威严隆重的盛况一下子都变了形，走了样，失去了光彩。威风凛凛的皇家仪仗队立刻成了玩杂耍的马戏班。

刘邦还沛，越是兴师动众，大讲派场，大摆阔气，越是趾高气扬"觑得人如无物"，在乡民看来他就越可怜可笑而愚蠢。一个自以为受万民敬仰的皇帝在那里煞有介事地臭卖弄，乡民就越觉得好笑。这就产生了《皇帝的新衣》样的喜剧效果。但是睢景臣的《高祖还乡》却早于安徒生的《皇帝的新衣》五百年。

过去在民间流传着不少乡下人进城大出洋相的故事，《高祖还乡》却做了一篇翻案文章。刘邦这个身居紫禁城的"城里人"却成了讽刺挖苦的靶子，这不能不说是睢景臣又一高人之处。

原 文

般涉调·哨遍·高祖还乡

社长排门告示,但有的差使无推故,这差使不寻俗。一壁厢纳草也根,一边又要差夫,索应付。又是言车驾,都说是銮舆,今日还乡故。王乡老执定瓦台盘,赵忙郎抱着酒葫芦。新刷来的头巾,恰糨来的绸衫,畅好是妆幺大户。

[耍孩儿] 瞎王留引定火乔男女,胡踢蹬吹笛擂鼓。见一彪人马到庄门,匹头里几面旗舒:一面旗,白胡阑套住个迎霜兔;一面旗,红曲连打着个毕月乌;一面旗,鸡学舞;一面旗,狗生双翅;一面旗,蛇缠葫芦。

[五煞] 红漆了叉,银铮了斧,甜瓜苦瓜黄金镀,明晃晃马镫枪尖上挑,白雪雪鹅毛扇上铺。这些个乔人物,拿着些不曾见的器杖,穿着些大作怪衣服。

[四煞] 辕条上都是马,套顶上不见驴,黄罗伞柄天生曲,车前八个天曹判,车后若干递送夫。更几个多娇女,一般穿着,一样妆梳。

[三煞] 那大汉下的车,众人施礼数,那大汉觑得人如无物。众乡老展脚舒腰拜,那大汉挪身着手扶。猛可里抬头

觑，觑多时认得，险气破我胸脯。

〔二煞〕你身须姓刘，你妻须姓吕，把你两家儿根脚从头数：你本身做亭长，耽几杯酒；你丈人教村学，读几卷书。曾在俺庄东住，也曾与我喂牛切草，拽坝扶锄。

〔一煞〕春采了桑，冬借了俺粟，零支了米麦无重数。换田契强秤了麻三秤；还酒债，偷量了豆几斛。有甚糊突处？明标着册历，见放着文书。

〔尾声〕少我的钱，差发内旋拨还；欠我的粟，税粮中私准除。只通刘三，谁肯把你揪扯住？白什么改了姓、更了名，唤做"汉高祖"！

借古人的酒杯　浇自己的块垒

张养浩小令《潼关怀古》赏析

羊春秋

作者介绍

羊春秋(1922—2000),韵文学专家。湖南省邵阳县(今邵东县)人,笔名公羊。1949年毕业于国立师范学院国文系,获教育学学士学位。曾任湖南师范学院中文系讲师、古典文学教研室主任。

推荐词

这支万口流传的《潼关怀古》,以深邃的历史眼光,揭示出一条颠扑不破的真理:"兴,百姓苦;亡,百姓苦!"即不管封建王朝如何更迭,在他们争城夺地的战争中蒙受灾难的,还是那些无辜的老百姓。

峰峦如聚,波涛如怒,山河表里潼关路。望西都,意踌躇,伤心秦汉经行处,宫阙万间都做了土。兴,百姓苦;亡,百姓苦。

"山坡羊"一作"山坡里羊",文名"苏武持节"。它的句式颇多变化,最常见的是四四七、三三、七七、一三,共十一句。这支小令第七句中的"了"是衬字。

张养浩用"山坡羊"的曲调,写了九支怀古的小令,都是借古人的酒杯,浇自己的块垒。由于他在宦海的折腾中,"把功名富贵都参破",这些怀古的曲中,大都流露了"一死生,齐荣辱"的虚无主义思想。如《骊山怀古》的"赢,都做了土;输,都做了土",《洛阳怀古》的"功,也不长;名,也不长",《北部山怀古》的"便是君,也唤不应;便是臣,也唤不应",就是把胜负之数、功名之分、生死之际,看成无差别的,反正都要同归于尽。只有这支万口流传的《潼关怀古》,以深邃的历史眼光,揭示出一条颠扑不破的真理:"兴,百姓苦;亡,百姓苦!"即不管封建王朝如何更迭,在他们争城夺地的战争中蒙受灾难的,还是那些无辜的老百姓。它像一支高烧的红烛,照亮了人们的眼睛,认识到象征封建政权的"宫阙"的兴建,是无数老百姓的白骨垒起来的;它的倒塌,也有无数老百姓的白骨做了它的殉葬品。这怎么能像陈草庵那样对世事采取冷漠的态度,"兴,也任他;亡,也任他"(《山坡羊·叹世》)呢?又怎么能像赵善庆那样对世事采取旁观的态度,"兴,多见些,亡,多说些"(《山坡羊·燕子》)呢?这支小令所闪耀的思想之光,比起唐代诗人曹松的"凭君莫话封侯事,一将功成万骨枯"(《己亥岁二首之一》)还要深刻,还要沉郁!因为曹诗看到的是一将的成败,而张曲慨叹的是一代的兴亡。

陶宗仪《辍耕录》引大曲家乔吉的话说:"作乐府亦有法,曰凤头、猪肚、豹尾是也。大抵起要美丽,中要浩荡,结要响亮。"这支小令的结尾是响亮的,其力度和深度是元曲中很少见的。

结得好，也要起得好。这支小令把潼关的形胜和潼关的历史巧妙地结合起来，寓情于景，因景生情，以形胜的不变，衬托历史的多变；以潼关作历史的见证，揭示出封建统治阶级的争夺给人民带来巨大的灾难。它用一个"聚"字和"怒"字，把重岩叠嶂的险要华山、波涌浪翻的雄伟黄河勾勒了出来，并像着盐于水似的化用了《左传》僖公二十八年晋子犯的"表里山河，必无害也"的话，把"外河内山"的军事要地潼关，形象地显现在人们的眼底。起得美丽，起得突兀，能够引人入胜，就是符合乔吉所说的"凤头"。然后从这里生发开去，把读者的眼光引到历史的长河。西都，指的是长安，是秦汉建都之地，秦的阿房，汉的未央，都是规模宏大，弥山踪谷，而今寸瓦尺砖，荡然无存，诗人面对如聚的峰峦、如怒的波涛，遥想秦汉的故都、崇丽的宫阙，自然要浮想联翩，发出吊古伤今的感慨的。这就拓宽了画面，扩大了视野，引起了读者的广阔的联想，也就成了"中要浩荡"的"猪肚"。从而使之具有强大的艺术生命力。

响珰珰一粒铜豌豆

关汉卿［南吕］《一枝花·不伏老》赏析

宁宗一　沈国仪

作者介绍

宁宗一，男，1931年生，北京市人，满族。1950年考入南开大学中文系，1954年毕业留校任教，从事中国文学史教学与研究。期间曾任南开大学学术委员会委员、中文系学术委员会常务副主任，教授。

推荐词

这是一首带有自述心志性质的著名套曲，气韵深沉，语势狂放，在清澈见底的情感波流中极能见出诗人独特的个性。曲中对人生永恒价值的追求，对把死亡看作生命意义终结的否定，正是诗中诙谐乐观的精神力量所在。

攀出墙朵朵花,折临路枝枝柳;花攀红蕊嫩,柳折翠条柔。浪子风流。凭着我折柳攀花手,直煞得花残柳败休。半生来折柳攀花,一世里眠花卧柳。

〔梁州〕我是个普天下郎君领袖,盖世界浪子班头。愿朱颜不改常依旧,花中消遣,酒内忘忧。分茶攧竹,打马藏阄,通五音六律滑熟,甚闲愁到我心头!伴的是银筝女,银台前、理银筝、笑倚银屏;伴的是玉天仙,携玉手、并玉肩、同登玉楼;伴的是金钗客,歌金缕、捧金樽、满泛金瓯。你道我老也,暂休!占排场风月功名首,更玲珑又别透,我是个锦阵花营都帅头,曾玩府游州。

〔隔尾〕子弟每是个茅草冈、沙土窝初生的兔羔儿,乍向围场上走,我是个经笼罩、受索网苍翎毛老野鸡,踏踏得阵马儿熟。经了些窝弓冷箭镴枪头,不曾落人后。恰不道人到中年万事休,我怎肯虚度了春秋?

〔尾〕我是个蒸不烂、煮不熟、槌不匾、炒不爆、响珰珰一粒铜豌豆,恁子弟每谁教你钻入他锄不断、斫不下、解不开、顿不脱、慢腾腾千层锦套头。我玩的是梁园月,饮的是东京酒,赏的是洛阳花,攀的是章台柳。我也会围棋,会蹴鞠,会打围,会插科,会歌舞,会吹弹,会咽作,会吟诗,会双陆,你便是落了我牙,歪了我嘴,瘸了我腿,折了我手,天赐与我这几般儿歹症候,尚兀自不肯休!则除是阎王亲自唤,神鬼自来断,三魂归地府,七魄丧冥幽,天哪,那其间才不向烟花路儿上走!

这是一首带有自述心志性质的著名套曲,气韵深沉,语势狂放,在清澈见底的情感波流中极能见出诗人独特的个性,因而历来为人传诵,被视为关汉卿散曲的代表之作。

依照曲文看,这首套曲当作于中年以后。当其时,元蒙贵族对汉族士人歧视,战乱造成人们生活的颠簸,加之科举的废置,又堵塞了仕途,因而元初大部分知识分子都怀才不遇,"沉抑下僚",落到了"八娼九儒十丐"的地步。在文人群体内部急遽分化之际,关汉卿却选择了自己独立的生活方式，尤其是岁月沧桑的磨炼，勾栏生活的体验，使他养成了一种愈显成熟的个性，那就是能够突破"求仕"、"归隐"这两种传统文人生活模式的藩篱，那就是敢于将一个活生生的人与整个封建规范相颉颃的凛然正气，那也就是体现了"天地开辟，亘古及今，自有不死之鬼在"（钟嗣成《录鬼簿序》）的一种新的人生意识。正是在这首套曲中，诗人的笔触将我们带进了这样意蕴深广的心灵世界。

在首曲〔一枝花〕中，诗人以浓烈的色彩渲染了"折柳攀花"、"眠花卧柳"的风流浪子和浪漫生活。"攀出墙朵朵花，折临路枝枝柳"，句中的"出墙花"与"临路柳"均暗指妓女，"攀花折柳"，则是指为世俗所不齿的追欢狎妓，然而，诗人有意识地将它毫无遮掩地萦于笔端，恰恰是体现了他对封建规范的蔑视和对生活的玩世不恭。因此，诗人在首曲短短九句诗中，竟一口气连用了六个"花"、"柳"。"花攀红蕊嫩，柳折翠条柔"——这是说：攀花折柳要攀嫩的红蕊、折柔的翠条。"凭着我折柳攀花手，直煞得花残柳败休。"——这是显示他的风月手段。显然，勾栏妓院中浪漫放纵的生活情趣，其间不免流露了一些市井的不良习气，但我们更应看到，诗人的这种情调实质上是对世俗观念的嘲讽和自由生活的肯定。"浪子风流",便是他对自我所作的评语。"浪子",这种本是放荡不羁的形象,在此更带有一种不甘屈辱和我行我素的意味,因而结句写道:"半生来折柳攀花,一世里眠花卧柳。""半生来",是对诗人自己"偶倡优而不辞"(《元曲选序》)生涯的概括,"一世里",则是表示了他将在一生中的着意追求。

　　随着曲牌的转换,"序曲"中低回的音调顿时变得清晰明朗,格调高昂:"我是个普天下郎君领袖,盖世界浪子班头。""郎君"、"浪子"一般指混迹于娼妓间的花花公子。而世俗观念不正是以之为贬,对与歌妓为伍的人视为非类吗?关汉卿却反贬为褒,背其道而行之,偏以"郎君领袖"、"浪子班头"自居。不难发现,在这貌似诙谐佻达中,也分明流露出一种对黑暗现实的嘲谑和对自我存在价值的高扬。然而现实中的非人遭遇,毕竟也曾产生过"十分酒十分悲怨"(〔双调·新水令〕),所以才"愿朱颜不改常依旧,花中消遣,酒内忘忧"。但一旦陶醉在自由欢乐的生活气氛中时,"分茶攧竹(两种娱乐游戏),打马藏阄(两种博戏),通五音六律滑熟",顿时又感到"甚闲愁到我心头!"接着,诗人以三个连环句尽情地表现了风月场中的各种生活，以及由此而发的满足和自幸：我曾与歌女做伴，妆台前拨弄着筝弦，会意的欢笑，使我们舒心地倚在那屏风上；我曾与丽人做伴，携着那洁白的手真感到心甜，我们并肩登上高楼，那是多么喜气洋洋；我曾与舞女做伴，一曲《金缕衣》真动人心肠，我捧起了酒杯，杯中斟满了美酒佳酿。诗中，作者有意选择了循环往复的叙述形式，热情洋溢地展示那种自由自在、无拘无束的生活情趣，从而显示出他那极其鲜明的人生态度。正因此，当有人劝慰他"老也、暂休"时，诗人便断然予以否定："占排场风月功名首，更玲珑又剔透。""占排场"，这是宋元时对戏曲、技艺演出的特殊称谓。显然，关汉卿把"占排场"视作"风月功名"之首，已经不是指追欢狎妓之类过头话，而是严肃地将"编杂剧，撰词曲"作为自己的事业和理想。也正基于此，他才"更玲珑又剔透"，才表现出誓不服老、无比坚定的决心。但是，人不服老，毕竟渐老，因而〔隔尾〕中"子弟每"两句，就隐隐地流露出一丝淡淡的感伤，"子弟每是个茅草冈、沙土窝初生的兔羔儿，乍向围场（打猎的地方，此指妓院）上走"，而"我"已是"经笼罩、受索网"的"苍翎毛（青苍的羽毛，足见毛色之老）老野鸡"。然而，这瞬间的哀意又很快随着情感的冲动而烟消云散，这一切不过是些"窝弓冷箭镢枪头"，诗人并"不曾落人后"，因而虽说道"人到中年万事休"，"我怎肯虚度了春秋？"——再次表达了诗人珍惜时光并甘愿为理想献身的坚定信念。

如果说，前三支曲在情感的骚动中还只体现了诗人的外在心态，那么在〔尾〕曲中，那种桀骜不驯的情绪就达到了高潮，诗人内在的精神力量逼人而来："我是个蒸不烂、煮不熟、槌不匾、炒不爆、响珰珰一粒铜豌豆"。"铜豌豆"原系元代妓院对老狎客的切口，但此处诗人巧妙地使用双关语，以五串形容植物之豆的衬字来修饰"铜豌豆"，从而赋予了它以坚韧不屈、与世抗争的特性。在这一气直下的五串衬字中，体现了一种为世不容而来的焦躁和不屈，喷射出一种与传统规范相撞击的愤怒与不满！当人在现实的摧残和压抑下，诗人对自身的憧憬又难免转为一种悲凉、无奈的意绪。"谁教你"三字典型地表现了关汉卿对风流子弟也是对自己落入妓院"锦套头"（陷阱、圈套）的同情而摧发出的一种痛苦的抽搐。这就不由得使我们想起被缚在高加索山上的普罗米修斯，鹰啄食着他的肝脏，他却昂首怒吼："我宁肯被缚在岩石上，也不愿作宙斯的忠顺奴仆！"他对自由的执着，对人生的追求，甘愿以生命相交换。这里，关汉卿身上显示的也是同样的一种精神，他的愤怒，他的挣扎，他的嬉笑，也正是这种九死而不悔精神的回荡！正由于诗人对黑暗社会现实的强烈不满，正由于他对统治阶级的坚决不合作态度，关汉卿才用极端的语言来夸饰他那完全市民化了的书会才人的全部生活："我也会围棋，会蹴鞠（踢球），会打围（打猎），会插科（戏曲动作），会歌舞，会吹弹，会咽作，会吟诗，会双陆（一种棋艺）。"在这大胆又略带夸饰的笔调中，在这才情、诸艺的铺陈中，实际上深蕴一种豪情，一种在封建观念压抑下对个人智慧和力量的自信。至此，诗人的笔锋又一转，在豪情的基础上全曲的情感基调也达到了最强音："你便是落了我牙，歪了我嘴，瘸了我腿，折了我手，天赐与我这几般儿歹症候，尚兀自（还自）不肯休！则除是阎王亲自唤，神鬼自来勾，三魂归地府，七魄丧冥幽（阴间），天哪，那其间才不向烟花路儿上走。"既然他有了坚定的人生信念，就敢于藐视一切痛苦乃至死亡，既然生命属于人自身，那么就应该按自己的理想完成人生，坚定地"向烟花路儿上走"。这种对人生永恒价值的追求，对把死亡看作生命意义终结的否定，正是诗中诙谐乐观的精神力量所在。

在艺术上，这首散曲最大的特点就是大量地添加衬字，娴熟地运用排比句、连环句，造成一种气韵铿鞳的艺术感染力。譬如〔尾〕曲中"你便是落了我牙"一句，那向前流泻的一组组衬字很自然地引起情感上激越的节奏，急促粗犷，铿锵有声，极为有力地表现出诗人向"烟花路儿上走"的坚韧决心。全曲一气直下，然又几见波折，三支曲牌中"暂休"、"万事休"等情绪沉思处，也往往是行文顿挫腾挪、劲气暗转处，读来如睹三峡击浪之状，浑有一种雄健豪宕、富于韵律的美感。